文脉中国 小说库

wenmaizhongguo xiaoshuoku

风窗月

林竑斌 刘荣成 著

中国文联出版社

图书在版编目（CIP）数据

风窗月 / 林竑斌，刘荣成著 . -- 北京：中国文联
出版社，2017. 9（2023. 3 重印）
ISBN 978 - 7 - 5190 - 3074 - 2

Ⅰ. ①风… Ⅱ. ①林…②刘… Ⅲ. ①长篇小说—中
国—当代 Ⅳ. ①I247. 5

中国版本图书馆 CIP 数据核字（2017）第 228853 号

著　　者　林竑斌　刘荣成
责任编辑　郭　锋
责任校对　廖淑梅
装帧设计　中联华文

出版发行　中国文联出版社有限公司
地　　址　北京市朝阳区农展馆南里 10 号　　　　邮编　100125
电　　话　010 - 85923025（发行部）　　　　　85923091（总编室）
经　　销　全国新华书店等
印　　刷　三河市华东印刷有限公司

开　　本　710 毫米×1000 毫米　　1/16
印　　张　16
字　　数　193 千字
版　　次　2023 年 3 月第 1 版第 2 次印刷
定　　价　78. 00 元

圭峰文化系列丛书编委会

《圭峰文化系列丛书》序

　　峰尾，东临海有峰曰圭峰，故古以峰为名，峰尾盖为峰美之谐音也。峰顶有石形如圭高耸，相传月满之时，可倒影至卢琦读书处。明洪武年间，周德兴经略东南沿海，辟石为城。呜呼！圭石不复存矣！嗣后，乃有乡贤倡建圭字形石塔，以塔顶石，曰圭峰塔。塔上勒石为联：作东南巨镇，起海国文明。此乃圭峰之志也！

　　圭峰居东南沿海、泉州之北、湄洲湾之南。三面环海，西望笔架、大雾峰，形似半岛。景色优美，钟灵毓秀，乃蕴文脉福源！饶有天然十八景：凤髻朝阳、锦桥锁月、石蝉夜噪、沪屿晓钟、石笏冲天、沙堤束带、石鸡报晓、石狗吠风、石塔听潮、石龟出水、万人神井、磐石甘泉、五虎相聚、七星坠地、美女照镜、状元抱印、龟蛇相会、如来献果。民为中原衍派，自宋起镇以来，传承千年，人文蔚起！耕海为田，弓冶箕裘，世代相传。崇文以教化，习武以健身，好儒备礼，民风淳朴，实乃邹鲁之乡。宋时，卢氏仁结庐为塾，其外孙蔡襄、后裔瞻为宋之名臣。元时琦为良吏贤人，荫及桑梓黎民。明清之时，诸姓入峰，刘、林、黄、陈等蔚为大姓，人才辈出。民国之时，海运兴起，一时商贾云集，栈铺林立，列市数里，山海珍奇罔不毕集。舟车往来，骈肩辐辏，络绎不绝。管弦弹唱，通宵达旦，辄有"不夜城"、"小上海"之誉。今之尤甚，才子佳人、专家学者、贤人雅士、能工巧匠灿若星辰。北管音乐、古船技艺皆列非物质文化遗产，风味小吃、风俗俚语、传奇史话独具风格，尤显魅力。犹存圭峰塔、东岳庙、义烈庙、七社内、古街故居之人文胜迹。文化源远流长、积淀丰赡。

戊寅岁春（1998年），乡贤林玉荣黄板娘伉俪携手诸老，以弘扬"勤劳俭朴、睦邻敦友、崇文敬业、开拓进取"之圭峰精神、保护圭峰文化遗产为己任，倡建圭峰文化研究会，殚精竭虑，集贤聚英，辑得《圭峰文化研究》六集，乃具圭峰文载之雏形。及至丙申岁（2016年），圭峰诸君同心同德，共襄盛举，溯源究真，竿头日进。叙渔乡、述传奇、讲民俗、说美食、赏北管、赞胜景、扬工艺、诉乡情、辑文史、集佳作。蒙诸位贤达关怀襄助，得以结集梓刊《圭峰文化系列丛书》，父老咸欣，爰书数言，以为序。

《圭峰文化系列丛书》编委会

丁酉岁春

序

　　蒙好友推荐，得于欣赏林竑斌、刘荣成先生的佳作《风窗月》。小说以刘华钧先生讲述的峰尾传说《双贞节牌坊》为蓝本创作而成，讲述了清朝雍、乾时期，闽南泉州府惠安县圭峰里一群普通人的传奇故事。

　　峰尾居民来自中原，有深厚的历史渊源和文化底蕴，地处东南沿海，居民以海为生，海洋文化与中原文化的交融，成就了独特的峰尾文化！正如文中所言：吾里传承数百年，为中原衍派，邹鲁之乡，好儒备礼，民风淳朴。崇文以教化，习武以健身。耕海为田，弓冶箕裘，世代相传。小说塑造的主要人物生活在社会底层，他们积极追求幸福生活，身上具备勤劳、勇敢、仁义、节孝、善良、厚道的传统美德，这也反映了当时淳朴的民风概貌。小说也刻画了人物世故的一面，正因为如此，人物形象才更加鲜活，更加吻合时代的道德评判标准和特征。小说情节曲折离奇，不落俗套。作者文学功底深厚，文风清丽，文笔娴熟，描述场景跃然纸上，刻画形象入木三分。作品知识涉猎广泛，涉史、渔、农、医、商、艺，等等，有浓郁的地方文化特色，文中又有不少原创诗词对联，实属不易！有很强的可读性！雅俗共赏！

　　小说取题《风窗月》，立意深远。风喻古风，窗喻心窗，月喻照亮暗夜的光明。主角名玉郎，文中又不乏玉饰道具，文末借用孔子语"君子比德于玉……"表达了作者崇尚古风美德，渴望民风淳朴的美好愿望！

开文细品，辞意清通，如春风扑面。掩卷深思，情怀悠远，似明月悬空。颇受感染！

《风窗月》蒙泉港区圭峰文化研究会斥资付梓，为圭峰文化又添一力作，丰富了地方文化宝库，欣欣之际，谨数弁言以为序！

陈东发

丙申季秋

作者的话

写《风窗月》小说，纯为机缘巧合。近来，峰尾计划复建泉港区唯一一座始建于清乾隆年间皇赐古建筑"双贞节坊"，由"三任"村党支部书记、农村基层经验丰富、年届九旬的刘华钧老先生牵头组织。由于"双贞节坊"是峰尾民众心目中的"神圣之物"，老先生对此十分慎重，不畏年高、不辞辛苦，深入了解情况、提出复建方案、筹措资金，并分别两次托人草拟报告、拟向政府相关部门报告有关情况。然，均未满意。老先生便致电荣成，委以草拟报告的任务。荣成连夜驱车数十里，直奔老先生家中，详细了解"双贞节坊"的故事，并考证了有关证据。荣成感觉"双贞节坊"的故事真实、情节感人，体现了当时峰尾渔村的精神风貌，对当今人们社会行为模式、道德规范评价标准产生了深远影响，于是在拟写报告的同时，产生了创作此部小说的冲动。

一个周末，荣成在茶聊时谈起华钧老先生讲述的峰尾传说"双贞节坊"。竑斌深为吸引，我们俩便一拍即合，当下相约圭峰文化研究会会长林亚珍、友志强，前往峰尾聆听华钧老先生再次讲述"双贞节坊"的故事。嗣后，我们对故事情节进行逻辑分析，查阅了有关史料，现场考证了有关实物，比对了相关的家系族谱，便开始小说的创作。竑斌执笔撰稿，势如贯虹，一气呵成。初稿之后，我们反复讨论，数易其稿，认真审核人物、场景和重大事项的历史背景，力求符合历史情况。书稿承蒙荣成仲兄荣富先生真诚指点，小说更趋成熟。

圭峰文化源远流长、积淀丰厚。乡里素来民风淳朴，好儒重教，崇尚诚信节孝仁义。贞节牌坊是古风的一个缩影！峰尾是渔区，男人以海为生，勤劳勇敢、豪爽大气；女人在家操持家务，善良朴实、贤惠忠贞。都说行船走马三分命，峰尾有多少女人独守空房，生活有多么不易！坚守爱情说来容易，做起来却有多难，有多少艰辛苦楚、弱肩难承之重！玉郎的娘和嫂子只是代表而已。可以说这座牌坊旌表的不但是玉郎家，也是属于全峰尾的，因为这尊荣来自峰尾的民风古道！我们想，这才是树立贞节牌坊的真正意义！

我们取题《风窗月》，风喻古风，窗喻心窗，月喻照亮暗夜的光明，既有颂扬古道，寄意新风，也有追求安详宁静、和美生活之意。小说塑造人物、虚构情节、创作场景、推理逻辑、烘托情感，皆经反复推敲，凝聚了我们心血。为满足各种层次的读者，文章还留下了思考空间，所谓仁者见仁，智者见智，个中滋味全由各位看官。诸如桑树，桑喻乡，思乡的滋味如同桑葚，酸酸甜甜的……不一而论。

《风窗月》一书承蒙泉州市文化广电新闻出版局局长陈荣法先生拨冗作序，好友张怀清摄影，刘清林题字，王奋民封图，肖培忠封面设计，陆婉芳插图并校对，廖淑梅校对，刘华钧、林亚珍、刘荣富、陈渊明、陈添英、刘志强、刘荣明、刘琼鑫、刘荣真、刘钦辉、刘荣旗、林锡玲、黄婉梅、陈珍珍、陈丽芬等提供史料和提出宝贵意见。

中共泉港区委常委、宣传部长王晓莺女士，泉港区人民政府副区长萧惠中先生，中共峰尾镇党委、镇政府两任主官王俊峰先生、柯明好先生、陈旭明先生、林素宝先生，泉港区文体旅游新闻出版局局长陈玉顺先生，泉港区文联主席李美美女士等领导、同志们给予诚挚关怀和帮助，泉港区圭峰文化研究会斥资付梓，谨此致谢！

小说根据刘华钧先生口述峰尾传说《双贞节牌坊》为主线进行创作。情节多为虚构，如有雷同，纯属巧合。文中诗词对联皆为文者原创！

丙申菊月

目 录

第一回　　峰尾里穷秀才讨海　湄洲湾小舢板遭风 ……………… 1

第二回　　感厚道顽孩童结义　历艰辛弱女子持家 ……………… 11

第三回　　玉郎割草拾银解困　刘妙恤亲拣贝藏柴 ……………… 22

第四回　　偷桑慈母严持家法　遇险先生慧识情缘 ……………… 32

第五回　　挑重担懋然得佳偶　读禁书刘妙言异思 ……………… 45

第六回　　秀才择婿时来运转　飞雪嫁郎福薄香殒 ……………… 55

第七回　　玉郎失志居家显智　兄弟造船行海经通 ……………… 65

第八回　　苏州府张老板宴客　蕉竹楼刘玉郎填词 ……………… 75

第九回　　慕才凝絮珍题玉扇　仗义玉郎巧助穷邻 ……………… 86

第十回　　好汉儿一拳勇伏彘　痴情女千里远投郎 ……………… 94

第十一回　游峰尾玉郎兴赋律　遇贼头刘妙勇逞威 ……………… 108

第十二回　积劳累懋然初起疾　解相思夫妇远访亲 ……………… 120

第十三回　圆觉寺高僧阐隐意　宁洋溪刘妙贩私盐 ……………… 133

第十四回　祸生刘妙避灾投贼　病重懋然梦佛归天 ……………… 149

第十五回　东岳庙兄弟断恩义　后轩房母亲诉实情 ……………… 161

第十六回　念故义英雄擒贼首　居新功巡检荐玉郎 ……………… 170

第十七回　喜玉郎连理多情女　忧官府缉追亡命人 ……………… 180

第十八回　翰林妇魂销白玉佩　痴梦人意乱贼王山 ……………… 192

第十九回　总督府玉郎用计策　提刑司兄弟诉衷肠 ……………… 208

第二十回　葬刘妙玉郎圆一梦　树贞坊风范淳万民 ……………… 227

風飓月

清朝雍乾年间，惠安县峰尾里，复界后数十载，流年不利。水灾、风灾、瘟疫、饥荒频发。天灾人祸，民生多艰。然而此地好儒重教，民风淳朴。人多仁信孝义，积善为怀，耕海为田，勤劳勇敢。且看这一段传奇故事，恰如光风霁月，拂亮心窗。

诗云：

故事禀初心，新风寄意殷。

情深难释卷，义重必沾巾。

第一回

峰尾里穷秀才讨海
湄洲湾小舢板遭风

"树圣旨牌了！巡政老爷家的牌坊要树圣旨牌了！快来看啊！"圭峰城内人们奔走相告！此时，南街两边看热闹的人，已围得里三层，外三层。牌坊主体已立好，高丈八，宽二丈八，青石垒架，四柱三间三檐。牌坊前后两面都搭着竹脚手架，架上双边各站着两名工匠，上下其手，抬着一块刻着"圣旨"字样的石碑，准备镶入牌坊正檐中间的位置。牌坊前面三丈处站着一个年轻男子，中等身材，头戴起花金顶，身着鹌鹑补子五蟒四爪官服，相貌清秀，眼睛明澈，神采奕奕、气宇轩昂，如玉树临风。他正是峰尾巡检刘懋峰，字渠东、号玉郎。只见他行了三跪九叩之礼，起身大喝一声："吉时到！请圣旨牌！"

场上一片掌声！掌声过后，现场静了下来。

"一、二、三啊！上！"工匠们喝着号子，齐力抬起圣旨牌对缝镶入，只听得石头之间摩擦的"叽吭"声。

"咦！怪了！怎么回事啊？这圣旨牌怎么安不上啊？"工匠们又反复装了几次，可就是不能把圣旨牌装上。

"是不是尺寸不对啊？"懋峰仰首问道。

"尺寸没问题啊，不知什么原因，就是装不上啊？"

懋峰额头上渗出细密的汗珠，他用手抹了一下，喊道："再试试看！是不是楔榫没有对好啊？"

"对好了啊，不知为何就是装不上啊！"

围观的人们开始交头接耳，细声议论着，慢慢地变成"咿咿嗡嗡"一片。

懋峰大吃一惊，浑身湿透，一阵冷风吹来，背上阵阵凉意，心里道："邪门了！这要是圣旨牌真装不上，万一让人给参上一本，可是欺君大罪啊！此事可千万不能张扬出去。"

想到此处，懋峰连忙招呼工匠道："先歇息片刻，放下来让我看看，肯定是尺寸或榫缝有问题！"

工匠们把圣旨牌放下。懋峰反复比对，却怎么也找不出问题所在！踌躇了一下，抬头看了看天：方才还是晴空无云，红日高悬，转眼间已从北面鸢来^① 层层乌白相间的厚云。懋峰暗忖道："莫非真有什么蹊跷？此事非同小可！先稳住局面再说！"于是，大声对众人喊道："乡亲们都辛苦了！这尺寸或榫缝也许还有些问题，需要修整一下，等修好，吉时都过了。看这天气像要下西北雨了，大伙请各自散去吧。明天再来装上。"

等众人散去，懋峰交代工匠们把物件收好，又看了看天，只见西边已一片乌黑，心中沉重，闷闷不乐地回到家中。

"玉郎哥，圣旨牌树好了？这么早就回来了？"妻子问道。

"还没呢！变天了，明天再装。"懋峰怏怏道。

"咦？你脸色不太好啊，是不是哪不舒服呀？"妻子注视着懋峰，关切地问道。

"没事。我累了，先休息一会儿！"

懋峰不再理会内人的询问，解去冠服，闷声躺在床上，往事历历浮现脑海。

故事要从十七年前讲起。那是暑月既望子时，月如圆盘高悬中

---

① 鸢来：意为像老鹰一样飞来，形容乌云来得突然与迅猛。

空，月光皎洁柔和，浸润着圭峰城半面街。临街一座闽南民居，硬山顶弯曲翘屋脊、燕尾角，瓦多有破损、苔乌绿，穿斗木构架檐，红墙砖，夯土石壁，石基。一缕月光从风窗射入，旖旎但并不透彻，朦胧如水乳交融，把房间映亮。依稀的月光下，屋内一桌、一柜、一架子床，都是杂木制作，十分简陋。一对年轻夫妇，女的坐在床沿叠着衣服，男的坐在桌边，静静地看着自己女人的一举一动，像要把她装入眼里带走一样。

"梆、梆、梆，"敲门声划破了夜的寂静。

"是君敏兄来了，贤妻，快把包袱拿来。"洙汉听见敲门声站起身来。

"洙汉哥，天气这么闷热，会不会有风灾①啊？"妻黄氏担忧道："要不咱跟君敏兄说一下，干脆过几天再去，万一遇到风灾怎么办？还有后天就是玉郎的生日，你好几年都没在家陪孩子吃生日面了。"

洙汉深情地看着妻，笑道："傻瓜，这夏天哪有不闷热的？其实闷热天更好打鱼，辛苦点没关系的，然啊都已入学了，学费还没交呢。"言罢又抬头看了看黑乎乎、快掉粉的瓦顶，接着说："这祖上传下的一半三间张②也已破旧不堪了，一到下雨都住不了人了，也该花钱修缮了。"

"为了家，你一个文弱书生去讨海，真够难为你了。但挣钱这事不能急，咱得顺其自然，慢慢来。"黄氏有些心疼地说道。

"你这个书香门第的千金小姐嫁给我这个穷书生，吃了太多苦了！"洙汉看着妻子略显沧桑的脸内疚地说。

"你对我好，我都知道。我愿意，我没吃苦。"黄氏低首羞涩道。

"以后我努力再多挣些钱，与君敏兄合伙买个船，多了船份，日

---

① 风灾：台风。
② 三间张：闽南古建筑，三开间。

子就能过得宽裕一些。我得努力把欠你们母子的都补上！呵呵。"洙汉憨笑地说。

"你是家里的顶梁柱，在海上当风泼浪，一定要多保重。"黄氏从木柜里拿出打着补丁的蓝布包袱和一袋粮食。"两套换洗衣服还有米面、薯箍、签米、三合土①和萝卜干，别不舍得吃，看你吃得这么瘦！"言语间有几分不舍和担心。

洙汉转身提过包袱，背上，走出房门，来到下房门口，借着天井倾泻下来的月光，深情地看了看床上熟睡的儿子懋然、懋峰，回头对黄氏柔声道："贤妻不要担心。我过几天就回来了。孩子很调皮，有劳贤妻了。"打开大门："君敏兄，让您久等了。"

黄氏跟着走到门口对君敏施礼道："让君敏兄久等了。你们要多注意安全啊。"君敏道："没事的，弟妹放心好了！"言罢与洙汉结伴而去。芒布衣穿在洙汉瘦削的身上略显宽大，肩肘的补丁在月光下隐约可见。洙汉在拐弯时，特地回过头来，挥了挥手。黄氏望着洙汉渐远的背影，鼻子一阵泛酸，眼眶湿润，用手背抹了一下眼睛，依依难舍地看了看已空无一人的去路，方才进门，"咣当"一声关紧大门。

借着月光，两人穿街过巷，径向北门走去。不消片刻便出了村庄，回顾来路：清华如水，纵横阡陌，交错壁檐，尽融其中。再行数步，翻过丘山，时有丝风拂面，突觉清凉，豁然开朗，见蓝幕如盖，玉轮高悬，边上涂抹些许白云，或如鱼鳞，或如羽毛，或如马尾。天水之际银光闪耀，由远而近轻波粼粼，细浪轻舔金滩。耳边

---

①三合土：一种由粳米粉、糯米粉、面粉加上花生、葱油、芝麻等合成炒熟的粉，峰尾俗称"三合土"。携带方便耐储藏，食用时舀2—3汤匙在碗中，用沸腾的开水冲泡即食。味道香、甜，适合当点心或充饥。过去峰尾渔民远航捕捞时，常备为用。

咿声如韵。

　　此时水位已高，两人的小帆船已浮在水中，随浪左右轻摆。这船充其量算只舢板，长不足二丈，宽约七尺，桅杆高丈余。两人来不及细看美景，卷起裤腿，踏水上船，进入船后舱，放下包袱，走到船中，挂好篾子帆①。洙汉径自走到船首，慢慢提起锚绳。君敏则在船侧扛橹上肩，再一手提起竹篙走到船尾，用竹篙将船撑开。然后扳好木舵，将橹挂上橹销，左右摇起。船到出呙口②时，两人回到船中合力将篾子帆拉起，对风调整帆的方向，小船缓慢向湄洲驶去。两人配合默契，不需多言。

　　"洙汉贤弟，看你们读书人就是聪明，学什么都快，才上船没两年就胜过老船工了。"

　　"兄长见笑了，我寒窗十多年一无所成，四体不勤五谷不分，文不成武不就，也是山鸡变海鸭才有饭吃啊。"

　　"也够难为你啊，以后咱们六、四开吧，船份我算两成就好。你多个孩子负担重，再说大侄子都入学了，以后花钱的地方多了。"

　　"君敏兄，这哪成啊？咱可不能坏了人家规矩！再说你负担也是不轻的！"

　　"这是咱兄弟的事，与别人何干啊？要是运气好的话，让咱们多挣一些，你也攒些钱，咱们合伙弄个大船，再招几个船工入伙，咱也去浙江渔场钓带鱼，兴许能过上好日子了，哈哈！"

　　"君敏兄，真的很感激你！大恩不言谢！都在心里！"洙汉笑着拍了拍胸膛。

　　"咱们兄弟还客气什么呢，我名字还是你爹给起的呢，君敏，君子敏于行！可惜我父母早逝，没能好好读书，打小就讨海了。"

---

①篾子帆：过去一般用竹篾编织成帆，峰尾有王姓人家专门以此为业。
②出呙口：本地土话，指船受力平衡后能运行自如时的节点。

"你看我倒是读了几年书，最终还不是讨海来了。"

"这可不一样，读了圣贤书，知书达理，无论做什么，这气度和办法总是好的。咱们多吃些苦，希望孩子们能好好读书，不用再吃苦了。"

"是啊，咱们这代人吃苦，但愿下代人就不用再吃苦了。"

两人将船驶到湄洲门附近，放下帆橹，打好锚。此时月已西斜，两人便去后舱睡觉。月明涛韵，美景良宵，然生活之艰，惜了读书人的情怀。

天明之时，两人随意吃些干粮，驶出些许海域，让船随流漂着。各自放下钓具，钓了半天，见钓的都是梅子、花鳗子、小带鱼、黄翅、吴郭之类的小鱼。君敏看了看天叹息道："唉，收成不好啊，都没有见到什么值钱的大鱼。这天风平浪静的，咱们干脆去乌坵岛附近搏上一把，那里水深浪急，兴许能钓些大鱼来。"

"好，听说那边鱼又多又大，只是水深浪大，没有大船不敢去，但看这天气应该没问题，我们去钓他一船大鱼来，哈哈！"

午后，船到了乌坵岛附近，眼前一大一小两个荒岛。山顶石壁缝中枯草随风摇曳，底下稀疏几棵台湾相思树。四周一片沧海茫茫，也没有其他船只经过。风浪不大，浪涛轻拍船身，水声荡漾。天上烈日高悬，映在水中有些刺眼，不时还有暖风吹来，稍微有些闷热。

"好安静啊，看来很少有人来这里啊。"洙汉道。

"没人来，鱼才多呢。撒钓试试。"君敏笑道。

两人撒钓入水，很快鱼儿就吃起钓来，拉上一看："哇，是一条大带鱼啊，下面居然还有一条咬着它的尾巴！"带鱼在阳光下银光闪闪，耀得晃目！"哈哈，这可真奇怪啊，这回咱哥俩发达了！"

两人钓得兴起，不觉中，时已黄昏！这带鱼却越钓越多。"奇了，这带鱼在晚上怎么都浮面了，比白天还多？"

抬头看天，夕阳渐下，天边出现数条红蓝相间的光芒，美丽异常！

"累了一天了，咱们先生火做饭吧，吃它一条鲜鱼！等下再钓一会儿，然后美美地睡上一觉。明天下午去湄洲林老伯那里把鱼卖了，歇上一晚，后天再来钓它一船。"

"哈哈，好啊，君敏兄。"两人欣喜之余，这才想起肚子已饿了半天！

翌日上午，收成依然很好，两人正兴奋间，突然一阵强劲冷风吹来，洙汉连打了几个喷嚏。"怎么转风了？"两人抬头看天，见天渐转阴，云层渐厚渐低，船已摆得厉害！

"贤弟！不好了，怕是要起风了！"

"这风雨好像马上就要来了，要不我们先到岛上躲躲。"

"这岛上光溜溜的，连个避雨遮风的地方都没有，咱们还是赶紧回湄洲吧，顺风顺水，也许不用两个时辰就能到达了！"

两人赶忙收拾行装，挂帆回途！此时，波浪渐高，打到礁岸石洞里，轰隆作响！

天上刹那间已堆积了大片又厚又低的云团，乌白交集，旁边不时有浮云飞速掠过。天逐渐暗了下来，云端深处可见道道闪电，听不到雷声，却有烈风呼呼。

船行过半，风越来越大，天上竟下起了瓢泼大雨，风夹带着豆大的雨点打在脸上隐隐作痛。波浪渐趋汹涌，一波长似一波，一浪高过一浪！

须臾之间，海水深转如墨，犹如无底深渊，让人不寒而栗。强风卷起一股股水龙，恰似无数条黑龙在翻滚咆哮，船在浪上急剧跳跃，好似一个米粒掉入巨大的黑洞之中，随时要被吞噬一般。两人心焦如火。

君敏死死地扳住木舵，嘶声大喝："快把帆下了，船快要被卷走了！！"

洙汉死命地抱住桅杆，试图将帆降下。可强风已将葭子帆死死地压住，岂是人力所能撼动！

又一强风袭来，洙汉站立不稳，一个趔趄竟连人带桅被拔起，卷到空中，在风中翻滚了一圈，掉将下来，后脑重重地砸在船舷上。帆被吹去半空，桅杆掉下，仗着风势狠狠地打在洙汉身上！可怜洙汉那孱弱身子哪堪经此重击，当即昏厥过去。

"洙汉！""洙汉！！"君敏眼睁睁地看着一切，急得眼眶崩裂，声嘶力竭！大脑一片空白，双手却无法离开木舵，本能地操纵着船只的平衡。

……

"轰"的一声，船被风浪冲到了湄洲岛的沙滩上。君敏不及细想，冲上船头，搬去压在洙汉身上的桅杆，背起洙汉急忙向岸边奔去。翻越一个小山包，君敏气喘如牛地跑到渔商林老伯家中。

"快！快！快救人！"君敏言罢就扑倒在地。

林老伯大吃一惊，急忙将洙汉扶起，抱到竹榻之上。但见他脸色青黄，唇无血色，气若游丝，长短不均，昏迷不醒！"啊、啊！"林老伯不禁连吸冷气，夺门而出，片刻便唤来了乡医！

乡医急忙翻看眼皮，把脉，连连摇头叹道："唉，可惜，可惜啊，这么年轻！伤这么重，扁鹊也回天乏力啊！"沉吟少时，取出银针，在足三里、气海、内关、膈俞扎了几针，言道："明天风灾过后，速用船运回家去吧，能否让亲人见上一面，就看他的造化了！唉！"

君敏正不知所措，闻言后顿时呆若木鸡、丧魂落魄！林老伯已取来两套芒衣布裤，唤君敏换下湿衣，又扶起洙汉帮他把湿衣换下。君敏呆立无言，机械地换下湿衣，刚才发生的事历历在目，犹如梦魇。

"来，喝些红糖姜茶祛祛寒吧。"林老伯端来一碗红糖姜茶劝道。

君敏神色呆滞，良久才"哦"的一声，接过姜茶也没有喝，只是呆呆地看着。

"唉，事已至此，伤心无益，快振作起来！多陪你兄弟说说话吧！"林老伯摇头叹息道。

是夜，君敏守在洙汉身边，拉着他的手连声呼唤："兄弟，醒一醒啊……撑住啊兄弟……孩子还小，你可要撑住啊……"这样一直呼唤着，最终成了喃喃自语。一夜风雨一夜无眠！

五更过后，风力渐小。天已放亮，林老伯道："你一夜都没睡觉吧？"

君敏目光呆滞，像得了失心疯一样，依然喃喃自语。

林老伯摇了一下头，稍顿大声问道："对了，你的船呢？"

"哦！"君敏猛地一激灵，神经质地立起身子，旋而又像松了线的木偶一样瘫坐在椅子上，有气无力地说道："唉！冲到北沙滩上了，我也不知怎样了。"

"唉，等下带我去看看，估计是让风打坏了，看来我得另外找船送你们过海回家了。来，先喝碗粥！"

君敏喝了粥，神志稍微有些安定，长一脚短一脚地带着林老伯到达停船的地方。只见船已被风刮到岸上，侧翻在地，背向大海，泥沙树枝杂草之类的东西盖住大半个船身。舱板倾倒打开，鱼泥混杂，一片狼藉。

林老伯道："如此看来，船只应无大碍，但一时无法航行，等会我另觅船只送你们过海。找几个青壮年把鱼收拾收拾卖了，再找几个师傅把你的船整修一番。"

"老伯！我……我……唉！"君敏嘴唇颤抖，嗫嚅了半天，都难吐出个"谢"字，突然悲从心来，蹲在地上，失声痛哭！

林老伯叹气摇头，蹲下来，轻轻拍了拍君敏的肩膀，大声劝道："兄弟，咱们回去吧，还得赶紧去找船呢，起来吧，来，别哭了，唉！"言罢站起身来，双手拉着君敏的左臂，将他扶了起来。

回到家中，林老伯道："你在家陪你兄弟吧，我找船去。"

辰时初交，林老伯寻得一个在澳内避风的船主来到家中，一行人看此情形，唏嘘不已，找来一块旧门板将洙汉抬上船，直奔峰尾而去。

船到峰尾城姑妈宫澳，渔工们抬起洙汉就往他家急奔而去。门口已站着不少闻讯而来的邻里，大伙面色凝重，有的低声窃语，有的摇头唉声叹气。一帮人将洙汉抬到床上。

君敏将些银两要付与载人的船主，那人摇头摆手，叹叹气走了。

黄氏面无表情地坐在竹椅上发呆，良久才醒转过来，奔到床前，定定地看着洙汉青黄的面，手脚乱颤，轻轻地抚着洙汉的身体。眼睛慢慢通红，额头和颈脖青筋暴涨，突然绝望地失声大哭！

洙汉家来了一拨又一拨的人。洙汉昏迷不醒，胸部急剧起伏，鼾声如雷又很不通畅，时而大口喘气甚是骇人！

好多人红着眼睛抹着眼泪。邻居李大姐煮来了蛋汤："来，妹子先喝些热汤吧！"黄氏毫无反应！心里像被掏空了一般，双手捧着洙汉的手抚在自己脸上，泪珠一粒一粒地滴在洙汉手上，嘴里喃喃地诉说着只有他们夫妻才懂得的话语。

亲戚朋友已围了一大圈。儿子懋然带着懋峰跑回家中，见此情形，也吓得目瞪口呆。兄弟俩飞奔至床前，大力摇着父亲，带着哭腔呼喊："爹爹怎么啦？您快醒醒啊！"旁人忍不住泪眼婆娑。

洙汉气息突然平息了许多，人们喜出望外："是不是会好起来？"欲知洙汉是否好转？请看下回分解。

第二回
感厚道顽孩童结义
历艰辛弱女子持家

上回说到洙汉气息突然平息了许多，人们喜出望外："是不是会好起来？"

几位老者却说："坏了坏了，这是回光返照，估计没有多久了，得赶快准备后事了！"

"可洙汉年纪这么轻，按规矩是不能进入祖厝堂的。要不就在祖厝堤搭个棚吧？"

"我看还是在家里的顶厅吧。"

"也好，家里位置虽然小了一些，但总比在外面强。"

"那就快准备吧。"族人议论着。

众人搭了个竹棚将天井遮住，在顶厅右边靠墙的地方用两条长椅一前一后横着，上面架好床板，铺了草席，将洙汉抬到床上，头北脚南躺着，买来了寿衣。亲戚们手忙脚乱地给洙汉换上。准备停当后不久就见洙汉大口地喘着粗气，出多入少，面色渐渐蜡黄，手紧紧地握着黄氏。旁人忙说："有什么话交代快说快说。"

"哥啊，我知道你要说的，你就放心吧，我会把孩子拉扯大的！你在那边等我几年，我会去找你的，下辈子我们再继续做夫妻！你欠我的，你得还，得还！"黄氏说着说着已泣不成声，闻者莫不落泪，以袖拭泪，现场呜咽一片。懋然、懋峰站在父亲床前，两双小手来回摇着父亲，大哭道："爹……爹……你醒醒，快醒醒啊！"稚嫩的声音刺疼了人们内心最柔软处，现场一片啜泣之声。

洙汉眼角流下两滴眼泪却再也没有气力说话，手慢慢垂下，头无力地歪向一边，撒手人寰了！

黄氏浑身颤抖，唇齿相咬，趴在洙汉身上，"啊"地大哭一声良久不见回声，待回过声来，"呃呃"地不停恸哭，拍着尸身，口中哭骂着："哥啊……活活送你出门，你没命返来啊！啊……你好狠心啊，放下我孤儿寡母如何是好啊！我苦我苦啊，……"凄惨之状让人战栗！痛哭声一片！有妇人抹着泪轻抚黄氏之背，哽咽着劝慰："别吓着孩子！别吓着孩子！节哀顺变，保重身体要紧！"

君敏站在门边看着这一切，一手紧攥拳头，几欲攥出血来；一手抓住门框，直抓得咯咯作响！相交两年，君敏早把这知书识礼、善良淳朴的洙汉当成亲兄弟，如今兄弟的离开，撕心裂肺的痛楚难以言表！

这时几个族里长辈来了，众人商议了一番。领头的对君敏说："洙汉是你的船工，他在你的船上出事。按照规矩，这埋葬费必须是你出的。还有这孤儿寡母的，每年用度最少也得十两银子吧，待老大十六岁能担起家庭起码还有四年时间。你赶紧去准备五十两银子来吧。"

"我与洙汉情如兄弟，别说五十两银子，我就是倾家荡产也要助我兄弟把孩子抚养成人。只是我家穷底薄，一时难以筹措到五十两银子，我先去借些银两给我兄弟料理后事，其余容我挣来，一定付于弟妹！"

"亏你还把洙汉当兄弟！人都死了，你出些银两还磨磨唧唧的。命没了万银都买不来，活着慢慢挣都会有，你哭穷哭惨有什么用！"一些族人态度强硬起来，声音也越来越大。

吵闹声打断了凄切的哭声。黄氏思忖片刻，欠身施礼道："洙汉狠心抛妻别子而去，妾身神魂俱丧，不知所措。幸有各位堂亲为我主持公道，不致孤苦无助，感激涕零！只是这船东平日对我夫君照顾有加，亲如兄弟。亦不忍令其倾家荡产，若苦苦相逼，实是有愧！"

族长道："那侄媳有何想法？但说无妨！"

黄氏道："不妨先让他取来五两银子为夫君料理后事。余事再从长计议，还请族长考虑。"

族长闻言叹道："也罢，既然侄媳这么说了，你就先弄五两银子过来，剩下的让你欠着！你要是有良心，就得对得起你死去的洙汉兄弟！唉，洙汉侄子啊，可怜你命薄啊！侄媳如此贤惠、深明大义，你却没福气啊！"

君敏回家翻箱倒柜取了四两碎银子，又向四邻七拼八凑借了六两，凑成十两交予主事之人。

众人忙碌着操持丧事：借了桌椅、灯具，买了各种用物，订了棺材，抄了死者生辰八字去找看命先生，选收棺出殡的吉日吉时、属相避讳等，请了糊纸匠糊灵厝花圈，看山选墓地、开穴。黄氏和儿子们披麻戴孝拖着水桶绳去打水来给洙汉净身，又哭哭啼啼地去社亭投了社公①，点起了脚尾烛，烧纸钱。次日下午吉时，拜祭亡人后收尸入棺。当晚请来尼姑念经做功德，遗孀孝男们跟着拜天、拜地、拜祖先、拜亡魂。拜完，翌日五更烧了灵厝。天明即抬棺出殡，到山上埋了。

一干帮事之人结算丧事收支，除了君敏的十两银子，白礼收了四两三钱，花去六两五钱，将余银七两八钱交予黄氏。黄氏左右各

---

①社亭投社公：峰尾习俗。丧事时，比死者低辈或年轻的至亲要披麻戴孝、哭哭啼啼的到社亭（类似于城隍庙）报告死者的籍贯、姓名、生死时辰等，向阴间报到的意思。

牵一子，谢过众人，默然归家。

路上，行人看着他们的背影，有的摇头，有的叹息，有的窃窃私语。

"唉，这母子真可怜啊！"

"看这孤儿寡母的如何能够长久？"

"唉，谁知道呢？怎不趁机敲那船东一笔？日子也能好过一阵子。"

"谁知她有什么打算呢？"

"我怕她是守不住的！"

"她还年轻没事，只是可怜这两孩子了！"

"听说这船东也是一个男人拖着一个男孩，要是两家合起来过，倒是不错！"

"都别胡说了，留点口德好不好，人家这样还不够惨吗？"

"娘，爹不在了，我怕！"懋然道。

到了家中，黄氏弯腰双手抚着孩子的头，看着懋然和懋峰，言道："孩子！咱家遭此横祸，乃时命不济，非船东之过！休得有怨懑之意。抚养你们之事，娘不会转嫁他人。你爹虽不在了，但还有娘在，别怕！"

"娘，我们明白，以后我们都听您的话，长大了孝顺您！"听着孩子稚嫩而又带着悲伤的声音，黄氏一阵酸楚，强忍着眼泪。

此时门外传来一个孩子的叫声："有人在吗？"接着门口走进一个十来岁的孩子，长得虎头虎脑，浓眉大眼，眉宇之间透着一股英气，身穿芒麻背心、短裤，赤脚，皮肤晒成棕色，颇为壮实，手中提着一条银光闪闪的带鱼。

"你是谁家的孩子？"黄氏看着孩子，柔声问道。

"我爹是君敏。我叫建林，小名妙啊，别人都叫我刘妙。我爹叫我送条鱼过来。"

"来，孩子，快进来，你今年几岁了？"

"我十岁了。"

"你怎么知道来这里的？"

"我爹前两天带我来过，你们都在忙着哭，真可怜！"

"乖孩子。"黄氏接过鱼挂在墙上，抚了抚建林的头，取出五两银子用红布包好，对懋然、懋峰道："你兄弟二人随妙啊去君敏伯家中，将此交于他手。且要感谢他这两年对你父亲的关照。并言男女有别，不便推辞！"

懋然、懋峰随建林一同去见了君敏，奉上银两，转述了母亲之意。君敏接过银两，眼眶湿润，感叹一声，旋又蹲下身子摸了摸懋然、懋峰的头，把孩子们的手拉在一起，对建林言道："这是你洙汉叔的两位儿子，懋然乳名然啊，比你年长，快叫哥哥！这是懋峰乳名玉郎。快叫弟弟！"又对懋然、懋峰道："这是我儿子建林，乳名叫妙啊。他一出生，母亲就过世了，缺少管教，寄在他外婆家，旁边有家武馆，整天无事就去看人习武，性格鲁莽顽劣。你们要是不嫌弃他，等下就让他一起去见你们的母亲。如果她同意，你们就结拜成为义兄弟，才不枉负我和你爹的兄弟之情。"

孩子们允诺而去，见了黄氏。懋然将君敏之意言与黄氏。黄氏点了点头道："娘同意了，那从今往后你们就是义兄弟了，要像亲兄弟一样相处，你们可知道？"

"知道。"孩子们开心地笑了，一时忘了悲伤。

"那以后我是不是可以叫你娘了？"建林期待地望着黄氏。

黄氏想了一下说："孩子，还是叫婶娘吧，婶娘跟娘一样疼你。"

"哈哈，我也有娘了！婶娘也是娘！"建林高兴得跳了起来。

那年，懋然岁，建林十岁，懋峰九岁，三人分了伯仲，亲如一家。

黄氏煮了鱼汤，分成三碗端上桌来："孩子们，来，快把鱼吃了，等下还得去私塾呢。"自己却只吃着稀饭。

孩子们闻着鱼香，禁不住地咽着口水。

懋然看了看桌上，又看了看母亲，央求道："娘，鱼很好吃的，您也吃些吧。"

"娘怕腥，娘不敢吃。你们吃吧。好吃吗？"

"嗯嗯，好吃！"懋峰、建林连连点头道。

懋然嘀咕道："娘啥时候怕腥了？"

吃完饭，黄氏道："然啊，已近未时，速去私塾读书，不可废了学业！把你两位弟弟也一同带上，去私塾旁听，不可嬉闹，多少学些圣贤文章，亦能早些懂事成气！"

"娘，那我们这就前去。"孩子们告辞而去。路上懋然道："我觉得娘不是怕腥，她是舍不得吃，故意这么说的。以前爹在的时候，她怎么不怕腥呢？"

"是哦，我想起来了，以前爹娘跟我们一起吃过鱼汤的。"懋峰道。

"娘真好！以后咱们有好吃的，一定要让她吃！"

"嗯，对！"

黄氏沐浴之后换了衣衫，也不啼哭，也不伤心，也不呆坐回首往事，而是咿呀地织起布来。连日如此，邻里少不了言语："这女人是怎么了？老公尸骨未寒，也不伤心啼哭，还有心思织布，真是薄情寡义！"可怜小脚弱女，其心之苦、其志之坚岂是一般人所能体会！

黄氏做得一手好女红，邻里乃至近村都来购买。为多做些针线，黄氏起早贪黑，织布绣花不辍，绣鞋面纳鞋底缝衣服，青春流逝，毫无怨言。正是：

> 千针穿，万线引。
>
> 三尺锦，针儿勤。
>
> 布穿声哗啵，花鸟竹框临。
>
> 纤手拔千线，弱肩担万钧。
>
> 宵衣旰食，流水光阴。
>
> 韶华漫谢，嘉懿温馨。

黄氏绑着小脚，行动多有不便，挑不了担子，又舍不得雇人帮忙。收成番薯和花生的时候，可怜出身书香门第的小姐竟然跪着拖行，膝盖都磨破了，白嫩的皮肤渗出点点血珠。三个年幼的孩子则在一旁努力地帮忙拉扯着。路人见了连连摇头，心慈的人们还会主动上前帮上一把。

君敏讨海回来后，知道了心疼不已："弟妹，我对不起洙汉兄弟啊，对你们母子照顾不周！以后这农活就包在我身上了。"

"谢谢君敏兄的好意，你对洙汉的情义我都了然，只是人言可畏，恐有不妥。"

"唉，弟妹的顾虑也不是没有道理。这样吧，农活你就不要干了，你把地租给我，收成时我们五五分成总可以了吧。"

黄氏思索半晌，她确实无力耕作。孩子尚且年幼，总不能让地荒了。有君敏帮助当然是好事，只是忌讳别人闲话，将地出租给君敏，倒是名正言顺。"如此也好，多谢君敏兄的关照！"心中感激不已。

君敏闲余之时就把黄氏家地里农活都包了，收成的物品只是象征性地留下一点，其余的尽数给黄氏送去。那建林与懋然、懋峰兄弟形影不离，有好吃好玩的，都要和他们同享为乐。由于君敏时常外出讨海，建林就经常跟懋峰他们一起睡觉。黄氏见他们三人挤一张床，便在榉头^①另搭了一张床给懋然。懋峰和建林睡一张床。君敏见此情形，心中甚是宽慰，但也不说破，每逢讨海归家，就差遣建林送些鱼肉、米面和碎银两。但黄氏都只收下食物，银两坚辞不受。黄氏将建林视同己出，只要懋然、懋峰有的，都少不了建林的，甚至优待有加。

君敏发妻早丧，一直未娶。在外人看来，一个鳏夫一个寡妇，两人又亲如一家，多少应该有些故事。事实上，在君敏心目中，黄氏贤淑温婉，是个理想的好女人，倾慕敬重之情皆有。在黄氏眼中，君敏勤劳善良为人忠义，也是少有的好男人。但黄氏矢志为夫守节，君敏是重情义之人，念及与洙汉的兄弟之情，对她们母子的照顾真心备至却从未敢有非分之想。一个守节一个忠义，彼此心照不宣。好事者登门牵线的不在少数，都被两人婉言谢绝。为了避嫌，两人尽量减少见面。

转眼过了一年，雨季将至，一晚天降大雨，屋顶漏得厉害。屋里又黑灯瞎火的，懋峰和建林摸黑挪了好几次床，又累又困。

"漏得这么厉害啊，又黑咕隆咚，这可怎么住人呢？"建林道。

"唉，自从爹去世后，我娘够辛苦了。我们能不饿着肚子，有个破房子住着，不至于流落街头就很满足了。"

"姆娘真苦命啊。我来想想办法。"建林坐在床边，托着腮，想了许久。

"快睡吧，妙啊哥哥，明天还要跟大哥上私塾呢。"懋峰打着哈欠，睡在湿漉漉的床上，动都懒得动了。

"你先睡吧，我去天井撒泡尿，反正下雨天不会臭。"建林打个哈欠，起身走出门口，解下短裤就要撒尿。

"撒到尿桶里吧，每天都会有人来收屎尿的，一桶一文钱呢。"

"啊！屎尿都能卖钱啊？"

①榉头：闽南古民居上下厅之间的两侧有厢房，俗称榉头。

18

"卖给农家当肥呢。我困了要睡觉……"懋峰越说越小声，睡着了。

建林边撒尿边琢磨："尿都能卖钱？哪有东西不要钱又能卖钱的？……哎哟。"建林撒完尿，摸着黑回房，没看清，把脑袋磕门框上了。

"玉郎，我明天不去私塾了，我去看看有什么东西可以卖钱。"建林摇了摇懋峰，懋峰睡得昏沉沉的，只嗯嗯了两声。

天亮雨停了，懋然打着哈欠来叫醒两人。

"哥哥，你也没睡好吧？"懋峰问道。

"嗯，漏雨漏得厉害，不好睡。"懋然一副没睡醒的样子。

"然啊哥哥，今天我不去私塾了，我要去海边转转，看能不能找到什么东西卖钱。"建林道。

"海上有鱼虾啊，可咱们抓不到。快起来了，娘煮好早饭都去织布了。快吃了赶紧去私塾了，迟到要挨先生手心板的。"懋然道。

"我不喜欢读书，我就不去了。你们自己去，我去逛逛，别告诉姊娘啊。"建林说完，就一溜烟跑了。

……

"倒溲桶收溲啊，一桶一文钱。"一个又黑又丑的中年汉子推着粪车穿街走巷一路吆喝道。吆喝了一阵，见没人搭理，那人自言自语地骂道："恁娘的，收一点粪来做肥料都这么难！人穷连屎尿都没！"

"收溲的，我这屋里有一桶，请你来倒去。"黄氏听到叫声，开门唤道。

黄氏见这人约莫四十来岁，短衣短裤，又矮又黑，很壮实，头有些歪，眼小鼻塌，露着两个又黄又黑的大龅牙。黄氏寻思道：这世上怎有这么丑的人！心有厌恶之感，可转念一想，他自己肯定也不愿意长成这样。自己以貌取人了，真是不该！连忙友善地问道：

"大哥，你不是峰尾人吧？"

"不是哦。妹子，我是邻村的，人家叫我歧头的！妹子你一个人啊？来，我来帮你搬。"歧头从房中搬出溲桶倒入粪车中。放下溲桶道："妹子能不能借水给我洗一下手。"

黄氏忙提来一瓢水倒给歧头洗手。歧头歪着头不怀好意地看着黄氏，洗完手，摸出一文钱来对黄氏道："给妹子，一桶一文钱。"

黄氏不知是计，伸手去接钱的时候，歧头趁机在黄氏的手心剜了一下。黄氏一怔，看那歧头正淫邪地笑着，两个黑黄牙像被粪水泡过的一样。黄氏忍不住一阵恶心，又羞又恼，急得面红耳赤，却又不敢声张，连忙进入屋内，关了门窗。看着四处漏雨的房屋，思起一个弱女子持家之艰，不禁哭出声来："汉郎啊，你把我害苦了。"又怕人听见，不敢大声啼哭，心中如梗了一块石头，良久方才平息。抹了一把眼泪，又盘算起家中钱米。"唉，眼看这雨季要来了，家中柴米将罄，可如何是好？"

除了有数百文芒布钱尚未结清，家中只有区区一百四十文现钱。黄氏揣上所有铜钱，慢踏小步，一路颤颤巍巍地向柴草市走去。黄氏先花一百文钱买了十斤米，留了四十文准备买一梱柴，可卖草人说："年前山上着火，焚毁数百亩山林。这干柴储藏的不多，现在又开始下雨，也没办法再砍了，涨价了，要五十文一梱了。"

"这可如何是好！这雨季要是来了，没有干的柴火可怎么做饭啊？"黄氏暗自着急。

那樵夫看那黄氏一个小脚弱女子提着十斤米，站都站不稳，动了恻隐之心，说道："这位妹子，看你是绑脚女人提着米，行走不便。我先帮你把柴和米送到家去。到了家里，你再补给十文钱好了。"

"那多谢大哥了，烦劳你了。"

回到家中，黄氏倒了一碗水给樵夫，道："请大哥稍坐一会儿，我去找邻里借个十文钱来还给你。"

樵夫看了看家徒四壁的房子，叹息道："唉，你也怪不容易的。不着急，慢慢走，我等着就是。"

黄氏谢过樵夫，出得门来，踌躇了一会儿，叩开李大姐的门。李大姐笑容满面地说："哦，是妹子啊。来，快进来坐会。"

黄氏红着脸道："李大姐，我……我买了一梱柴，差了十文钱，那樵夫大哥等着付钱呢。不知你能……不能先借我支应一下，等芒布钱收了，我立马就还给你。"

李大姐在身上摸索了一会儿，有些不好意思地双手一摊说："哎呀，真的很不巧，孩子他爹不在家，钱都在他那儿呢。我手上没钱，要不你先去黄婶那看看吧。不好意思啊！要是实在没办法，你再来找我，我帮你借去。"

黄氏只好扶着小巷的墙壁，慢慢走到了黄婶的家。

黄婶跺了跺脚说："唉，也不怕侄女笑话，我那不争气的孩子唷！好赌啊，有些钱也早让那败家子弄去赌了。要不你去洪妈那看看吧。"

又是无奈，黄氏轻叹一声，趔趔趄趄地找了洪妈。

洪妈一脸无奈地说："孩子他爹许久没寄钱来了，我手头也紧，要不你去王太那看看吧。"

"唉。"黄氏心中早没了信心，但也只好硬着头皮找了王太。

王太眨了眨眼，扭了一下身说："我昨天刚置办了柴米油盐，手头也没钱了，实在不好意思。对了，你怎么不去找君敏兄弟借啊？"王太曾经想着要撮合两人，被黄氏婉言谢绝了。看王太酸溜溜的言语，黄氏也不思解释，只是微笑地言道："多谢您的美意，打扰了！"

走了一圈，一文钱都未能借到，黄氏心中凄然："唉，大家也都不容易！只是我这孤儿寡母、家徒四壁的，如何是好！"无奈踌躇着走回家中。黄氏没有借到分文，该如何面对樵夫？请看下回分解。

第三回

玉郎割草拾银解困
刘妙恤亲拣贝藏柴

且说黄氏找四邻欲借十文钱以付柴草钱，可借了一圈，一文钱都未能借到，正面对樵夫不知要如何应对时，只见懋然兄弟们高高兴兴地向自己跑来。

"娘，您快看看这是什么啊？"

"银锞子？哪来的？"

"娘，放学后，我和弟去烟墩山沟里割草。那边有个破墓穴，平常人家说那里有一条大蛇，没人敢去那边。可弟弟说只有那边的草长得比较茂盛，能多割一些。我不让他去，他不听。趁我忙着割草的时候，他就偷偷地割过去，居然在墓穴旁发现了几颗碎银子，还有几枚万历通宝，我们就赶紧回家了。"

"这些银子有三四两呢，丢钱的人该会多着急啊。这不义之财咱不能要啊！"

"哎，我说大妹子，这荒郊野外的，哪知是谁丢失的呢？还有万历通宝呢，想必是前朝人丢的，怎么还回去？你穷到连十文钱都借不来，还想把捡来的钱还回去，可见你们是积善人家。我想这定是老天爷帮的忙。这两个团子①以后肯定会出头。如果以后发达了，一定不要忘记多做善事。这十文钱我也不要了，算结个善缘。以后我定期帮你把柴火送过来，也不多收你的钱。"

---

①团子：闽南语，小孩子的意思。

"如此甚是感谢！"一家人欢欢喜喜地谢过樵夫。

"真是苍天垂悯，可怜我孤儿寡母，不然真不知如何度过这青黄不接之季。"黄氏双手合十，对着天空连连鞠躬。恭敬之后，黄氏看了看兄弟两人，疑道："妙啊呢？他怎么没跟你们在一起？"

"不知道啊，他说要去海边逛逛，我没拉住他，让他给跑了，这会也不知在干什么呢！"懋然道。

"这孩子！真让人操心！"黄氏嗔了一下。

"娘，别担心，妙啊精灵得很，等下他会就自己回来了。"懋峰安慰道。

"好吧，要是傍晚他还没回来，咱们得赶紧去把他找回来。"

"嗯，放心吧，娘。"

黄氏点了点头，想了一下道："接着这米可能又要涨价了，孩子，你们快去米店，再买三十斤米来。"

"嗯。"兄弟两人领命而去，购来了粮食，一家人欢天喜地："这下不用担心挨饿了！"家中有粮，心里不慌，说的就是这个理。

临近黄昏时分，建林提着一个破布包，兴冲冲地来了。

"妙啊，你去哪了？这么迟才回来，可把我们急坏了，我娘正准备叫我们去找你呢。"懋然道。

"来，看看，这是什么？"建林把布包放在地上，打开：里面有三文钱、蜡烛头和蜡烛油、几根竹片、破茶壶、一捆棉线。

"哇，三文钱？蜡烛油？哪来的？"兄弟两人惊叫道。

"钱我挣的，其他这些东西是用来做蜡烛的。"

"妙啊哥哥，你真厉害，快说说这是怎么回事？"懋峰道。

"我昨晚想了好久，想到修屋顶要白灰，白灰是用蚵壳①烧的，我就想拾些蚵壳来换石灰。早上提着竹篮去海边，路过姑妈宫的时

---

① 蚵壳：海蛎的外壳，闽南叫蚵壳。

候，肚子饿了，就进去看看有没有人家供奉的枫亭糕，好偷来吃。枫亭糕没有，却发现供桌上粘着一大块蜡烛油，我灵机一动想到了做蜡烛的法子，就全给扒来了。"

听到枫亭糕，懋然、懋峰咽了一下口水："这菩萨的东西能拿吗？"

"能，要在节日期间才有，这时不弄来吃，等节日过后就没了。还有这蜡烛油也没用，打扫卫生的时候他们都烧了。"

"那后来呢？"

"后来，我跑海边去拾蚵壳了，从架尾、城外厝后一直拾到塔仔澳，总共捡了有三十多斤，幸好我练过武，才提得动。到了国安宫又扒了些蜡烛油。最后把蚵壳提到灰窑去，准备跟他们换些白灰，可下雨天没烧窑，就三文钱卖给他们了，还跟他们说好以后十斤蚵壳换二斤白灰。我去捡个一两个月的蚵壳，到时换个几百斤白灰，就可以补屋顶了。"

"妙啊，你真聪明！对了，这蜡烛怎样做？"懋然问道。

"看到这些东西了吗？这竹筒片是我把晾衣的竹竿给锯开的，两片合起来捆住是个筒，头尾用竹签架住，中间绑条棉线。然后，把蜡烛油放在茶罐里熬化，灌进竹筒里，等蜡烛油凝固了，扒开竹筒片，就是一根蜡烛了。"

"哇，这你都能想到啊！妙啊哥你真厉害！"懋峰对建林佩服得五体投地。

"我舅舅家邻居就是做香火、蜡烛的，我没事常去串门。这蜡烛油宫庙里都能扒得到，以后我们也有蜡烛了，婶娘再也不用摸黑缝衣服了。哈哈，能点得起蜡烛的可都是有钱人啊。"建林得意地说道："这还不算什么，我今天还发现了一个大好事。"

"什么大好事？"

"过些天再告诉你。"

"妙啊哥哥，别卖关子了，快告诉我吧，快告诉我吧。"懋峰拉着建林的手央求道。

"好好好，告诉你，谁让你叫我哥哥呢。"建林得意地扬了一下头。

"海边要做大船了！今天我在海边看到许多大木头，工棚都搭好了。也许明天就开工了，我们可以去捡些刨花碎木块来。"

"这些做船师傅都自己收回去了，哪轮得到我们捡？"懋然道。

"做船师傅家的刨花碎木块多得是，他们烧都烧不完。小一点的木块不好烧，他们不要。还有做船的地方，下面是厚厚的细沙，他们走来走去，会把一些木片踩到沙子里，我们到时翻出来就行了。"

"真是好办法，那明天放学后我们就去捡碎木头。这木头可比草耐烧啊。"懋峰道。

"嗯，明天我先去看看。放学后，你们到塔仔澳底石阶旁找我。"

"你不跟我们去私塾了？娘知道会骂你的。"懋然道。

"我还没开始读私塾呢，只不过是跟着你去玩而已。就这么定了，我们开始做蜡烛吧。玉郎你去弄几个石块来搭灶，我熬蜡烛，然啊哥哥绑竹筒棉芯。"

"先吃晚饭了，吃完再做蜡烛。"懋然道。

"好。"

"娘，妙啊回来了，咱们吃晚饭吧。"

"好，你们先吃，娘把手上的活做完再吃不迟。"

"哇，是咸稀饭！真好吃！好久没吃了。"孩子们一阵欢呼。

"多吃一些吧，我多煮了，够你们饱一顿的。"黄氏在里面笑着说。

孩子噼里啪啦地大快朵颐。吃过晚饭，又是一阵忙活做起蜡烛来，把蜡烛油灌入竹筒，摇实放好。到了晚上扒开竹筒，拿出几条粗糙不堪的蜡烛条，打火点了棉芯，一点豆大的火花慢慢化开，照亮了整个房间。孩子们欢快地跳了起来："哈哈，成功了！这蜡烛真棒！快给娘送去！"

"孩子，什么成功了，这么高兴？"黄氏听到欢呼声，起身刚走出房门，迎面看到了烛光中孩子们灿烂的笑容。

"娘，快看，蜡烛！妙啊做的。"懋然惊喜地说。

"哇，妙啊真不简单啊。都会做蜡烛了，真好！只是这蜡油很容易着火，得小心，别烫着了。"黄氏抚了抚建林的头，关切地说。

"放心吧，娘，我们都是放在石头上用小火烧化的。我们还在旁边堆了一堆沙子和一盆水，万一着火了就用它们把火盖住。"懋然道。

"嗯，你们都很聪明也很孝顺，娘很高兴。但还是得小心，玩火是很危险的，还有不要为了收集蜡烛油到处跑，会耽搁了读书。"

"婶娘，放心吧，我们会小心的。蜡烛油逢年过节才去收，那时收的也多些。"建林道。

"娘，妙啊今天还去捡了三十多斤蛎壳准备换白灰修屋顶呢。"懋峰道。建林忙偷偷扯懋峰衣袖不让说。

黄氏一手接过蜡烛一手拉着建林的手，走进房间，把蜡烛放在桌子上，坐在床前，翻看建林被竹篮勒出红印的小手。柔声问道："什么？孩子你没去私塾，去海边捡贝壳？手都勒红了。"

"婶娘，我有力气，没事的。屋漏这么厉害了，雇人修理要花好多钱，等有了石灰，就让我爹来帮我们补屋顶。"

"唉，小小年纪就懂得体恤婶娘了。婶娘很感激，真是乖孩子！但这修屋顶的事，婶娘自己想办法。婶娘舍不得让你吃苦，私塾不能不去，多听听圣贤书总是好的。"

"婶娘，我能行。我能帮你把屋顶修好的。"建林有点着急了。

"不听婶娘话了，婶娘就不疼你了。"

"听听听，我听。嘿嘿。"建林憨笑道。

"时候不早了，快点睡觉去。"

次日下午，私塾放学要回家时，懋然发现建林不见了。"玉郎，妙啊呢？"

"我也不知道啊，他说他去撒尿，谁知就跑不见了。"

"看来，又是去海边捡蚵壳了，我们刚好要去割草，走，去塔仔澳看看。"

两人背上竹筐、镰刀到了塔仔澳。见建林正一人坐在台阶边，低着头。

"妙啊，你怎么跑这边来？"懋然问道。

见兄弟们来了，建林慌忙用手抹了一下眼睛，低着头往旁边的造船工棚一指。

"哇，好大一堆木片！妙啊哥你是怎么弄到的？"懋峰惊叫道。

"快，装回家。"建林的声音有些低沉，丝毫看不出快乐。

"怎么啦，妙啊？咦，你脸上怎么啦？谁欺负你了！？快说谁欺负你了！"懋然看到建林脸上隐约有几道指印，扔下竹筐，就操起了镰刀，紧紧地握住。

懋峰闻言赶紧跑到建林跟前："哎！谁欺负妙啊哥了！谁？谁？哥，你疼吗？疼吗？"说着就用手轻轻地抚摸那些指印，突然感觉一阵心疼，鼻子一酸，就要掉下泪来。

建林躲闪着，也不吭声，径自取下竹筐，把木片装了进去。懋然、懋峰默默地对视了一下，也一声不吭地走过去，帮忙把所有木片装进竹筐里，装了整整两大筐。还有两三块大的碎片装不下，建林让懋峰提在手上，自己背了一筐走在前面。懋然也背了一筐和懋峰跟在后面。三人一声不吭地走回家去。

"娘，我们回来了。"

"回来了？好，准备吃饭了。"黄氏说着走出了房门。"咦？哪来的这么多木片？怎么都阴着脸？怎么啦？"

懋然和懋峰眼睛齐刷刷地看着建林。黄氏狐疑地看着建林。建林低头躲闪，但黄氏还是看到了那些指印。

"孩子，谁打你了？快跟婶娘说。"黄氏蹲下身子，轻轻地抚摸那些指印，关切地问道，"孩子疼吗？谁这么狠心打我的孩子？"

"娘！"建林再也按捺不住，紧紧地抱住黄氏号啕大哭，"我不是贼，我不是贼！呜……"

黄氏轻轻地抚着建林的项背，脸蹭着建林的小脸，柔声道："孩子，哭吧，婶娘在呢。"建林哭得更厉害了。平日里父亲忙着养家糊口，根本无暇管他。这个没娘的孩子打从小起，不管受了多大委屈，从来都是一人扛着。如今，感觉在母亲的怀抱里，所有的委屈都涌上了心头，怎不酣畅淋漓地痛哭他一场呢！

建林痛快淋漓地哭了一会儿，乃述说事情经过。原来，建林假意说要小解，离开私塾就跑到了海边。此时，工棚已开始造船，大小师傅、学徒锯、刨、削忙得不亦乐乎。建林坐在一旁，看了一会儿。听见一个年龄约五十开外的大师傅叫唤道："阿明，快去打水来，烧些开水。"

"哦。"一个十六七岁、长得勇壮的少年放下手中斧头，就要去打水。建林见状，忙迎了上去道："阿明师傅，我来帮你吧，反正我也没事干。"

"哦，你认识我？"

"认识，你斧头挥得很顺畅，木头削得好，真有本事。我看你很久了。我帮你烧水，你教我做木工好不好？"

"你去烧水吧。要先学会烧水才能当徒弟！"阿明让人一夸有些飘飘然起来，真好似自己就是师傅的样子。

建林接过木桶，到台阶边的仙龙甘井打来了一桶水，倒进急烧壶里，下面架些木片，用刨花引火，烧起水来。烧水的程序跟熬化蜡烛油差不多，建林驾轻就熟，一会儿就把水烧开了。阿明泡了茶，师傅们喝了一会儿茶，又去干活了！大师傅走在最后，看了建林一眼："咦！这小孩是谁？水烧得不错啊。孩子，工场木工刀具多，要多加小心啊！"

"知道了，谢谢大师傅！"建林又去提来一桶水，到工棚里搬了一大堆碎木片准备烧水。烧火的时候，建林故意把一些木片翻进沙子里，不料让阿明发现了。这阿明是个愣头青，顿时火冒三丈，冲上前来，一个巴掌狠狠地打在建林脸上。建林猝不及防，让他打个正着，脸上登时起了五道红红的指印！这一巴掌把建林打蒙了，他手捂着脸，用复杂的眼神看着阿明。

"你这个小贼子，看你贼头贼脑的就不是好东西！说帮我烧水，原来是想偷木柴！"说着又扬起巴掌要打下去。

"我才不是贼子！"建林用肩膀往他胸膛一顶，阿明顿时摔个四脚朝天。师傅们停下来，见此情形都指着他哄堂大笑。阿明恼羞成怒，顺手操起一根扁担就要往建林身上打去！

"住手！够了！"大师傅一声怒喝，接着就是一顿训斥："阿明，平常我是怎么教导你的！鲁班祖师爷的教诲，你都忘记了？没有良善之心怎可做手艺人？他帮你烧了半天的水，你一点感激之心都没有，他拿些柴片怎么啦？不应该吗？一个小孩，如果不是家里穷，会来藏那一点点的柴片！今天我和你的那份柴片都归那小孩了，我教导无方也得罚！还愣着干什么，还不给小兄弟道歉！"

"对不起小兄弟，我错了，请原谅，这些柴片都归你了！"阿明忙不迭地道歉，一副垂头丧气的样子。

掌掴火辣辣地疼，建林能忍，可"贼子"一直在耳边回响，这几个字深深地刺痛了建林的心！建林闷闷不乐地坐在台阶上。师傅们收工的时候，给他留了一大堆柴片，大师傅临行前抚了抚他的头说："小兄弟让你受委屈了！看得出你是个很有个性的孩子。"一股暖流涌上心头，建林的眼泪夺眶而出，独自流泪。过了一会儿懋然和懋峰就来了。

"孩子，婶娘让你受委屈了！婶娘谢谢你！但以后咱们哪都不去了，就去私塾！好吗？"黄氏用手轻轻地帮建林擦去泪痕。

"好！婶娘，大哥，玉郎，你们别笑话我。我可从来不哭的，今天可真丢脸到家了！"

"哪会啊，妙啊是个硬汉子，你的仗义让我们很佩服！"懋然赞道，黄氏和懋峰也连连点头！

建林听了破涕为笑，乐了！

此时，门口传来敲门声："弟妹，是我！"

"是我爹来了。"建林高兴地跳起来。

"君敏兄，快请进。快去迎你君敏伯伯进来！"黄氏忙起身，叫懋然和懋峰去门口迎接君敏。

君敏手中提着两条长五尺宽三寸的大带鱼，走了进来。

"弟妹，谢谢你！妙啊给你们添大麻烦了吧！这次我船回来要整修个把月时间。我想让妙啊回家住几天。"

"君敏兄，客气了！妙啊是个乖孩子，有出息，想了好多办法帮我分担困难！我得谢谢你们才是！"

"一个小孩子能帮什么忙？没添麻烦就好了！"

"君敏伯伯，妙啊很了不起，想办法帮我们做蜡烛，要帮我们修屋顶，还帮我们捡柴火呢。"懋然拉着建林的手赞道。

"是吗？孩子做得对！这样我就放心了！来大侄子，把鱼接过去，趁新鲜煮了吃了！"

"谢谢君敏兄！总是白吃你的，真是惭愧得很！"

"又不是花钱买的，都是自家人，不要客气才对！"

"谢谢君敏伯伯!"

"晚饭粥已煮好，等下焖①了带鱼，一起吃吧。"黄氏挽留道。

"一起吃吧，爹。"建林也用期待的眼光看着他爹。

"多了我一个吃饭，会害你们吃不饱的。"君敏有些难为情地说道。

"够吃，够吃，这不有鱼了吗。我们多吃鱼少喝粥，呵呵呵。"懋然、懋峰眉飞色舞地笑道。

君敏看了看众人，"嗯"了一声，古铜色的脸霎时变得通红。

君敏虽然是个识字不多的讨渔人，却很懂礼数，也很腼腆。第一次在别人家中吃饭，很斯文又很不自然，光埋头喝粥。众人看了只想笑。建林打趣道："爹，在家都不见你这么斯文。这是我婶娘家，咱是一家人，你不用这么客气!"别看这建林年龄不大，说的话可都是话中有话。君敏的脸"刷"地一下子又红到了脖子根，忙把最后一口粥吃了，结巴地说道："我刚才……在船上已经吃了……一些了，吃……吃不下了，你们吃。这粥真香真好喝!"

"好吃就再吃些吧。"黄氏道，声音温柔。

君敏心中咯噔一下，连忙说道："饱了。妙啊你吃饱了没有？吃饱了咱们也该回去了。"

"爹，我饱了，可我还想跟然啊哥哥和玉郎一起玩。你也坐会儿再走吧。"

"对啊，坐会儿吧。"黄氏也客套地挽留道。

"家里要整理一下，还是改天再坐吧。我先回去了，妙啊你也早些回家。"君敏话说着，脚却迟疑了一会儿才挪开，慢慢地走到门口，告辞而去。

第二天中午，建林拿个瓷罐过来。"猜猜，里面是什么？"

欲知建林带来何物？请看下回分解。

---

① 焖：闽南方言，意思是把鱼或肉煮成咸味的菜肴。

第四回
偷桑慈母严持家法
遇险先生慧识情缘

上回说到建林拿了个瓷罐过来。让懋然和懋峰猜里面装的是什么东西。

"好吃的？"懋峰咽了一下口水问。

"光想着吃？不对，再猜！"

"不是吃的啊，猜不着。"兄弟俩摇头。

建林打开罐子，罐子里几条白白的虫子正沙沙地吃着桑叶。"啊，是蚕啊！哪弄的？"

"我花两文钱买的，听说这个蚕织的丝可以织上好的丝布。我就寻思着我们一起养着。明年蚕就会生下好多蚕宝宝，织好多的丝给姊娘织布，可以卖好多钱。"

"这么好啊！那我们赶紧养着，这虫子多可爱啊。"

"可是蚕要吃好多桑叶，哪里弄啊？"懋峰问道。

"我知道塾师陈先生家有两棵古桑树，好大好大，结好多桑葚。果实酸酸甜甜的，地上掉了不少，可好吃了。"懋然咽了一大口水。"我去过陈先生家啊，那树是他爸留下的，有一人抱那么粗呢。可陈先生平常爱惜树，当时有孩子上树摘桑葚，被他发现给骂得狗血喷头。"

"不让摘叶子，那我们从哪弄桑叶给蚕吃啊？"懋峰道。

"那你现在的桑叶哪来的？"懋然问道。

"是卖蚕的人送的，他是外乡人。"建林道。

"那可怎么办啊？"懋然挠了挠头。

"我有办法了。"建林想了想说道。

"赶紧说，有什么办法？"懋然和懋峰急着问道。

"晚上姑妈宫演戏，我们跟婶娘说要一起去看戏就行了。出来后，我再告诉你们怎么去弄桑叶。"

到了傍晚，吃过晚饭。懋然对母亲说道："娘，我们和妙啊约好要去姑妈宫看戏。"

"行啊，你要照顾好弟弟，别乱跑，早点回家。"

懋然和懋峰出了门就找建林去了。三人朝姑妈宫走去。

"现在说怎么去弄桑叶？"懋然问道。

"陈先生家离姑妈宫不远，我们去那边看看。"建林应道。

三人走到陈先生家附近。建林说："我们先等一下。等一下陈先生出门去看戏了，我们就爬上树去摘叶子。"

"偷摘啊！不行不行，让我娘知道了，会揍我们的。"懋然把头摇得像拨浪鼓一样。

"婶娘不会知道的。蚕没叶子吃会死的，再说那桑葚多好吃啊！"建林说到桑葚时，特意加强了语气。

月亮尚未升起，天气渐暗，一片朦胧。三人身不由己地向陈先生家走去。

"玉郎你在旁边看人。我和然啊去摘叶子和桑葚。"

"陈先生和师娘有一个女儿一个男孩，一大家子人呢。师娘和孩子好像没有去看戏，小心别被发现了。"懋然说。

"没事。我们别出声，他们不会知道的。"

懋然和建林小心地爬上树，满树叶子和桑葚散发出清新的芬芳。建林真是有备而来，居然还带了小布袋。树下懋峰已紧张得手脚发抖，浑身出冷汗。

两人边摘边吃，不一会儿就把布袋撑满了，溜下树来，快步跑了，懋峰手脚发软在后面追着："等等我，等等我。"

三人翻看着战果，兴奋得不得了。

"刚才我们在树上吃桑葚吃饱了，哈哈，真爽，这些桑葚是给你摘的，快吃了。"建林从叶子里挑出一大捧桑葚放到懋峰手里。

懋峰狼吞虎咽地吃着桑葚，酸酸甜甜的感觉十分美妙，早忘记害怕了。

三人把叶子、桑葚藏好，心不在焉地看了一会儿戏，越发觉得无趣，趁着月光各自回家去了。

"桑葚这么好吃，不知娘吃过没有？"兄弟两人商量着，"给娘吃一些吧。"

"娘知道我们去偷，会揍我们的。"

懋然忖度着："可娘这么辛苦养我们，有好东西不给娘吃，比揍我更难受。"

"嗯，有好东西不给娘吃，太不孝了！比揍我们还难受。"懋峰听了点点头说，旋而又问："可娘问起来怎么说，我们可如何说谎骗娘啊？"

兄弟两人左右为难，犹豫了半天，懋然沮丧地说："那就说实话吧，让娘揍一顿吧。娘从小教育咱们做人要诚实坦荡守信，我们去偷东西已经犯错误了。"

回到家，黄氏正在趁着月光缝补衣服。

"你们看戏回来了？"

"嗯。"兄弟俩怯生生来到母亲身边，"娘，吃桑葚。"

"哪来的？"

"娘，你先吃，我再告诉你。"

"你不说我不吃。"

"你先吃。"

懋然眼里噙着泪花，用期待的眼光看着母亲，用手拿起一个熟透的黑桑葚放到娘的嘴里。

"好吃吗？娘。"

"真好吃。你们有吃吗？"

"有的，娘。"

"那这桑葚哪来的？"

两人支支吾吾了半天："是……是……是在陈先生家摘的。"

"陈先生知道吗？"

"不知道……我们和妙啊一起去偷摘的。"两人嘟囔着。

"怎么？长本事了，居然会偷东西了！娘平时怎么教你们的？"黄氏厉声骂道。

"娘，我们知道错了，你打我吧。"懋然自己拿来了木布尺。

"娘不用尺子打你。你跪下，把弟弟都带坏了。看来要准备荆条打你了。"原来峰尾有风俗，传说打孩子不能用布尺，要是打了，孩子就长不高了。

"桑葚是好吃，可那是别人家的。偷别人的就是贼。小时偷针大来偷衫，小时偷瓠大来偷牛，从小怎能不学好呢？"

"娘，我们知道错了。以后再也不敢了。"

"本来我们不是想偷桑葚的，我们只想偷叶子来养蚕的，看有的桑葚熟了没摘，感觉掉了可惜才摘的。"

"偷叶子也是偷啊！你们养蚕做什么？"

"养蚕了，可以抽丝。娘就可以织丝布了，可以卖更多钱，娘就不用这么辛苦了。"

黄氏闻言鼻子一酸，凄然落泪，抱着两个孩子柔声说："傻孩子，懂得心疼娘是孝道。但我们人穷志不短，怎么也不能去偷别人的东西。明天我们叫上妙啊一起向陈先生赔礼道歉去。"

"娘，我们不敢去。"

"男子汉都要敢作敢当！娘相信你们都是顶天立地的男子汉！我们既然犯错了，就要有承认错误的勇气。"

"遵命，娘。孩儿知道错了！"

翌日傍晚，黄氏让懋然兄弟俩叫上妙啊一起到陈先生家登门赔罪。

"陈先生，孩子们昨晚偷摘您家的桑叶和桑葚，都是妾身平日管教不严，今天特将孩子们带来请陈先生治罪。"

"平时听闻刘嫂贤淑，果真名不虚传。来，快请坐。此乃拙荆①卢氏，小女陈梅，犬子陈松。"先生又唤来妻儿与客人相识。

"小孩子摘些桑叶桑葚无关紧要，刘嫂不必如此认真。"卢氏笑道。

"是啊，刘嫂家教有方，让我等佩服！"陈先生说。又对着懋然三兄弟说："你娘品德当是尔等的楷模，摘些桑叶桑葚本无大事，知错能改方为正道，尔等可知错？"

"先生，我们知错了。"

"你们养蚕？"先生问道。

"我们想养蚕，生好多蚕宝宝，明年就可以织好多丝，我娘就能织上丝布，可以多卖些钱，就不用这么辛苦了。"

"孝心倒是可嘉，可你们懂得缫丝吗？"

"不懂。什么叫缫丝？"孩子们摇摇头，瞪大眼睛看着陈先生。

"缫丝简单说就是从蚕茧里抽出蚕丝。祖上曾养蚕缫丝，我略懂一二，缫丝也是很辛苦的，而且要养好多的蚕，这两棵老树的叶子

①拙荆：对妻子的谦称。

估计也是不够吃的，看来你们只能养着玩吧，以后你们想要摘桑叶桑葚就光明正大地来，我帮你们摘。我不让别人随便上树摘桑叶桑葚就是怕树滑，不小心掉下来会伤人。还有不可玩物丧志、沉湎其中废了学业！可以让陈梅姐弟帮你们一起照顾这些蚕。"

"遵命！谢谢先生！"众孩子闻言欢呼雀跃。

先生转而对黄氏言道："刘嫂，这懋峰和建林经常跟着懋然来私塾玩耍，我见这两人甚是聪慧，也该上学了。"

黄氏稍作迟疑："是该读书了，回去我跟君敏兄商议一下让妙啊即去就学，玉郎再等一段时间可好？"

先生看出黄氏心思说："学费的问题刘嫂不必担忧，这玉郎的学费就免了。"

"这如何使得？先生也得养家糊口，一大家子的也不容易。"

"没关系的，这几个小孩甚是乖巧，我很喜欢。好生调教必有出息。"

"如此多谢先生！先生恩情没齿难忘。"黄氏对先生鞠躬致谢，又对孩子们说道："你们以后要好好听从先生教导，早有出息。"

这时，陈氏姐弟洗了一大盘桑葚出来请大伙吃。孩子们相视一下，先是有些羞愧继而绽出天真而又开心的笑声。

吃过桑葚，孩子们兴高采烈地告辞而去。过后，孩子们三天两遭地到先生家，与陈氏姐弟成了玩伴。

时光荏苒，转眼过了一年。

"私塾放假了，咱们约陈梅、陈松一起去海边玩，怎样？"建林提议道。

"可我们还得割草呢。"

"先玩会吧，等下我帮你们割。"

"那好吧，可先生一般不让阿梅出门的。"懋然道。

"嗯，女孩子家要知书达礼，贤良淑德，岂能到处抛头露面。"建林装成陈先生的模样，摇头晃脑、装腔作势了一番。

懋峰见了大笑。

"让先生知道，非打你手心不可！"懋然笑道。

"我皮厚不怕揍，哈哈！我知道先生这会应该去找李秀才下棋了。放心走吧。"

懋然、懋峰各自背上竹筐，手持镰刀，与建林一同到了陈先生家附近。

建林道："我去看看先生有没有在家？你们先等着。"

"阿梅，阿松。"建林进了庭院。

"妙啊，你来了。咦？怎么没与然啊和玉郎一起？"陈梅问道。

"他们要割草呢。先生和师娘在家吗？"

"我爹去找李秀才下棋了。我娘去井边洗衣服了。"陈松应道。

"那我们一起去海边玩，要不要去？"

"我爹不让我去的。"陈梅道。

"姐，我想去，走吧，好久没去海边玩了。"陈松拉着姐姐的手央求道。

"我还是不去吧，再说然啊和玉郎也没有一起去。"陈梅有些犹豫。

"我就知道，然啊哥哥没来，你哪都不想去。"建林做个鬼脸说道。

"看你说的。"陈梅羞得满脸绯红。

建林跑出门外，将懋然和懋峰拉了进来："当，当，当，看谁来了！"

"一起去玩玩吧。"懋然说。

陈梅轻轻地点了点头。

风
惚
月

"好，大功告成。走，大军开拔塔仔澳！"建林趾高气扬地说。

五人到了圭峰山顶，下了数十坎的台阶到了沙滩。天空蔚蓝，天际与海连成一线。太阳斜挂在东边，高上三竿，光芒耀眼，把海水映出一片片金黄，晒在身上略有些温热，但沙滩却仍冰凉，松软如棉，似踏云端。海风潮湿而清爽，夹带些咸味。一排排一层层波涛由远及近，浪花卷着白泡，犹如条条水龙，哗哗地舔着金黄色的沙粒。孩子们把竹筐放在沙滩上，卷起裤腿，冲进海水里。"啊，好凉爽啊！"建林故意跺了一下脚，海水溅了懋然一身。

"好啊，你这坏蛋！敢溅我水。"懋然笑骂道，也跺了一脚，掀起一大片海水，溅得懋峰和建林浑身湿透。

"哈，都湿透了。干脆都脱了。"建林把背心脱了，往肩上一搭，跑上沙滩，扫去石阶上的沙子，把背心晾在上面。

又对着陈梅喊道："不许偷看，我要脱裤子了，偷看会长目针。"

陈梅忙背过身去，用手捂着眼睛。

建林三下五除二把裤子脱了，光着屁股一路小跑，跳进海里，扑腾扑腾地向深水游去，一直游出二十丈开外，到了一艘小船边才停了下来，露出半个身子，抒了一把脸，扶在船身上招呼道："你们也游过来吧。好爽啊！快来。"

"自从爹去世后，娘都不让我们下水游泳了。"懋然道。

"哪有海边人不游泳的？来啊！是不是不敢脱裤子，怕让阿梅看到。哈哈，看就看了，怕什么？"建林取笑道。

"死妙啊，等我游过去，打你屁股！"懋然跑上沙滩，脱去背心，放在台阶上。陈梅赶紧捂住眼睛。懋然又脱去裤子，放好，一路快跑跳进海里向建林游去。

"哥，我也要去。"懋峰也脱去衣裤，向建林游去。陈梅和陈松站在浅滩上看着他们三人嬉戏，哈哈地笑着。

懋峰游到十丈外的时候，突然脚跟一阵剧痛，小腿开始发紧，接着整个小腿像被掰反过来，又像要被扯断一样，又痛又紧，动弹不得！挣扎了两下，刚要大喊，却沉了下去，呛了一大口又咸又苦涩的海水，心中不由得一阵慌张，手脚乱舞。

建林正笑着，见此情形，笑容僵住，大喊道："啊，不好了！玉郎腿抽筋了！快，快救他！"忙用力冲进水中，奋力向懋峰游去。

懋然听到建林喊声，忙回头向懋峰游去。懋然离懋峰只有两三丈远，游了几下就到了懋峰身边，刚要托起懋峰。岂料懋峰乱抓乱抱，一把将懋然拦腰抱住。

"快放……"懋然还没说完就被懋峰拖进水中，呛了一口海水。懋然拼命挣扎，可手脚被困怎么也挣扎不上来。陈梅、陈松见状吓得大叫。陈梅不顾一切地向懋然跑去，不料一个快步，脚踩不到底，水一下子就把她给淹没了，也在水中挣扎起来。陈松年幼，又不会游泳，被眼前情形吓傻了，只会"啊啊"地紧张地乱叫。情况十分危急！

此时，建林已游到懋然身边，潜入水中，双手将懋然和懋峰托起，奋力向岸边游去。

懋然急急吸了两口气，用力将懋峰的手挣脱。两人托着懋峰游了两步。懋然道："玉郎交给你了。"便赶紧向陈梅游去，游到陈梅身边，懋然从水下把她抱住，游了几步，站起身来，借着浮力把她横抱起来，慢慢向岸边走去。建林也把懋峰救上了岸，累得躺在水里连喘大气。

懋然抱着陈梅到了岸边。陈梅回过气来，头发散乱，瘫软在懋然怀里，良久才回过神来，与懋然四目相视，顿时羞得满脸通红。懋然也意识到自己还光着屁股，连忙把陈梅往沙滩一放，捂着屁股跑进水中，十分狼狈。建林、懋峰、陈松忘记了害怕，哈哈地笑了起来。

"衣服晒干了，赶紧都穿上吧。我帮你们割草去。今天的事回家都不许说啊。谁说谁小狗！来，拉钩上吊，一百年不许变。"建林道。

"好，我们不说，谁说谁是小狗。"孩子们都伸出小指拉了钩。大家爬上山坡，七手八脚地割草，拔草。正忙得满头大汗之际，只见陈先生和李秀才心急火燎地从台阶上跑了下来，边跑边大声叫唤："孩子呢？孩子呢？"原来，懋然他们有个同学是李秀才邻居，刚好也在海边玩，目睹了刚才的险情，知道陈先生在李秀才家里，赶紧跑回去叫来了陈先生。

"先生，我们在这儿呢！"

"小兔崽子！都下来！站好！"陈先生弯着腰，手扶膝盖，气喘吁吁地朝孩子们叫喊道。

孩子们站成一排，低着头，偷偷地你看我，我看你，没人敢吭声。

"好啊，你们，越来越胆大妄为了！竟敢偷偷跑到海里游泳！你们有没有想过，刚才要是出了事会怎样？你娘会怎样？叫她怎么活？还有你阿梅，丫头片子也出来疯，都没有一点淑女的样子，把弟弟都给带坏了！看我不打你！"

懋然跪了下来，央求道："先生，我知道我错了，请你饶过阿梅，要打就打我吧。我们以后再也不敢了。"

孩子们都跪了下来："先生我们再也不敢了！"

"你们都知道错了？"李秀才问道。

"知道错了！下次不敢了。"孩子们齐声应道。

"既然孩子们知道错了，这回暂且饶过！陈兄消消气，回去煮些鸡蛋给孩子吃，祛祛邪，压压惊！"李秀才道。

"还不快谢过李叔叔。"陈先生道，声音中带有威严。

"谢谢李叔叔。"

"走，都跟我回家，让师母给你们煮几个蛋！"

"唔！走喽，吃蛋去了！"建林得意忘形地叫道，跑跳了起来。陈先生白了他一眼，他马上闭了嘴，安静下来，垂头丧气地跟在众人后面。陈先生与李秀才相视一下，笑了起来。

是夜，黄氏家中。黄氏坐在厅中，懋然、懋峰、建林三个孩子站在面前，垂头松肩哈腰。

"都站直了！知道错了吗？"黄氏厉声道。

"婶娘，娘，我们知道错了！"

"说！娘该怎么罚你们？"黄氏拍了一下椅子，三个孩子吓得一哆嗦！

"娘，你打我们一顿吧！"懋然央求道。

"娘不打你们，娘要你们记住！危险的地方不要去！你们的命不单是自己的，也是爹娘的，知道吗？"

"我们记住了，娘！"

"今天娘很生气，本是要狠狠地揍你们一顿，让你们长点记性。但你们能手足相惜，舍命相救！娘很欣慰！功过相抵，所以娘不罚你们！今天玉郎和然啊的命是妙啊救的，希望你们永远记住兄弟这一情义！此生此世都不得相违。"

"婶娘，来，我给您捶捶背。"建林嘻哈着脸，跑到黄氏后面，捶得那叫一个卖力，顺便还冲着懋然他们挤了一下眼。

懋然和懋峰忍着没笑出来。黄氏回头看了一下建林，笑道："你啊，这个调皮鬼！"孩子们都开怀地笑了！

"好了，都早点去睡觉。"

"婶娘，我不跟玉郎一起睡，我要跟然啊一起睡。"

"为什么？"

"玉郎昨晚睡觉时，啃我的手指头。"

"我做梦梦见吃桑葚了。"懋峰不好意思地说。

"我也会做梦吃桑葚啊。"懋然搔了搔头说。

"那好吧，然啊去我房，跟我睡。妙啊去然啊床上睡。"黄氏笑道。

此时陈先生家中，卢氏来到陈梅房中，坐在床边。陈梅起身站在一旁。

"今天的情形，我都问过阿松了！你明知不会游泳，为何敢舍命相救？"卢氏问道。

"我也没想那么多，看他们危险，就想着要救他们。"

"古礼有男女授受不亲！你已金钗之年，应习闺中之礼，今后不得再与男孩往来了。"

"女儿遵命！"

"女孩要知书达礼，品貌端庄方可嫁得大户人家，相夫教子，贤良淑德，一世衣食无忧。"

"女儿不想嫁大户人家……"

"这孩子，敢顶嘴了！不嫁大户人家，难道还想嫁名门望族？"卢氏嗔道。

"女儿不敢，女儿不想嫁人。"陈梅低着头嘟囔道。

"男大当婚，女大当嫁，岂有不嫁之理，傻丫头！"卢氏用手指在陈梅头上轻轻按了一下。

"女儿就不嫁嘛，在家孝顺爹娘呢。"陈梅拉着卢氏的手撒娇道。

"好了，好了，早点睡觉去吧。傻丫头！娘走了。"

"娘慢走。"

陈梅送卢氏出了门，轻轻合上门，背靠门，轻轻叹了口气。

"唉，这孩子，刚想说教她两句，她竟然说她不想嫁人？真够操心的。"卢氏回到房中，对陈先生唠叨道。

"孩子大了，有自己的心思。难道你看不出些什么来？"先生坐在床前一边脱鞋一边说道。

"有什么心思？小孩子家的。"卢氏折着衣服漫不经心地说道。忽地手停了下来，略有所悟道："咦！不对，这丫头似有心事，莫非？"

欲知陈先生和卢氏看出女儿何心事，请看下回分解。

第五回
挑重担懋然得佳偶
读禁书刘妙言异思

却说陈先生慧眼识得女儿心思，又不对妻子说破，反而问道："看出点不一样的地方来了？"

"嗯，感觉是。唉，这孩子聪明善良，是难得的好孩子，只是家境太贫寒了。咱孩子要是嫁过去，岂不是受苦受穷？"卢氏点了点头，又摇了摇头。

"俗话说穷不过三代，富不过三代。儿孙自有儿孙福。好田地不如好子弟。多想无益，睡觉喽！"陈先生往床上一躺，轻轻地吐了一口气。

"你呀，天塌下来都不急。"卢氏嗔道。

"顺其自然吧。你不也一个大家闺秀嫁给我穷秀才受穷受苦吗？难道你过得不快活？"先生道。

"上了你的贼船了，后悔莫及了！"卢氏坐在床边，把折好的衣服放在手上，上身斜着往床里一探，把衣服放在床搁板上。

"哈哈，后悔也没用了！"陈先生伸出双臂，顺势把横斜在身上的卢氏一把抱住，翻身压在下面。

"鞋还没脱呢。"

"徐娘半老，风韵犹存。"陈先生边说边解扣子。

"人家才三十出头，有那么老吗？"卢氏娇嗔道。

"靡颜腻理，遗视眄些。"①

"妾身也没那么好。"卢氏娇羞道。

"好与不好，天知地知吾知！哈哈！"

"风流鬼，轻点声，别让孩子听到！"

……

时光如白驹过隙，转眼又过了一年。夜寂静，月如水，人酣睡。黄氏轻咳声惊醒懋然："娘，都三更了，您怎么还没睡？"

"总兵府林氏将嫁女，赶着绣一批嫁妆，我多绣一会儿，没事的，你赶紧睡，别管我。"

"娘，你感了风寒要多休息的，怎可如此劳累！"懋然心疼地说，"娘，我今年十四岁了，可以养家了，我想出海捕鱼去。"

"你爹就是怕你们受苦，才去讨海的。这讨海有多辛苦，娘能感受得到。再说你再读几年书就能考取功名了，怎可半途而废呢？娘就是偶感风寒，没事的。"

"娘，您太操劳了，我心里都明白。我和玉郎两个人都读书，家里根本无力承担，只会把你身体累垮。"

"娘能行，你们好好读书就行了。"

"我是男子汉，我得承担起责任。玉郎就让他好好读书，在家照顾您。"

"你不听娘话了？"黄氏有些生气了。

"娘，这次我心意已决。我都跟君敏伯说好了，去他船上当学徒，他会照顾好我的。"

"你这孩子！"黄氏叹了口气，流下两行热泪，心里又酸楚又温暖。酸楚的是因为家庭贫困，儿子小小年纪就得出海劈波斩浪受苦

---

① 靡颜腻理，遗视眄些：语见《楚辞·招魂》，意为华美的容颜和细腻的肌肤，留下那含情脉脉的一瞥。

受难；温暖的是儿子真的很懂事，懂得爱惜和体恤自己。

"也罢。既然如此你就去试试，要是太辛苦就回来，咱们再从长计议。"黄氏慈爱地摸了摸懋然的头。

"我能吃苦的，没事的，娘别担心。"懋然见母亲同意让他出来挣钱养家，很高兴。他已经做好吃苦的准备，他想通过自己的努力，让母亲和弟弟过上幸福的生活。

第二天，懋然依然带懋峰和建林去上学。休息的时候，懋然对先生深揖道："先生，这些年承蒙您的教导，学生不仅读了圣贤之书，还学会了做人。如今我家贫如洗，母亲太于操劳，我心多有不忍。因而决定出海行船谋生，今天特此向恩师辞行。"

先生闻言，吓了一跳："啊？你自己决定的？你娘怎么说？"

"我娘是不同意的，只是我心意已决。其实我也很舍不得先生、同窗和圣贤书，可家里实在太穷了，再拖下去，我怕我娘身体受不了。如今我长大了，我能担起家来，娘和弟弟就不用受苦了！"

"这……这么小就要担家了？唉，好孩子！这也太可惜了！"

先生沉吟良久，摸了摸懋然的头，仰天叹息，很是不舍，却又爱莫能助，心中难过。上了一会儿课就布置学生们习字。自己闷闷不乐地在私塾踱了几圈，慢慢地走出私塾，信步向懋然家走去。行出数十丈，到了小桥边，抬头看着桥头一丛竹子，停下脚步，若有所思，喃喃自语道："当年种下竹兜时，还担心是否能成活，如今却见竿丛籍众，枝挺节劲，青叶翠盖。唉，枝草点露，芸芸蓬勃，自有生机！儿孙亦然，罢罢罢！"言罢，心中释然，返身而回。对懋然道："懂事的孩子，真难为你了！这样吧，咱们师生一场，晚上请你母亲和兄弟们到我家吃饭，为师给你钱行。"

夜幕降临，天色渐昏。黄氏无以为礼，乃包了一匹芒布，领着懋然、建林、懋峰，四人来到先生家中。先生已摆好了宴席：一大盘海蛎煎、一道鱼汤、一道炖鸭汤、一盆卤猪肉加萝卜、一盆煎豆腐，香气四溢，比过年还丰盛，足足花了先生半个月薪水。懋然和懋峰几曾吃过如此佳肴，馋得直流口水，又不敢失态，偷偷地咽着口水。陈梅姐弟见了不禁掩袖偷笑。

先生说："懋然勤奋好学又懂事，如今长大要担家了，没能多读几年书考取功名很是可惜。我很是不舍，想了许久，也没有更好的办法。"说着突然有些哽咽，稍顿一下，继续说道："后来我也想通了。懋然是个人才，此去虽是去行船讨海，但我相信他一定不会只当一个普通渔民，以后定会有出息的。请问俊后生可欲攀枝折桂？"众人诧然，还是懋峰反应敏捷，慌忙答道："我哥乖团子早思伴月依花。只是我们家徒四壁唯正气，衣有两边只清风。"

先生言道："我很喜欢懋然这孩子。唉，你家情况我都熟知，岂有嫌弃之意！我跟家人商量过了，长女陈梅年十四与懋然同龄。如若刘嫂不弃，我决定将之许配给懋然。这匹芒布即为聘礼。两年后迎娶，不知意下如何？"

黄氏闻言大喜过望，起身忙不迭地致谢："这真是懋然的福气，妾身家的福气！三生有幸竟能高攀先生这样的家庭。懋然快来拜过岳父、岳母。"

大家欢欣鼓掌，懋峰和建林趁机大声喝彩，故意冲着陈梅喊道："见过嫂嫂！"陈梅和懋然羞得脸红耳赤却掩饰不了幸福之情。

"来，大家请吃菜，快吃菜！别客气！"欢乐的笑声在这个幽静的小院里荡漾！

几天后，懋然到了船上。君敏早已把原来的大舢板卖了，与乡亲刘伯合伙买了一艘小帆船在台湾海峡网捕，船上还有其他四个船工。君敏安排懋然从学徒做起，十分悉心地教他。懋然也甚是勤快，又聪明又能干，平时总是虚心向人请教而且谦恭有礼，谁叫他帮忙他都积极参与，大家都很喜欢他。他也很快进入角色，各种业务逐渐熟悉。而且他还懂得研究天文、地理、气象、海洋知识，掌握鱼群生殖分布和海域潮流规律，并实地观测水色和鱼类活动的深浅水层，选择放钓位置。这些知识对捕鱼大有裨益，本船的收成相比别人遥遥领先。还没到一年，懋然就由学徒转为正式渔工，工分也从七成转为十成。君敏让他负责船只的生产，还额外给他二成的管理抽成。懋然收入逐渐丰厚，又十分节俭，除了生活必需开支外，剩下的钱银悉数交予母亲。黄氏本就持家有道，两年下来，竟积攒了五十多两银子，家境逐渐好转。

一天，君敏对懋然说："孩子，我做梦都没想到你成长如此迅速。你的能力已远远超过别人。如今有个机会，我想跟你商量一下。我原来合伙的刘伯前些天身故了。他家里人想把一半的船份卖了，只要一百两银子。这不算多，我想你应该把这船份买下来。钱不够不要紧，你出五十两，我再借你五十两，不用多久咱就能挣回来，你看怎样？"

懋然道："谢谢君敏伯，如此甚好！等我回去跟母亲商议一下。只是借您的钱，得算利息给您。"

"咱们之间算什么利息啊，不要这样见外。"君敏一口回绝。

过了几天，懋然与君敏回到家中，对母亲谈及此事。黄氏欣慰地说："孩子你长大了，这外面的事，你自己做主，母亲必定全力支持你。"乃将珍藏的五十两银子交予懋然。

"谢谢娘亲！"懋然取过五十两银子与君敏的五十两银子并为一道，由房族长做证人，签了契约，付了银两，将一半船份转让过来。有了一半船份，懋然的收入更加可观，讨海的生活虽然十分辛苦，但看到自己在短短时间取得的成绩，懋然颇有成就感，也不觉得太累。

出海——捕鱼——卖鱼——回家避风或整修补给后再出海，日子就这样一天天周而复始地转着。每逢回家之际，懋然也买些礼物去拜访未来岳父母，聊聊家常之类的。未婚夫妻之间却遵照习俗很少有机会见面，都是彼此通过父母转交些礼物表示心意。

两年后，黄氏搬到后房，把大房装饰一新，备下聘礼将陈梅迎娶过门。一家人其乐融融。这陈梅知书达礼，贤良淑德，上敬婆母，和睦兄弟。夫妻举案齐眉，凤凰于飞。只惜懋然一心牵挂养家之责，不敢沉湎鱼水之欢，即使新婚佳期也劳作不辍。

懋峰看在眼内，暗自煎熬："哥每天当风泼浪吃尽苦头，而我却在学堂读书，安享幸福。若是我也出海帮家，哥就不用这么辛苦了，也能在家多陪陪娘和嫂子。"主意已定，懋峰对懋然道："哥，如今我也十四岁了。不如我跟你去捕鱼，你也好多些时间陪陪娘和嫂子。"

"兄弟俩都去跑船，家里如何照料？你只管念你的书，咱也不图功名，你把家照顾好，我一个人去外面打拼就行了。"懋然深知行船讨海的辛苦，舍不得让兄弟吃苦，只想凭一人之力养家。

"可哥哥你一个人担家太辛苦了，我真的能帮上一点忙的。"

"我能行，你有这份心，哥就很高兴了！好好读你的书吧，平常多听娘的话。哥不会同意你出海打鱼的。"

懋峰十分敬重哥哥，见哥哥不同意，也不敢多言语。找到母亲一番软磨硬泡，诉说心意。

其实母亲也早就心疼懋然一人为家操劳，就对懋然说："懋然，既然玉郎想去讨海，你就让他帮帮你吧。你也不用这么辛苦。这些年把你累坏了，又黑又瘦的。娘没本事，让你吃了这么多苦。"说着黄氏不禁伤心落泪。

懋然帮娘擦拭眼泪安慰道："娘，我能行。正因为讨海辛苦，我才不让玉郎去。他斯斯文文的，书念得好，我岳父总夸他。有他在家照顾娘，我也比较放心。"

黄氏点点头道："也罢，如今我们生活条件比以前好过许多。你也不用再如此打拼，多留些时间在家陪陪媳妇。娘想早点抱上孙子。"

"娘，孩儿遵命就是！"懋然有些难为情地说道。

这懋然一心为家，穷则思变，勤劳捕鱼之余，总会利用船只往来捎带贩卖些土特产，每年多赚个百八十两银子。他又十分节俭，没多久就还清了向君敏借的五十两银子，又攒下了百两银子。经年，懋然陈梅喜得一子，命名汝贻。家中添丁进财，生活渐入佳境。

懋峰与建林仍在私塾就学。一天，陈先生讲授《古文观止·卷七》十九篇、韩愈的《马说》。先生把文章念了一遍，逐句进行解释，又感慨道："庙堂裙带罗织，君子不附，伯乐安存？世之不乏千里马者，然多屈于坊间，拉磨虽不俗，无以驰千里。锥处囊中，其末立见，锥于野外，其身亦蚀。琵琶搁壁，沧海遗珠亦乃平常之事也。"讲完又问："尔等有何感想？"底下一时无人应答。

建林看了看四周，站了起来，指着懋峰说："我兄弟就是千里马，我就是伯乐。"同窗一片哄笑！先生按手示意大家别笑，说道："且说来听听。"

建林道："玉郎聪明好学，博古通今，才华横溢。李秀才出了个下联'南音北管，乐飞箫和笛清（岳飞萧何狄青）'，说要是有人对出上联，就把女儿许配给他。结果玉郎偷偷对了'东海西江，橹速桨勤帆快（鲁肃蒋钦樊桧）'就是不敢说。他是不是有千里马之才？你们无人识他，而我识他，自是伯乐。"

先生听了拍手："这鲁肃蒋钦樊桧对岳飞萧何狄青共六个古代名人，用圭峰城里与海上景象嵌入，方位相对，活学活用，确是妙得很啊！建林也算慧眼识得，可当得伯乐！懋峰才华出众，有千里马之能！这个上联要是给了李秀才，他可真的要把女儿嫁给你啊。要不要先生帮你说媒啊？哈哈！"懋峰羞得满脸通红。

课余小憩，一群同窗围着懋峰打趣："李家女婿快发喜糖！千里马让我骑一骑！"有一同窗颇顽劣，拉过懋峰按倒在地，骑到身上，拍他的屁股说："千里马，驾！"懋峰想挣扎起身，却无奈其身高体壮，唯有气急败坏！

那建林从茅厕出来，见懋峰受人欺负，登时火冒三丈，冲着那同窗就是一拳："让你欺负我兄弟！"直打得那人眼冒金星。两人扭打在一起。

先生闻讯赶来，将两人拉开，并召至内室，对那顽劣同学一顿训斥："以千里马喻人之才，岂是用来骑的？混账东西，欺负弱小，且吃我三戒尺，看你以后胆敢如此！"言罢拉过手来在其手心打了三戒尺，直打得那同学龇牙咧嘴，哭喊不敢。

建林一旁幸灾乐祸。先生又转而训斥建林："虽抱不平，但同窗之谊，奈何拳脚相加？君子动口不动手，成何体统！吃一戒尺！长点记性！"

先生又问懋峰："汝之才能，为师甚为了解。如假以时日再行刻苦，功名当无虞！千里马之才亦当有千里马之志！不知汝意欲何为？"

懋峰想到大哥让他在家照顾一家老小，不图功名，又面对先生询问一时不知如何应答，支支吾吾半晌不得言语。

先生看懋峰语塞，转而又问建林："那汝又志在何方？"

建林拍了拍胸脯说："我想当梁山好汉！"

"什么？混账东西！奈何想做梁山贼寇！"先生怒道。

"我这几天正在看《水浒传》，很喜欢武松、鲁智深。他们是好汉不是贼寇，一身本事，讲义气，聚义梁山水泊打贪官恶霸，从不欺负百姓，都是好汉！"

"俗语云少不看水浒，女不看西厢！这梁山众人不乏杀人越货之辈，岂非贼寇？现在朝廷焚刊禁书，你倒好，小小年纪哪弄来的《水浒传》看？"

建林应道："我去书摊买的，那老板内屋藏有一些禁书。我跟玉郎经常去看书，那老板识得我，就偷卖我一套。"

"你明天把书带来，不许再看！为师且替你保管。你给玉郎看了没有？"

"我不看，我娘会骂我！"懋峰答道。

"嗯，如此甚好！等长大成人以后能明辨是非了，再看也不迟！"

先生接着又训斥建林几句："男儿应志在修身、齐家、治国、平天下，岂能想去占山为王！呼啸绿林！"训罢，又转对其他人道："尔等谁不向好，且吃我戒尺！"

"遵命！"众人告退。那先生见四下无人，便从书案底下拉出个木箱子，打开取出一本书来，正是《水浒传》！上下翻看一番，自言自语道："这书实不失为传世巨著！可惜弄不到明版善本啊！"原来这陈先生亦是爱书之人，只是担心学生少不更事，不能明辨是非，怕入了歧途，方不许他们读看。

出得门来，懋峰取笑道："卿是好人，那忽做贼！"建林道："我才不做贼呢！那个阿明骂我贼胚的事难道你都忘记了！"

懋峰道："兄弟之义岂能相忘。不过我也觉得梁山好汉是很讲义气的兄弟，不是贼。"

"知道就好！我是想当好汉不是当贼。"

懋峰又揶揄道："你要是敢做贼，我就当官抓你！哈哈！"

"来啊，来抓啊，抓得到吗？看我不打你屁股！"两人一路跑一路笑着回家了。

转眼数月过去，已到了八月上旬，建林来到懋峰家中，对黄氏说道："婶娘，地瓜再过一个多月就可以挖了。因地里缺水，这些天我爹去地里浇水，连续好几天都发现有人偷挖地瓜！奇怪的是每次挖的也不多，不知是何缘故？"

"怎么会有这等事呢？咱们乡里向来都是路不拾遗、夜不闭户的，按理不应该啊！"黄氏嘀咕着。

"晚上闲着没事，要不咱们去地里看看，看能不能逮到偷挖地瓜的人！"建林对懋峰说。

"偷挖地瓜的人，家里肯定是遇到困难了。你们去看看是谁，回来告诉我，不要声张，更不要吓着人家。咱们家现在条件好些了，看看能不能帮帮人家。"黄氏说道。

"好的！娘。"是夜，建林和懋峰两人躲在树后，借着朦胧月光，瞪着地里的一举一动。约莫亥时初交，一个瘦弱的身影摸到了地边。

欲知来者何人？请看下回分解。

第六回
秀才择婿时来运转
飞雪嫁郎福薄香殒

　　上回说到一个瘦弱的身影摸到了地边。只见那人举止古怪，跪着叩了几个头，好像在小声念叨着什么，又朝天上拜了几拜，然后再摸摸索索地在地里忙活了一会儿，挖起几个大地瓜装在一个布袋里，试了试分量，感觉差不多了，就扛到背上，慢慢向城西走去。此时眉月已西坠，天地一片混沌。兄弟两人踮着脚悄悄跟着那人后面前行。那人身负重物，心慌气喘，竟然毫不知觉后面有人跟着，走着走着，喘气声渐重，越来越累，有些力不从心了。兄弟两人相互拉拉手，不约而同地帮他托着。那人察觉背上变轻，连连称谢："谢谢土地公公帮忙，谢谢土地公公帮忙！"兄弟两人险些笑出声来。不一会儿，那人说道："土地公公我快到家了，谢谢您老人家可怜我穷秀才一路帮我。等下我再敬您老人家一炷香。"兄弟两人一听，就停下脚步，在一旁看着那人向其家门口走去。"原来是李秀才！这读书人怎么做此有辱斯文之事？好生奇怪！"

　　待秀才进门，两人悄然附耳于侧。只听得一声问候如轻莺出谷："爹，您回来了，可曾顺利？"

　　"多亏土地公公帮忙，尚且顺利。唉，可叹我读书之人，迫于口腹之困，有违德操，有辱斯文，实属无奈。若为人知，当无脸于苟活也。平日多赖你陈伯伯周济一二，然他也一大家人多有不易。此事切不可让他知晓而拖累于他，唉！"秀才坐在椅上歇了一会儿，捶了捶手脚，又叹气道："唉，百无一用是书生，爹四肢不勤，手无缚鸡之力，只能到离家最近的那家地里去挖。每次只能挖十多斤，如此攒到九月收成之时，尚能攒个一两百斤，但愿能撑到年底。"

女儿安慰道："爹，天将降大任于斯人也，必先劳其筋骨，饿其体肤，空乏其身。若您今后功名成就，当不忘回报今日饱腹之人。"

"这是自然。我每天挖薯时，都祈求土地公公和上苍保佑地主阖家如意、兴隆发达，原谅我，让我有机会回报。待收成之日，我当探知地主，以图后报。"

"原来刚才他举止怪异是做这个啊，嘿嘿。待我等回去禀报母亲，看如何处置。"两人掩嘴，差点笑出声来，悄然退下。

回到家中，两人细说刚才所经历的一切。黄氏听了说："这李秀才跟你爹和陈先生都是同窗，当时你爹十年寒窗，未去讨海之时，我们家也是一贫如洗，但尚不必靠偷挖地瓜充饥。没想到李秀才他居然穷困到如此地步，要是让人知道，岂不斯文扫地？"

建林笑道："玉郎，你还说我想当贼寇。你看你岳父先当上贼了，哈哈！"

"什么岳父？当什么贼寇？"黄氏疑惑问道。

"婶娘，那个李秀才曾出了个下联，说要是有人对出上联，他就把女儿嫁给他。结果玉郎对出来了，你说他是不是玉郎的岳父？哈哈。"建林笑道。

"怪你多嘴！你看《水浒传》走火入魔说要当梁山好汉，先生说那是贼寇，我都没告诉君敏伯。"懋峰白了建林一眼。

黄氏道："啊？有这等事啊？待我明天了解一下情况再做计议。还有你们两人切记不可对别人提起李秀才这事。时候不早了，都去睡觉吧。"

"遵命，娘！"

"遵命，婶娘！"

次日中午，懋峰、建林私塾放学回家。黄氏对两人说："今天我问了邻居李大姐，她是李秀才的族亲。她说这李秀才家妻早丧，家中仅剩老母和女儿三人相依为命。去年他母亲生了场大病，他是个孝子，为了给母亲治病，把家里几亩薄田都卖了，可最终钱和人都没了。这李秀才除了读书又不善营生，混得有上顿没下顿。唉，怪是可怜！倒是这个女儿比玉郎少一岁，听说长得很标致，又知书达理，小小年纪就帮人做些女红，贴补家用，甚是不易啊！"黄氏说着，想起自身经历，同病相怜，竟伤心落泪。

"婶娘，您打算怎么帮他们？"建林问。

"贸然去帮助人家，会伤人自尊，结果事与愿违，令大家难堪。我今天去问李大姐，也是假托问李秀才女儿的情况，再顺便提及他的家庭情况。"

"娘，那怎么办才好呢？"懋峰问道。

"为娘想了想，凭我们现在的情况要完全帮他们也是力不从心。如今万全之策，可以假托上门做媒。晚上我们备些礼物，一起去他家看看，如果你们相互满意，倒是天赐良缘。如若无缘，就假托你向他讨教读书上的事情，多少周济他些银两，先帮他们渡过难关。明年乡试希望李秀才能考个功名，到时谋个公差什么的。如若不行，我们就量力而行多少帮衬他们一些，总不至于再做有辱斯文之事。万一让人知晓，那秀才要是顾及脸面寻了短见，我们岂不成了罪人！"

"婶娘，这一箭双雕，真是妙计！那李家女儿声如莺燕，又貌美如花。这玉郎平常就颇具善心又不乏色心，定会从了！看来我快有喜糖吃了，哈哈！"建林打趣道。

"你个小坏蛋，再敢胡言乱语，看我不打你屁股。"黄氏嗔道。

懋峰红着脸说道:"谨遵母命!"

"如此甚好!那你们拿着这一两银子,速去买五斤肉和五十斤米面,再备些果蔬。我等下就去求李大姐做媒。晚上咱们一同去李秀才家。"

傍晚,新月已上半空,风静云淡。黄氏、李大姐,建林和懋峰提着礼物,到了李秀才家中。李秀才结结巴巴地问道:"你……你们……所为何……何事啊?"李大姐大声道:"李大哥,我向你道喜来了,人家看上咱闺女了。我是做媒来了!"

"啊?"李秀才惊讶得半天合不拢嘴,良久方才转过神来,慌忙招呼大家入屋就座。只见家徒四壁,连个像样的家什都没有,几个客人挤在一条长凳上,旁边一个铁锅尚在冒着热气,屋内飘着蒸地瓜的香味。

"还没吃饭吧,李大哥,打扰你们吃饭了,抱歉!"黄氏说。

"没事没事,嫂夫人不必客气!刚才李姐说要为小女说媒来的,可是令郎?"

"正是小儿玉郎。前天听说李大哥出对征联寻婿,犬子不才,对出来的不知可否入得先生慧眼?"黄氏又转向懋峰说道:"孩子,你把对子说出来,让先生评判是否合格。"

懋峰有些难为情。建林道:"先生的下联是'南音北管,乐飞箫和笛清'。结果玉郎对上'东海西江,橹速桨勤帆快',不知可否?"

"东西对南北,鲁肃蒋钦樊桧对岳飞萧何狄青,妙对啊!妙啊!"那秀才沉吟片刻连连点头称赞,又上下端详着懋峰,满心欢喜道,"恭喜嫂夫人,令郎不仅相貌堂堂,还才华出众,真是一表人才啊。若得此乘龙快婿,当是我和女儿前世修来的福气啊。"

"这么说你这关是过了!"李大姐笑着说。

"过了过了,十分满意!十分满意!哈哈!"李秀才转而向内屋喝道："飞雪，速来见过客人。"

"哎。"飞雪自内屋姗然而至，虽衣着简陋、身体瘦弱，然整洁大方，眉清目秀尽显秀美之态。

"爹今天为你做主，许给玉郎为妻，速来见礼！"

"谨遵父命，小女子给各位请安，万福金安！"飞雪桃面含羞。早在内堂之时，飞雪就听到众人对话，偷瞄了懋峰，见懋峰眉目清秀，犹春风扑面，早已春怀乱撞，芳心暗许。

"这是聘礼，白银十八两二，敬请收下！其余盘担①待后年迎娶时再行备下。"黄氏拿出一包红布包裹的银两双手奉上。

李大姐赶忙在一边说道："李大哥快收下，快收下，有八字，好彩头。他年必定双喜盈门！"

李秀才慌忙双手接下："谢李大姐吉言！嫂夫人客气了，秀才就却之不恭了！"

"哈哈，玉郎要娶妻了！"建林趁机打趣。众人大笑。

九月收成地瓜，懋峰和建林在地里翻出一个锦囊。懋峰打开锦囊，只见内装五百文铜钱外加藏头诗一首：

> 清风抚皓月，白水系横塘。
>
> 秀色盈田绕，才情满腹长。
>
> 偷生临绝壑，食熟救枯肠，
>
> 买枣学查道，银埋附此章。②

诗中言秀才为果腹偷挖地瓜吃，而又挂银购买，不辱清白之意。这秀才本性纯真，真实可爱！有了资助，免遭贫困之苦，安心读书。

---

①盘担：闽南婚俗，定婚和结婚时，男方要备下聘礼装在漆盒和礼篮里挑到女方家中，俗称盘担。

②查道：宋代大臣，字湛然，歙州休宁人，人品极佳。有一次他外出时，腹饥难忍，无奈摘别人的枣吃，吃完挂钱在树上。

次年，陈先生与李秀才结伴秋闱。陈秀才幸而高中举人，经年会试不第拣选宁德县教谕，举家搬迁，临行之时反复交代懋峰、建林继续努力读书，以谋取功名。众人依依惜别，珍重再三。后来，陈先生又调龙岩州宁洋县教谕，地处僻壤，路途艰难，音信渐少。此为后事，暂且按下不提。

建林自从少了陈先生的约束，不喜学文，四处闲逛，又爱打抱不平，少不了招惹是非。君敏深为忧虑，欲将之带到船上讨海。

懋然劝道："我看妙啊为人仗义，身材魁梧、身法敏捷，是块学武的好材料。如今海盗猖獗，若有一身好武艺定是大有作为，至少可以自保，不如让他去学武好了。"

君敏道："唉，贤侄向来聪明、有眼光、好主意，就依你所言。只是担心他少了约束，学得武艺，更是招惹是非。"

懋然道："君敏伯多虑了！妙啊现在年少轻狂，过两年应该就懂事了。咱们就送他去南少林寺学武，听说寺里戒律森严，管理严格，定能成事。"

建林笑道："还是懋然哥哥知我！武松、鲁智深就是有一身好武艺，才叱咤梁山。等我学好武艺，我当你们的保镖，哈哈！"

君敏道："你小子给我规矩些，别再惹是生非，我就谢天谢地了！"

懋峰道："哥，如今我已成年，但无所事事，一家生计全凭哥哥一人之力，弟甚感羞愧！请哥哥允我出海谋生，为哥哥分担一二。"

"你这山鸡如何做得海鸭！再说我们兄弟都去讨海，谁来顾家？我一人之力养这一家，虽不能锦衣玉食，但粗茶淡饭定是无忧！你就在家好好读书，也不要考取功名，照顾好一家人。我好安心在外挣钱，这也算你大功一件。"

"玉郎，不如你跟我一起去学武好了！"

"我哪是这块材料啊！我哥也肯定不允，我还是在家读书好了。"

见哥哥不允，懋峰也无计可施，只得在家勤读诗书，照顾家庭。

建林别过众人，自去泉州南少林寺，师承南少林慧明大师，武功颇有长进。

却说李秀才虽未高中举人，却有幸在考场结识了邑衙吏房书吏钟秀才。这钟秀才得中举人后，钦佩李秀才之才，便荐与知县补其吏房书吏之缺。这吏房书吏虽是小吏，却掌管官吏的任免、考绩、升迁等事务，是个肥差。李秀才登时草鸡变凤凰，身份殊荣。

不久，李秀才续弦县城人氏王氏，便在县城安下家来。这王氏初时尚且善待飞雪，但怀孕后就百般刁难飞雪。为此夫妻两人时常吵架。可怜这飞雪早年失恃，家境贫寒，缺衣少食，终盼来父亲时来运转，岂料又逢后母刻薄。飞雪见此情形，就自己搬回家乡居住，虽有懋峰家的不时周济，但终有避嫌，独自生活艰难。

懋峰年已十七，黄氏花些银两将宅院修缮一新。对懋峰道："孩子，这飞雪独自一人，生活清苦，甚是可怜！如今你已年十七，该娶亲了，娘寻思着与那李秀才协商一番，速把你们的婚事办了。"

"娘，孩子谨遵母亲安排。"

黄氏备下彩礼，李大姐做媒，定下吉日将飞雪迎娶过门，婚房设在下房。飞雪身世坎坷，又乖巧懂事，善解人意，懋峰一家对其怜爱有加。小夫妻情投意合，浓情蜜意，十分恩爱。婚后数月，飞雪珠胎暗结，一家人莫不欢欣。转眼怀胎十月，一日早晨，飞雪对懋峰言道："近日腹内孩子动得厉害，怕是要分娩了，早上还见红了。"

懋峰一听又高兴又紧张："啊！那我这就去禀告母亲，速叫隐婆来看看！"

黄氏和嫂子陈氏闻讯，匆忙来到飞雪房中，询问情况，识得将要分娩之征，忙请来隐婆，备好衣物器具，准备接生。

下午时分，飞雪腹中阵阵疼痛。懋峰要进房相看，女人们道：

"女人分娩，男人尽当回避。"懋峰只得在门外急得团团转。飞雪怕懋峰担心，不敢大声叫喊，咬牙忍着，汗如泉涌，青丝零乱，湿漉漉地贴在额头上，眉头紧蹙，五官因疼痛拧作一团，直痛到三更时分。只听得隐婆喝道："快！快用力！孩子快出来了！大声叫出来！"

飞雪大喝一声："啊！"接着就声嘶力竭的喊叫着，急促地喘着气。双手紧紧抓着床板竹席，咯咯作响！

"怎么还不出来？快用力！用力！啊，这婴儿有些大！这女子身体瘦弱，怕是气力不足！"

飞雪瘫软在床，面色苍白，用尽最后一丝气力："啊！"地大叫一声把孩子娩了出来。一声响亮的"哇！"响彻夜晚的刘家宅院。懋峰先是一阵狂喜："我终于当爸爸了！"接着内心一阵紧缩："不知爱妻如何了？"

"不好了！血怎么止不住了！"只听得隐婆慌张地尖叫着。懋峰慌忙推开房门冲到床前。只见飞雪面无血色，两眼无力地合着，嘴唇青白，浑身湿透，地上好大一摊血水。隐婆等一帮女眷急得像热锅上的蚂蚁，乱成一团。懋峰双手紧攥着飞雪无力的手，呼喊着："贤妻！贤妻！"又急又心疼，泪如雨下。

飞雪微睁双眼："孩子……让我……看看……"

"孩子在这儿呢，是个女孩，贤妻你要好好的。"懋峰已经哭出声来。

飞雪用微弱的声音道："哥……我冷……"懋峰连忙抱过被子盖在飞雪身上，又把她抱在怀里，抚着飞雪被汗血浸湿的头发，心急如焚："快！快叫郎中！"又低头深情地注视着飞雪，柔声道："阿雪，别怕，我在呢，你要坚持住！郎中马上就来了！等你好了，我带你去湄洲玩。"

飞雪动了动嘴角，努力挤出一丝微笑："哥，我舍……不得你！

原谅我……不能……陪你了……"又喘了喘气，气若游丝，声细如蚊："善待……女儿……"头耷拉下来，再无声息！可怜飞雪从此香销魂散。有《临江仙》曰：

> 飘落纤枝一树白，
>
> 鹅黄青翠冰肌。
>
> 翩跹缃缥舞千姿。
>
> 仙居何所是？
>
> 不在画堂西。
>
> 丽骨寻常阡陌见，
>
> 淡芳但为君痴！
>
> 恨无风雨识相思。
>
> 香魂何所是？
>
> 零落化春泥。

懋峰心如刀割，用手抓床，痛哭出声。一帮女眷泪眼婆娑，嘤嘤啼哭！

次日，李秀才闻讯赶来，痛苦懊恼万分："都是爹不好，没能让你享受几天好日子！原以为嫁得好郎婿，疼爱有加，从此幸福如意。未曾想你竟命薄如此啊！"翁婿两人抱头痛哭，旁人莫不潸然落泪。

真是天有不测风云，人有旦夕祸福！懋峰为女儿取名念娘。心灰意冷，半年不出家门，只在家悉心照顾女儿。

岁月如梭，又经两年。懋峰百无聊赖，闲暇之时，时常去找那些乡里长老泡茶聊天。邻里要是有些琐事，懋峰就跟着那些长老帮忙处理，又利用岳父在县里为官的关系，多少帮人解决一些难事，因此结识了峰尾巡检司林巡检。这林巡检为人豪爽，没事也喜去懋峰家中聊天泡茶，讨论乡里事务，有些事务甚至委托懋峰代为周全。如此经年累月，懋峰崭露头角，成了乡里主事之人。

一天，懋峰正在巡检司与林巡检泡茶闲聊，甲兵匆忙来报："禀告巡检老爷，不好了，芋咸叔和他亲家快打起来了！"

欲知芋咸叔家为何与亲家打了起来，请看下回分解。

第七回
玉郎失志居家显智
兄弟造船行海经通

上回说到，甲兵来报，说芋咸叔与亲家两家打了起来。巡检急忙起身问道："快说，究竟发生了什么事，两家要打起来？"

"芋咸叔家庭困苦，守寡的儿媳生活艰难，不得已想改嫁。芋咸叔家不同意，儿媳上吊幸好被救下来了。两家闹起来了。"甲兵回禀道。

"玉郎贤弟，你随我一起去看看吧。"林巡检道。

"好吧！这芋咸叔家离我家不远，相互都熟悉！我们一起去看看情况如何！"

巡检带着两三个甲兵和懋峰匆匆来到芋咸叔门口，只见里三层外三层围了一大圈看热闹的人，叽叽喳喳地议论着。

"这女人真命苦啊，年纪轻轻就守寡，还穷得连饭都吃不饱，不改嫁能怎样啊？"

"她改嫁了，这家就完了。可怜的芋咸叔，一个大男人拉扯两孩子长大，家庭刚要起色。这大儿子又海难死了，家不成家啦。唉！"

"嗯。芋咸叔如今身老体衰，家里全靠大团撑起来。可这大团年轻轻地就死了，留下孤儿寡母。这寡妇要是改嫁了，再留下个孤儿，这细团找老婆可就难了。"

"这细团不得不又去讨海。唉，一个小学徒如何撑得起这个家？"

"哎，可怜啊！都上吊了，兴好没死！"

"唉！外家来人了，都快打起来了！"

"不得了，打起来可要命了！"

"啊，连官府都来人了，看他们怎么办？"

"你看，玉郎也一起来了。他帮乡亲们解决了不少困难，好人啊！"

"玉郎来了，看来这事能解决了。"

"我看难，清官难断家务事。"

"先看看再说。"

"大家让一让！"巡检和懋峰排开众人，走进屋内。只见天井边半躺着一年轻女人，头靠在一老妇身上，披头散发，双眼紧闭，浑身衣裤打满了补丁，赤着足，瘫软着。旁边一个三四岁孩童正吓得大哭，令人见了好生心酸。老妇后面是一群青壮年，手中各自提着扁担、锄头和斧头，怒目圆睁，面红耳赤，脖子上青筋暴涨。懋峰看着面生，知是那女人娘家人！再看厅上，芋咸叔伛偻着身子，扶在柱子上激烈地咳嗽，喘着气，满面愁容。旁边站着七八个堂叔侄，也是手持器械，怒目相向！一群女眷在旁边各自拉扯劝解着，双方一触即发！

里长和房族长也在现场，正努力劝解着，看到巡检带人来了，松了一口气。

"巡检老爷来了，大家都快静一静，听官府处理！"

巡检道："大家都先静一静，把手上器械都放下。打架解决不了问题。双方都派两三个代表来商议事情该怎么办才好！"

"娘家人是客，先说！"巡检道。

"我是她大哥，我妹子自从嫁到他家，过了几天好日子？她还年轻，换成是你家女儿妹子，你们忍心让她守寡吗？"

"唉，亲家啊，天地良心，我们家没半点亏待她，实在是家穷没办法，她要是走了，我们一家三个老幼男人可怎么过日子啊！我这辈子太命苦了。"芋咸叔边说边顿足。

"要不是活不下去了,我妹会寻短见?还好今天人救了下来,要不我就是豁出命也要为她讨个公道!"

"唉,我也知道这孩子可怜啊,可我也是没办法啊!"芋咸叔说着哽咽起来,用满是补丁的袖子抹起泪来。

"房族长、里长,你们俩有何意见?"巡检问道

"这乡里乡亲的,两边都有道理,我也不知该如何。"里长道。

"我也不好偏袒自己人,不便处置!"房族长道。

懋峰心软,见此情形,眼眶湿润,轻轻叹了一口气。巡检道:"清官难断家务事啊,玉郎你有何看法?"

懋峰作了一个揖:"老爷面前,玉郎不敢造次。"

"贤弟不必拘礼,帮我出出点子吧。我一武夫真的见不得眼泪,这两边人说得都在理。我心里也是酸酸的,不知该如何处置。"

"这玉郎是个贤后生,急公好义多有佳名。我们信你,请赐教!"房族长道。

"对,对,玉郎好名声,我们都信你!"众人道。

懋峰走下天井,蹲下身来,对那芋咸叔儿媳轻声问道:"你可有意中人?"

那女人微睁双眼无神地摇了摇头。

懋峰又问:"若是生活过得下去,你是否还想着改嫁?"

那女人又摇了摇头。后面的老妇人道:"我女儿又不是无情无义的人。要是能生活得下去,打死她都不会改嫁!"

"如此甚好!"懋峰赞道,又大步迈到厅上对芋咸叔道:"叔,请问您这儿媳平时如何?"

"好媳妇啊,平日里挺孝顺的,就是这几天家里没米下锅了,有上顿没下顿的。孩子饿得哇哇直哭,儿媳正在急火中。而我裤子又

没拢住，掉了下来，唉！出丑了，丢死人了。儿媳就生气说这日子没法过了，要回娘家去。我没应允，没想到她想不开就寻了短见。"

"这么说，她并没有说要改嫁？"

"没说，她也是可怜的孩子，是娘家人说要让她改嫁的。"芋咸叔叹气道。

懋峰思索了一下，高声说道："既然大家信得过我。我先讲个民间故事，有不对的地方请大家见谅！"

众人都安静了下来，听懋峰讲古："古时候有个叫朱耀宗的书生，进京赶考高中状元。皇上见他一表人才，便将其招为驸马。状元奏明皇上，说他守寡多年的母亲如何含辛茹苦将他培养成人，请求皇上为其母亲树立贞节牌坊。皇上便准其所奏。

"可当朱状元回家向母亲述说了树立贞节牌坊一事后，原本欢天喜地的朱母转而神色不安。在朱状元的追问下，朱母便说出欲改嫁塾师张文举先生的想法。原来这张先生是朱耀宗的恩师，悉心教导朱耀宗，单身未娶，学识渊博，与朱母两情相悦。两人约好待朱耀宗功名成就时便喜结连理。

"朱状元闻言大惊失色，跪在娘亲面前央求道：'娘，这千万使不得啊。您要是改嫁了，叫儿的脸面往哪搁啊？再说，这欺君之罪可是杀身之祸啊。'

"朱母左右为难，无奈之际长叹一声道：'那就听天由命吧。'她随手脱下一件罗裙，对状元说：'明天你替我把裙子洗干净，如果裙子一天一夜晒干，我便不改嫁；如果裙子不干，天意如此，你也不用再阻拦了。'这一天，原是晴空朗日。谁知当夜阴云密布，天明竟下起暴雨。裙子湿漉漉的。状元心中叫苦不迭。朱母则对儿子说：'孩子，天要下雨，娘要嫁人，天意不可违也！'见事已至此，朱状元只得将此事如实奏明皇上，请求治罪。皇上连连称奇道：'不知者不怪罪，天作之合，由他去吧。'"

故事讲完，女方亲戚连连点头。芋咸叔一方愁眉苦脸。其堂侄道："话虽如此，可这害苦芋咸叔了。请问先生还有什么良策，救救他们一家人吧。"

"对啊，玉郎，你还有何计策？帮帮他们吧。"巡检道。

"我有个想法，不知当讲不当讲？"懋峰道。

"先生请讲。"众人道。

"你这儿媳跟你小儿子关系如何？"懋峰又悄悄问道。

"挺好的，一家人都很亲密，从没有红过脸。"老人应道。

"他们两人年龄相仿，若是将她许给你二儿子，您看如何？"懋峰小声问道，声音只有他们两人可以听到。

"这……就我家的条件来说，细团想要找个这样的儿媳，肯定不容易的。这事我能做主，只怕我儿媳不愿意。"

"那就看我的。"懋峰笑了笑说，又走到那女人身边耳语几句，那女人闻言顿时羞得面红耳赤，轻轻点了一下头。懋峰起身高声道："这芋咸叔儿媳贤惠顾家，家中贫困一时想不开。他家有困难，作为乡邻，玉郎多有不忍，也请各位乡邻给予帮助，无事的但请散去。"言罢，懋峰取出碎银二两交予那妇人："先给孩子买些吃的。"一些邻里见状也都三文、五文地交予那女人。围观人群一阵欢呼后也都散去。

芋咸叔与那妇人就要跪下答谢，懋峰连忙扶起："以后有什么困难，但来寻我无妨。至于你们家的喜事，玉郎不便干涉，请自酌。"

"到时一定请您和巡检老爷来坐大位！您是我们一家的大恩人啊。"芋咸叔感动得热泪盈眶。那儿媳也连连施礼答谢。双方亲人都放下器械，互致歉意，握手言欢。

巡检、里长和房族长对懋峰连连竖起大拇指。

"你刚才跟那女人说什么了，可否告知？"在回巡检司的路上，巡检悄悄地问懋峰。

懋峰念道："今时困苦别时甜，岂忍亲人作厝边。有幸细郎娶自嫂，不流肥水到他田。"

"高啊，实在是高！把坏事都办成喜事了！玉郎你可真是人才啊！"巡检连连称赞，暗自钦佩。

花开两朵，各表一处。一天，君敏跟懋然商议道："我年岁大了，最近时常觉得力不从心。而妙啊如今也已经二十二岁了，整天习武好斗，怕他招惹是非，我想让他来行船好了。"

"好啊，君敏伯您也辛苦二十多载了，是该歇歇，养养身子骨了。这有我呢，把他交给我，您就放心吧。"

"如此真好，兄弟同心，我也放心。我想好了，这些年有点小积蓄，回家开个肉铺，做做小营生。"

"说起做营生，我这些年一直在琢磨。我有个想法，咱换艘大的帆船，到时去德化进瓷器，安溪、惠安、永春等地进茶叶、龙眼干等土特产，然后贩到江浙一带换丝绸和粮米回乡，定可赚到不少利润。君敏伯您看如何？"

"真是好主意！利多又不必那么辛苦。只是沿途有海匪抢掠商船，怕不安全。"

"这些年，我们在这一带捕鱼，十分熟悉海路，帆快路熟定能避开。再说妙啊学得一身好武艺，能以一当十。船上准备些火炮利器，要脱身应该没问题。"

"如此也好，若是真遇到麻烦，要见机行事，不可逞一时之勇。咱舍财保命要紧。"

"伯父但请放心，我们会见机行事的。"

船回峰尾港，君敏、懋然合股五百两银子，向黄氏造船世家定制了一艘精制黑舶五青案大商船。

这峰尾黑舶五青案又称五枪堰，可是大有来头。黄氏造船世家祖传技艺秘制，曾作为郑和下西洋的"宝船"以及郑成功、施琅征台战船而扬名于海内外。选料用工考究，以樟木、杉木、油松为主要材料，采用榫接、舱缝等核心技艺使船体结构牢固。分格式水密舱的结构，使舱与舱之间互相独立，密封不透水。厚实的隔舱板与船壳板紧密钉合，使船体结构更加坚固。隔板下方靠近龙骨处，左右各有脐眼两个，既可排水，又可堵舱防漏，船的整体抗沉能力也因此得到提高。

峰尾五里海沙，头港的造船厂里，十多个工匠连日奋战。一日，建林、懋峰随懋然前往工场察看进度，建林发现一个领头师傅十分面熟。

"这不是阿明师傅吗？"

"你是？"

"你认不得我了？哈哈，我是那个害你挨一顿骂的烧水的小男孩。怎么？忘记了？"

"哦！记得，记得！你都长成俊后生了，认不出来了，失敬失敬！"

"对了，怎么没看到那个大师傅啊？他老人家可安好？"建林问道。

"哦，你是说我爹啊，他在家享清福了，帮我带儿子呢！"

"什么，他是你爹啊？管教那么严，我还以为你们仅是师徒关系呢！"

"他老人家教导得好，不然我也继承不了他的衣钵啊。多亏你当年那些事，我爹给我的教育，让我终生受益！"

"严师出高徒啊！代我向大师傅问好！他人品好技艺好，值得敬佩。"

"谢谢了，应该的，我们峰尾黄氏造船就是德与艺的传承。"

"说得好！"众人赞道！

"弟兄们都打起十二分精神，给我打造一流的福船五枪堰！"

"好！"船场喝声雷动！士气高涨！十多个工匠历时八个月终于完工，共耗费白银六百余两。

且看这船稳重霸气，威风凛凛：船长十丈，宽约三丈，船身高一丈外，主桅杆高七丈有余，可承重四十万斤货物。船头正面油漆红底白色"浪托东升旭日"图画，立意"前程似锦"，两侧镶白底黑珠大龙目。船身曲面圆木，饱满大气，黑漆间白条，船舷描红漆，两边各列菱形洞口构造五枪孔。船上驾驶台漆青蓝色。船尾镌刻有"海上女神"妈祖的胸襟花饰及靴纹图案，立意"安澜海国""顺风得利""祈求平安"。

船艏垂下一口黑漆漆的铁锚，甲板上前、中、后三根桅杆直立，栏杆错落，绳索密布，起锚机、舱板盖、小舢板等设备一应俱全。全船首尾"头禁、假肚、五肚、官厅、水柜、尾踏、奔边、前刊后刊、柴盐舱、驾驶台"依次排序。船上设置"十二生肖"暗示标记于不同位置，喻称为鼠桥、牛栏、虎口、兔厕、龙骨、舟皮蛇、马面、羊角、猴头、鸡橱、狗齿、猪架。船长以"十二生肖"中的喻称下达指挥口令，一呼百应，按部就班，井然有序。

新船取名宁兴号，意在安宁兴旺！择定良辰吉日，待大潮涨潮之时，新船要下了水。船主与船匠举办了隆重的"拔落令"仪式。只见男女老幼倾城而出，人山人海，船上船下处处张红结彩，锣鼓喧天，好生热闹！海边设案备办猪、羊、雄鸡为牲祀，各种果品为斋物，燃高香烧金纸，敬天地海神。在船的前方扛来石板条埋在两边，再垫上滑板，海滩每隔一米放一根圆木，直到海水淹到的地方。船身绑上数十条缆绳，由几十个壮汉作拔河之势向前拔纤，船双边每隔一米站一壮汉，每人手持长木，一头插入龙骨之下，将船身抬起。船上三人，两人负责放鞭炮和擂鼓助威，一人站在船头：站马一手叉腰，一手持榕树枝，高举过头，吉时到！"拔落令"开始了！司令手中榕树枝用力指向前方，高呼号子："嗬——力——来啊！！！"拔索之人也齐声唤起："嗨力来呀！"……号子慢慢转为"嘿啊""嗨啊"……号子由长而短，节奏由慢而快，围观人群也跟着节奏喊起了号子，号子声响彻云霄。

船缓缓向前滑去，顺着底下圆木，越滑越快，"轰"的一声，滑进海水中，溅起一片巨浪。顿时人群一片欢呼，掌声雷动，锣鼓喧天，鞭炮齐鸣。懋然和建林一人一边扯下蒙住龙目的红布。船上众人向围观人群撒下大量花生、桂圆和装有铜板的红包。众人一片哄抢，气氛热烈！宁兴号声名大振！

懋然和建林卖了旧渔船，又雇了二十名船工，筹措了千两银子采购了铁罗汉、铁观音、佛手茶、瓷碗盘、桂圆干等物搬上船来。船上还装备了充足的火炮、刀枪等武器配备。懋然见懋峰在家闲着无事，便邀他随航出外散心。

十月十八，船首航。众人告别亲人，一路乘风破浪向江浙驶去。

"哥，我们这么多货物要去哪卖啊？"懋峰和建林问道。

"去宁波府吧，那边商贾会集。红毛鬼尤喜福建茶叶和瓷器。"

"如何找红毛鬼买卖啊？我们又不懂洋话。"

"不必直接找红毛鬼，宁波有诸多商号，找牙行收购就成了。"

"哦，原来如此啊。那卖了货物以后，我们买什么回家？"

"如果直接回家就可以买些棉花、明矾、绍酒、枣和腐乳等食品回去。但这次我想跑一下苏杭。一是看能否找到一些商机，二是都听说苏杭是天堂，长这么大都没去过。你们也都是第一次出门，不妨趁机玩一次。"

"那哥哥有何打算？"

"我们卖了货物，再在宁波采购一些墨鱼干等海产品经杭州往苏州，找牙商卖了货物。再置办些丝绸粮米返程，到宁波卖掉一些，再采购商家订货和买些棉花、明矾、绍酒、枣、腐乳、柿饼、瓜子、花生、黄豆之类的回乡销售。"

"哥哥真有见识，看来我得多学学才是。"懋峰道。

"你就好好在家照顾母亲，闲来无事就读读书。做生意谋生由我来。"

"哥哥您太辛苦了！唉，我啥忙都帮不上。"懋峰有些失望。

过了几天，船靠宁波码头。但见闽、粤、吴、鲁各地商贾齐聚甬江。海上帆樯林立，桅楼簇簇。好一番繁荣气象！少时，就有牙行前来搭话，看了货物，一番讨价还价。卖了货物，整整一千三百多两银子，刨去费用，收回本钱，净赚一百多两银子。船只稍作停歇后，又采购了价值一千两的海产品干货。

船继续北行，进杭州湾，再转运河抵苏州。一路杨柳烟波，众人来不及细赏江南美景。

船抵苏州南码头。兄弟三人上得岸来。

欲知兄弟们到苏州后，情况如何？请看下回分解。

第八回

苏州府张老板宴客
蕉竹楼刘玉郎填词

却说兄弟们到了苏州，上得岸来，但见这市肆繁华程度：吴阊枫桥，列市二十里，各地商贾，肩摩毂击。山海珍奇、异域稀世之宝，罔不毕集，应有尽有，真是琳琅满目，目不暇接。众人转悠一圈，走得腰酸背痛。

"咱们找个地方歇歇脚，顺便打听一下消息吧。"懋然擦了一把汗道。

懋峰道："那咱们找个小饭馆吧，顺便吃个饭，再打探消息。"

"小饭馆可能打听不到有用的消息，咱们去大点的酒店看看。此番在宁波买卖顺利，已有不少利是。兄弟难得一起出来，也该长长见识了，咱今个就不省钱了。"懋然道。

又走了百步，刚好见到一家悦来酒楼，豪华大气。众人便走了进去。

"可有雅座？"懋然问道。

"众客官二楼芙蓉阁请——。"小二唱了一个喏，将众人引至二楼雅间。"客官请点菜。"

"敢问小二哥，有何特色菜肴，但请报来！"

"客官想必是外地来此做大生意的吧？本店是当地最好的酒楼。松鼠鳜鱼、母油船鸭、碧螺虾仁等十大名菜一应俱全。欢迎众位品尝。"小二道。

懑然随便点了三道菜肴。又谓小二道："不瞒小二哥，我等初来贵地。敢问此处可有诚信商号？"

"客官有商货要沽？南货还是北货？"

"南货。船上有些茶叶、瓷器、海产品要出手；又要采购些丝绸、粮米回去。"

"那客家可前往西闸门，寻得闽商洽谈。"

"如此谢过小二哥。"

众人有事未办，无心细品苏州名菜，胡乱填饱肚子，匆匆奔西闸门而去。

西闸门商号会所林立，众人正无所适从，忽闻一家货号里有人用闽南语言道："兴隆号的货物装完了没有？"

众人如获至宝，慌忙迎了进去。只见里面有一个掌柜模样的人正与伙计对话。此人年约五十，中等身材，身着绸布长衫马褂，脸方稍长，略有皱纹，眼明鼻正，须发黑白相间却整洁，精明中不失儒雅。

"老板是闽南人？"

"正是，鄙人是泉州惠安人啊。这些后生听口音像是惠北人？"老板端详众人问道。

"对啊，对啊，我们是峰尾人，老板是哪的？"

"鄙人姓张，是崇武人啊，青年时随父亲来此做营生，快三十年了，每年只回乡一次与家人团聚。今遇到乡亲不胜荣幸，速请里间叙话。"

"这是我们从家乡带来的茶叶，不成敬意，请张老板收下。"懑然从随身携带的行囊中拿出一包上等好茶双手奉上。

"惭愧惭愧，怎么好意思收你们的茶叶啊？"张老板连忙推辞。

"只是家乡土特产而已，身在异乡能遇乡亲如见亲人一般，张老板真

風懑月

是客气了。"

"如此，我就却之不恭了。"张老板很高兴地收下，请众人落座，又叫来伙计给每人泡上一壶碧螺春。"来，来，来，请品尝一下这洞庭碧螺春。"

"这茶叶好美，香味浓，味醇色艳，真乃好茶！"众人赞道。

"这洞庭碧螺春是当地名茶，闻名海内。可我还是更喜欢家乡茶的味道。"张老板道。

"张老板人在他乡，心系家乡，后生钦佩！"懋然作揖赞道。

"这是每个出门人的心声啊，他乡虽好不及家乡。哈哈！对了，后生们来此有何贵干呢？"张老板问道。

"我们跑船过来是要卖货物的。"懋然答道。

"什么货物。"

"海产品干货。"

"你怎么不带些瓷器和桂圆干来卖呢？很好销的，利润也高。"张老板道。

"我们路过宁波，卖了瓷器、茶叶和龙眼干，买了海产品干货。"

"这瓷器、龙眼干到此要比宁波那边多赚一成，这海产品到这边却最多只有半成的利润。"

"是啊，年轻人不懂做生意，还请张老板不吝赐教。"懋然很诚恳地向张老板请教。

"以后你把瓷器、龙眼干运过来，我照单全收。利是呢，我比别人多加二分给你。"

"如此甚好，那老板海产品干货要吗？"

"估计你也不知找谁收购这些货物，我就帮你收了货，我下面有商号专门卖干货的。价格呢，我比别人多一些给你。都是乡亲，我也不必跟你们绕圈子，等下我就叫人，咱们一同去卸货。"

众人喝了茶，到了码头，查验了货物。懋然不愧是捕鱼行家，买的海产品都是一等一的好货。清点好数量，张老板二话不说，就给了一千一百两银子，真是又精明又干脆，众人心中暗自佩服。

等伙计们卸了货物，张老板问道："后生们有何打算？"

"我们想买些上好丝绸和粮米回乡，就是不知如何采买？"

"你们要买多少？"

"我们身上本钱不多，只有一千多两银子。"

"这样吧，如果你们信得过我，我们就做笔生意吧。我帮你们采购货物，价格呢，比你们自己去市上买要便宜一些，不知可否？"

"如此当然最好，岂有不信任之理，但请张老板主持便是。"

"在我们家乡，这粮食比丝绸好卖，收益会高一些。我们就多收购些米粮，只是要花两天时间收购、装卸货。"

"无妨，我们可以在船上住下。"

"那鄙人先去忙事，你们在此稍作休息。酉时，我在悦来酒楼为众位乡亲接风，请诸位赏脸。"张老板抱拳而去，众人不胜感激！

酉时，众人到了酒楼，只见二楼大堂已摆好三大桌酒席。张老板带有七八个同乡伙计已经在门口等候了。一干人按宾主之序坐下。初时大家还比较客气，待菜上五味，酒敬三巡，气氛渐浓，说起家乡往事，思乡之情油然而生，众人情投意合。这些船工几杯酒下肚，猜拳喝令，情绪高涨。一些外省客人看到一帮闽南人猜拳，十分好奇，像是欣赏演出。一些福建人看是同乡，也不客气地加入敬酒和猜拳，一时热闹非凡。

众人喝得七八分醉意，不胜酒力的人已东歪西斜，说话不着南北。懋然素来谨慎，出门在外更是小心，见差不多了，忙对张老板道："张兄盛意接待，不胜感激，现大家已酒足饭饱，十分快意，该回船歇息了。"

"哎咦，浮生难得一次如此快意，兄弟奈何扫兴？"张老板醉眼蒙胧瞪了懋然一眼："走，咱们酒不喝也罢，去半塘青楼听曲。"

"这青楼乃烟花之地，如何去得？"三兄弟吓了一跳，酒醒了大半。

"如何去不得？只是去听曲而已，有何可惧？"张老板有些不快。

懋然怕拂了张老板的面子，忙道："去得，去得，只是一大船人不好都去吧。"

"无妨，这风雅之处，船工们不去也罢。但你们三位兄弟，我一眼就看出是读书人，不可不去！"这张老板久经商海，阅人无数，烦于精明算计，此番遇到这些家乡来的后生，见他们温文尔雅、为人诚实厚道，真乃他乡遇故知，如沐春风，甚是喜欢，大有相见恨晚之感，接待他们真心实意，意欲尽兴方罢。

众人雇了一叶扁舟，不到一个时辰，舟到山塘街半塘。这姑苏风物名不虚传，粉墙黛瓦，小桥流水，画舫扁舟，丝竹依稀。夜月如蒙轻纱，古韵横生，平添几分风雅。懋峰诗兴大发，赞曰：

> 黛水桥横柳影边，
>
> 清风照壁玉栏间。
>
> 一分月色一分墨，
>
> 十里山塘十里弦。

"好诗啊！把月色明暗喻成笔墨的浓淡真的很形象，美景如画！这一个弦字，好生了得，把水曲如弦，岸上弦乐都描述出来了！静中有动，妙不可言！"建林赞道。

"确实是好诗啊！玉郎竟然有如此好才情！这好才情可是大有好处啊！且听我慢慢道来。"张老板接着又道："据闻这半塘之间有家蕉竹楼，以风雅著称，算是这青楼中的异数。这花魁名柳凝絮，长得如花似玉，美若天仙，乃山塘一绝，那琵琶弹得又是一绝，如天籁之音，足以摄人心魂。但立有规矩，卖艺不卖身。包场银子伍拾两，但只能隔珠帘闻其声。若要一睹芳颜，却须银子数百两不等，纯粹看那凝絮心情。言行粗鄙者，即会被逐客，并退回金钱。试问能豪掷百两又言行文雅的能有几个？但怪异的是，这女子喜才俊。若能为其谱写如意新曲，不但一切靡费皆免，又能进闺房与其共坐一席，品酒听曲，同行之人也能隔帘听曲。玉郎如此俊才，要是谱写一曲，定能博得芳心，那咱们晚上可就有幸了。"

"有如此佳人，倒不妨一见。这填词作曲对于玉郎而言何难之有？"建林怂恿道。

懋然虽不赞同，却又不好扫兴，言道："张老板真是见识广！只是这女子如此绝妙，想必所访之人皆是达官显贵，岂是我们这等出门人能见的？"

张老板道："平日里只是听闻坊间所言，我也无雅士相伴，故未能成行。今见诸位谈吐不俗，举止文雅，正好借机同行见识一番。懋然兄弟不必多虑。玉郎这等才学，不妨一露身手，也让人家见识见识咱们惠安人的风采！"

"既然如此，就依张老板之言，咱们去见识一番，也试试玉郎的文墨如何。"懋然道。

张老板道："想那多少人以一睹花魁芳颜为荣，凡雅士还有可能获赠特制玉扇一把，上有花魁亲笔字画，凭此扇子能免费上座听曲。这玉扇在坊间可算得上宝物，手持玉扇不是豪门就是雅士，做生意自然容易得多，千两银子都难求一扇啊！"

"单凭这玉扇看来，这花魁确实非同一般！值得一见！请艄公徐行，我构思一番。"懋峰道。

轻舟缓行，渠水慢流，水波映月如玉块凝成一片，似轻而重，似静而动，犹见一汪秋水含情，隐约可见岸边芳菲如雪，落红漂流。

"有了，词牌就选《青玉案》。"

"妙哉！好个玉郎！"众人拍掌，赞不绝口！

上得岸来，众人来到蕉竹楼前，见两扇黑漆木门洞开，门楣高入檐下，上书竹风蕉雨，檐下两边挂有大红灯笼。"看这门第像是官家，如何沦为青楼？"懋峰暗自疑问。

入得院门，见庭院开阔，白墙青瓦，墙角数杆青竹，太湖石假山边上几丛芭蕉，小渠流水，雅石错落，绿树参差，芳菲疏密，好不清雅！前方厅堂，左右回廊，后面馆舍罗列，张灯结彩，但见人群往来穿梭，如车水马龙，颇为嘈杂。

"哈，来客人了！客官里面请！"老鸨见来了客人，满脸堆笑迎了上来。"小红小翠快来待客！"

"妈妈，我们是来听曲的，不知凝絮姑娘是否赏脸？"张老板说着，递上一锭伍拾两银元宝。

"听得听得，小红小翠速去通报姑娘，有贵客来访！客官稍坐，请茶！"老鸨接过银两满脸堆笑。

约过片刻，小红小翠引领众人穿过一条回廊到了一处轩馆。进得门来，只见灯火通明，一应家具摆设齐整，洁净无尘，中堂挂墨荷图，联曰：

出淤泥不染，玉耦玲珑七窍；

于俗处无嚣，粉苞洁净一心。

落款：柳凝絮。字迹端庄秀丽而又不乏功力，懋峰暗自赞叹。

左侧一列十座太师椅，中隔方形几案，做工考究，黑紫色红木雕花细腻，靠背镶有玉石天然图案。右侧屏风隔断，内又一层珠帘玉帐，室内熏香芬苣，高贵清雅。众人落座后，小丫头给每人奉上一盏茶盅，乃碧螺春新茶，茶色清澈，芳香扑鼻。丫头移去屏风，珠帘帐内隐约坐有一人，手持琵琶，转轴拨弦三两声，未成曲调先有情。

张老板操着浓郁的闽南口音对帘内道："久仰姑娘芳名，今得亲聆仙乐佳音，不胜荣幸。"

"客官是闽南人氏？"凝絮声如银铃清脆，轻莺婉转。

"我等正是闽南人。姑娘识得口音？"

"闽南何处？可否告知？"

"我等乃泉州惠安人氏。"

"原来是同乡啊，听闻乡音倍感亲切。既为同乡，可以弃帘相见。"言罢命婢女卷起珠帘。

只见闺里端坐一妙龄女子，年约二十，一袭青绿色丝绸袖衣罗裙绣花鞋，怀抱紫檀象牙雕花琵琶。发黑亮，梳垂鬟分肖髻，椭圆卵形脸，蛾眉凤眼，琼鼻瑶齿，颈含春雪，指若青葱，薄施粉黛，丽质天成。旁边一张红木圆几，上摆鲜果琼浆。后面一张红木雕花架子床，雕花细腻精美。四角立柱，正面两边各装方形门围子一块。两侧和后面装有围栏，后格板上装床屉，上端四面楣板。顶上承尘盖，月洞门，白丝纱帐，鸳鸯玉钩，竹蔑精编席子，床上锦被叠放齐整。令人浮想联翩。

建林暗自赞道："莫非仙女下凡！人间少见，大丈夫娶妻当如此矣。"爱慕不已，不敢言语。

凝絮放下琵琶，起身与众人见礼。

众人问道："姑娘为何流落此地？"

凝絮叹道："既为同乡，不便隐瞒。奴家祖籍泉州府，祖父曾为苏州织造府内吏，后因事获罪，举家抄没，家破人亡。奴家幼年便没入官妓籍，蒙先帝废除官妓制获自由身。然奴家举目无亲，幸妈妈心存善念，抚养成人，又不强迫接客，允我卖艺不卖身，止得清白。"言罢伤心落泪，掩袖啜泣。

"姑娘身世竟然如此凄惨，真实可怜！小生不才，填得《青玉案》一首，请姑娘赐以笔墨。"懋峰道。

"公子会填词？丫头速取来纸笔，请公子留下墨宝。"丫头取来笔墨和素笺。

懋峰胸有成竹，笔下成花，写道：

青玉案

春深迷乱萋萋卉，

可曾忆，前芳褪。

落雪飘红渠泽内。

香肌纤骨，许多妖媚，

凭付闲流水。

朱颜易改韶华蜕，

玉脂轻消叹残岁。

忍把冰清沽富贵。

灯红酒绿，金迷纸醉，

谁识佳人泪？

写完言道："请姑娘雅正！"丫头取过素笺献予小姐。

但见这一字字一句句尽写到凝絮的心坎上！凝絮触景生情，竟泪眼婆娑，良久方止："未曾想此处得遇知己！速请公子入内赐座。"

懋峰应邀坐于凝絮身边茶几边。凝絮从玉奁中取出一锭伍拾两银元宝交还于懋峰："请公子收回银两。"

见懋峰有所犹豫。凝絮又言："公子不必客气，凝絮重情轻利，不缺银两。自十三岁开牌见客以来，六年光阴已为妈妈挣下何止万两金银，按约定奴家有一成分成，足以赎身，只是未遇如意郎君，无处安身，暂寄此处而已。"

懋峰何等玲珑之人，明白凝絮言下之意。只得赞道："凝絮小姐冰清玉洁，人间少有，定能得配佳人，只是时机未到，莫要伤怀。"

凝絮闻言若有所失。建林见了，言道："郎才女貌，倒是天生一对。只可惜玉郎旧情难舍，有缘无分，甚是遗憾！"

凝絮笑道："谁为玉郎？何谓旧情难舍？"

建林心直口快，答道："填词人为玉郎，我弟妹李飞雪三年前不幸去世，他旧情难忘，不愿续弦。"

懋峰嗔道："妙兄再胡言乱语，当心小姐逐你出去！"

建林道："我才没有胡说！有一次你喝醉了，在飞雪的坟上睡着了，说飞雪冷，硬是把青衫披在坟上，还在墓碑上题了一首词，好像叫《寿楼春》，我这铁石心肠的人都读哭了。"

凝絮笑道："奴家岂敢造次！倒是这词牌甚为稀罕，奴家未曾听闻，不知玉郎公子可愿赐教？"

懋峰踌躇片刻道："也罢，那就请凝絮小姐指教。"言罢，面色凝重，双眸湿润，伤情之色可见一斑。吟道：

"方同心连枝。

却哀鸿梦醒，青鸟难栖。

几度香炉烟冷，烛花迷离。

卿不复，谁与持？

泪眼穿、伤怀空余！

每月影蕉窗，檐声夜雨，最是断肠时。

烟墩外，孤魂凄。

慽盈莹蓟菊，周土菉黄。

怎忍芳菲凝露，杜鹃咽啼？

凭醉卧，愁眠依。

执手间、音容依稀。

奈何九泉寒，青衫解下卿为披。"

懋峰吟到末尾，已数度哽咽，却闻众人也已啜泣一片。尤其凝絮早已花枝乱颤，泣不成声，宛如带雨梨花。良久，凝絮方才平复，心中钦佩与爱慕交集："如此有情有义有才之人，真是难得！玉郎妻名飞雪，我名凝絮。飞雪凝絮，如出一辙，有缘若此，莫非天意？此人当是我委身之人，如若错失，今生恐难再得如意之人！"思到此处，乃嫣然笑道："奴家有个不情之请，不知玉郎公子可肯应允？"

懋峰道："小姐但讲无妨！"

欲知凝絮有何不情之请，请看下回分解。

第九回
慕才凝絮珍题玉扇
仗义玉郎巧助穷邻

上回言到凝絮提出不情之请，懋峰道："小姐但讲无妨！"

凝絮乃道："取两把象牙玉扇，将这《青玉案》，君题一把，奴家题一把，相互赠送可否？"

懋峰见凝絮情真意切，不便推辞，道："就依小姐美意！"

凝絮嫣然笑谢，移步架子床，在床屉里取出一对玉坠象牙绢纸扇，分予懋峰一把，自留一把各自题词《青玉案》，懋峰留跋"赠凝絮小姐雅正，惠安圭峰刘懋峰敬书"。凝絮留跋"感玉郎佳词，如入肺腑，知己难求，谨录玉扇，玉郎惠存，凝絮敬录"。题毕，凝絮将自题之扇赠予懋峰。又取过懋峰所书之扇，珍重再三，放入玉奁。言道："原来公子大名为刘懋峰，惠安圭峰人？见扇如见面，他时有缘定会再聚。我先弹奏吟唱此曲，稍待请公子欣赏。"

言罢，琵琶弦动，铿锵叮咚，其声清越。时而细捻轻挑，似珠落玉盘；时而慢拢缓弹，如泣如诉；时而弦绝幽咽，蕴情凝韵；时而交相错杂，如铁骑奔腾；时而玉指翻飞，如潺潺流水。玉喉婉转，含情带韵，如莺啼凤鸣，悠远清丽，柔媚厚实。天籁之声，余音绕梁，美妙绝伦。闻者春风拂面，心旷神怡，撼动心底，欲起激灵。此曲此景只应天上有，人间哪得几回闻！

众人齐声喝彩。余兴正浓，凝絮又即兴弹唱《夕阳箫鼓》，旋律柔婉，曲调有情，意境悠远。江清月明，青山幽远，众人如身临其境，流连忘返。

一曲接一曲，众人皆无倦意，直至乌迁玉兔，金鸡晨唱，乃依依不舍而回。

舟上，懋峰将那银元宝还予张老板。取出象牙玉扇言道："这扇甚是珍贵，凝絮真情一片。只是我若将此扇带回，必致心有旁骛，失信于飞雪。我想交予妙啊保管为妥。这凝絮身世坎坷，着实可怜！每逢船到苏州，持扇看望，关怀一二，以藉宽慰。"

"如此我就却之不恭了！这凝絮着实可怜，她将你视为知己，千里之遥难得相见，我就替你代劳了，顺道欣赏凝絮姑娘弹琴唱曲也是人生幸事啊！"建林持扇如获至宝。

"我看妙啊是看上人家了，哈哈。"懋然打趣道。

"可奴家明明是看上玉郎了！"建林故意学着凝絮的样子忸怩作态。

"调皮鬼！净敢胡说八道！"

张老板道："妙啊所言不无道理。玉郎人才一表，怎不招人欢心？我要是有女儿也愿意嫁给你！哈哈！"

众人一路互相打趣取笑，余兴未尽。

两天后，张老板准备好货物令伙计们装上宁兴号。各种事宜准备就绪，兄弟们告别张老板返航。到了宁波码头又备了些枣、柿饼、瓜子、棉花、明矾、黄酒、乳腐之类的日用食杂装上船，踏上回乡之航。

数日时间，船到峰尾姑妈宫澳头，船员家中亲友已闻讯前来接航，鞭炮齐鸣。兄弟三人将一干货物清点完毕，分派给商号，其余的售与牙商。众人各自提着购置的礼物兴高采烈地回家去了。

兄弟两人先给母亲请安。"娘，分别多日，家中一切安好！"

"好！好！好！一家人都安好！"黄氏慈爱地看着孩子们，一会儿拉着懋然和懋峰的手，一会儿摸摸懋然的脸，一会儿又摸摸懋峰的脸。"孩子们都黑了，吃了不少苦吧。"

"娘，不吃苦，出门长见识呢！您看这是给您带来的礼物，这是一对银鎏金镶珠翠凤钗，这是丝绸月白色绣花对襟大袖袄，这是枣泥月饼、桂花糕点心，娘吃一口。"

黄氏咬了一口月饼："甜，香，好吃！孩子你们也吃，嗯，好吃！"

看到母亲开心的样子，兄弟俩很欣慰。

"给我买这么多礼物，花了不少钱吧，要给媳妇和孩子们多买一些。"

"娘，有的，少不了他们的。我买了一根玉簪给梅儿。孩子们有不少点心吃呢。"懋然道。

"好！好！好！"黄氏连声说好，满脸慈祥。

"娘，这次走宁波再往苏州，把各地货物这么一倒腾，我们赚了有一百多两银子呢，这可抵得过以前大半年的收入呢。"

"这么好啊！这做生意娘不懂，但为人处世咱们要讲信用，不可见利忘义，不可贪心算计别人。俗话说不求大富不大穷，我们还是老实本分、踏踏实实地跟别人做生意，路就越走越宽，钱来得正也来得稳当，不用担惊受怕！"

"娘，你还说不会做生意，这做生意的精髓都让娘你给说了。"懋然笑道。

"是啊，娘想这做生意应该跟做人的道理是一样的。"黄氏道。

"婶娘，我来给您请安了。"建林人未到声先到。

"孩子，快来，让婶娘看看你，也有个把月没看见了。哟，又长结实了！"黄氏拉着建林的手，慈爱地看着，"去看过你爹了？"

"看过了，他正忙着卖猪肉呢。我爹改行卖猪肉，生意不错啊，就是每天要起早去猪场杀猪有些辛苦。他说他现在身子骨还行，以后体力不行了再改行卖我们船运的货物。"

"这倒是个不错的想法。为何不现在就改行呢？"懋峰问道。

"我爹说工具都备好了，干了一段时间感觉还比较顺就先干着这行当。"建林接着又说："婶娘，我也没特地给您买什么礼物，就买了一根白玉发簪，婶娘喜欢吗？当、当、当。"建林蹲在黄氏面前，从怀里取出玉簪，在黄氏眼前调皮地晃了晃。

"哟，这孩子还挺有孝心呢，婶娘喜欢。哈哈！"黄氏被建林的调皮逗乐了！

"我们各买一根，当时我以为你要偷偷送哪个心仪的女孩呢，没想到你还想着孝顺我娘呢。"

"就你们俩兄弟孝顺，我从小没娘，婶娘就是我的娘，我能不想着吗？"建林嘟着嘴说。

"乖孩子，婶娘没白疼你。"黄氏抚了抚建林的头，"长得又高又壮又俊，就是蹲着，婶娘都快够不着了。你看都二十好几了，别人孩子都好大了，你还不找媳妇？你爹该急坏了！"

"婶娘，没合适的。"

"妙啊的眼界高着呢。没有仙女一样的女子，他还看不上呢。"懋峰笑道。

"这倒是真的，大丈夫何患无妻？没有能让我心动的女人，我还真不想找呢。"建林应道。

"这哪成啊，居家过日子，有个贤惠能干、肯帮你操持家庭的女人就好，这仙女要去哪里找啊？你爹辛苦大半辈子了，急着抱孙子呢！"黄氏道。

"婶娘，我知道了。我正努力找着呢。先不说这个了，婶娘，这次出门，我可长见识了，一路上有很多好吃好玩的，我慢慢讲给您听。"

建林正讲着航程的经历，这时听到有人在敲门。

"玉郎快去看看是谁？"黄氏道。

懋峰打开大门，一看，是个衣衫褴褛的老汉。

"这不是邻居阿运伯吗？怎么数日不见变成这副模样了？"懋峰看着来者惊道。

"唉，不好说啊。说出来见笑啊！"老人叹了一口气，声音哽咽，老泪纵横。

"快请进门细说。"懋峰见此情形，忙将老人请进屋来。

到了顶厅，懋峰请老人坐下，泡了一杯茶。这时懋然、建林扶着黄氏也来到了顶厅。

黄氏问候老人："阿运兄，请喝茶。"

老人摇头叹息道："唉，喝不了茶哟，快饿死了，实在不好意思，又来叨扰你们。三个儿子和儿媳都不愿意养我，我三天吃两顿，我这日子没法过了，迟早给饿死了。"

"怎么会这样啊？"孩子们问道。

黄氏道："阿运伯原来有些积蓄的时候，这三个儿子和儿媳都轮流给他送饭，虽不尽心孝道但还不至于让阿运伯饿肚子。但前些日子阿运伯生了一场大病，把积蓄花光了，这儿子和儿媳就变脸了，给阿运伯送饭全看心情，有时一两天都不给一口饭吃，要不是咱们这些邻居照应着点，都不知怎样了！唉！"

"岂有此理！为人不孝还不如畜生呢！看我不去教训他们一顿！"建林闻言大怒，卷起袖子就要冲出门去。

懋峰和懋然忙将建林拉住："不可鲁莽！打人岂不惹官司上身！"

懋然道："这么不孝，干脆把他们送官府法办。玉郎你来帮阿运伯写状子，如何？"

懋峰道："送官法办倒是一时大快人心，可阿运伯谁来养老送终呢？容我想想更好的办法。"

懋峰思索片刻突然拍手道："有了！大哥你先借我五十两碎银子。"

"拿银子接济阿运伯？也非长久之计啊！"懋然疑惑道。

"非也！我计如下：阿运伯拿个小坛子，下面装些石头，将我们的五十两银子铺在上面，在他的床下挖个坑埋好。等儿子和儿媳快到门口时，阿运伯把银子翻出，见有人来时，就假装又把银子埋回去，故意让他们发现。等他们要来分银子时，就请族里老大和我们做见证，签下契约，说这银子谁都不给！但百年之后，谁最孝顺，这些银子就归谁。"

"好计策啊，玉郎好智慧！"众人齐口称赞。

"大家要记得保密啊，这要让别人知道可就不灵了。"

"哈哈，好，这下就要看这几个不孝子的表现了！"阿运转忧为喜。懋然取来五十两银子和一盒点心赠予阿运伯，老人千恩万谢而去。

过了两天，阿运伯的次子上门来请懋峰写契约。懋峰心中暗喜，知道计策见效了，满口答应，取了笔墨纸砚跟随而去。到了阿运伯家中，屋内已坐了几个房族主事之人。

见人已到齐，阿运伯道："今天请各位乡里老大和玉郎前来，是因我老头已年近七十，身体又不好，生活难以自理，唯有依靠儿子。我存有一坛三百两的银子，若是现在把银子分了，恐儿子今后不赡养。所以老汉我想自己保管这银子，看谁最孝顺，以后便在我百年之后将银子赠予他。烦请各位老大和玉郎给主持公道，做个见证，如何？"

"如此合情合理，我们愿主持公道和做见证。还请玉郎写个契约，双方签字画押，我们见证。"众人一致同意。

懋峰一挥而就，写完念道："父藏银一坛于榻下，百年送终之后尽归孝顺之子，齐孝共分，不孝之子不得分。房族主事共同见证并主持公道，今立契约，双方不得反悔。

"如无异议，请各方签字画押。"众人一致称善，各方签字画押，各持一份。

诗曰：

运伯藏银榻下坛，契书父子两心安。

父谋子孝存期待，子望父财养岁残。

四季应当多孝顺，三餐不得有饥寒。

生前福乐无真假，身后财帛尽喜欢。

夜无人之际，运伯取出借来的五十两银子包好，将一坛石头和契约封好，重又埋于榻下。然后，悄悄来到懋峰家中。

"玉郎贤侄真是好本事啊！今天团媳妇们就开始对我好了，有的送吃的，有的说要给我做新衫。一切都在你的预料之中，我老头啊以后有几天好日子过了，太感谢了！这是借来的五十两银子，请赶紧收好。"阿运伯喜形于色，递上包好的银子，对玉郎连竖大拇指。

"举手之劳，阿运伯无须客气，只要能保证您衣食无忧就好。"

"我看你聪明智慧，学识过人，为什么不去考取功名呢？"

"老伯有所不知，家兄长期在外，家中不可无人照顾老小，故无意功名。"

"原来这样啊，你真的很孝顺！真的是龙子囝①啊！你娘够有福气，啧、啧、啧！"运伯思之子媳的不孝，不禁唱叹连连。且说这运伯自从有了懋峰的妙计，终于过了几年衣食无忧的日子，直到身死。儿媳们按照契约将老人厚葬后，准备瓜分那一坛银子时，方才发现着实被愚弄了一番，恼羞成怒又自知理短，只得心中愤懑，而

——————————————————
①龙子囝：峰尾方言，称赞别人的孩子很出色，像龙子一样优秀。

又无计可施。但村人皆知懋峰智慧超人，此为后话，在此插述，下不赘言。

却说船回家中，正待装货上船，建林在家闲得无事，就跟着君敏去屠猪场看杀猪。

只见四五个壮汉将一头大肥猪按在案上，正欲用绳捆住猪的手脚。那猪少说有三四百斤，力大无比，拼命挣扎。壮汉直累得气喘吁吁，一时手软竟让那猪给挣脱了。大肥猪到处乱窜，跑了几圈，躲在墙角与人对峙。墙角位置小，只容得一人进去，猪又拱又咬，进去的人被撵得抱头逃窜，后竟无人敢往。

建林摇摇头，对众人道："看我手段！"卷起袖子，扎起衣摆，沿着墙边慢慢走去。那猪见又有人胆敢冒犯，顿时瞪着血红的双眼，嚎叫着，四蹄生风，铆足劲一头扎将过来。众人大惊失色："啊！危险！快闪开！"情况十分危急！

欲知后事如何？请看下回分解。

第十回
好汉儿一拳勇伏彘
痴情女千里远投郎

却说那大猪，眼露凶光，四蹄生风，铆劲一头扎将过来。情况十分危急！众人惊叫失声！说时迟那时快，建林一侧身，飞起一脚，踢到猪脖子下面，顺势将那猪一脚踢到墙上，又趁那猪立脚未稳，上前左手钩住猪头，用力将猪压在地上，右手举拳照猪头天灵盖就是一下。那猪来不及哼一声就瘫软在地，登时屁滚尿流。

"好身手！好神力！好手段！"众人齐声喝彩！

四个人将猪抬起放在案桌上，把四蹄捆在扁担上按住。一人拿刀往猪脖子下一送，血就喷涌出来，接在盆上。这猪被那一踢一拳打得厉害，自始至终都没再挣扎，血放光了，抽搐几下就不再动了。众人解了绳索，把猪放到一个大木盆里，冲上开水，再抬起猪上上下下泡了一圈，抬上案板，用刮毛刀哗哗地刮起毛来，不一会儿就把猪刮得白里透亮，浑身精光。屠场主用利刃将猪肚剖开，扯出内脏，头尾各切了几刀，把内脏分离出来，放到盆上。几个人就去帮忙整理那些五脏六腑。那猪被大屠夫三下五除二给分成两半皮白肉鲜红的猪肉和猪头了。现场散发着血腥、尿臊和猪粪的怪味。建林津津有味地看着这一切，一点都不害怕，也不反感。

"哇！这猪一身好肉啊！"一些肉摊贩就要分那些猪肉。屠场主大喝一声："你们等下一头猪，这些肉让君敏先挑去卖。"

"承让！"建林嘿嘿一笑，分开众人，一手各提起一半猪肉，称重后，交了银两，往竹筐两头各放一半。

"谢过场主！后天中午我们船要出航了，我再定两头大肥猪，后天四更我再过来帮忙杀猪。"

"好嘞！"

在众肉贩羡慕嫉妒的眼光里，建林把三百来斤好肉轻松地挑走了。看到儿子如此威武，君敏跟在后面，心里也早乐开了花。

到了家里，天刚放亮。建林让父亲切下一只猪脚放进咸草篮里。

"爹，这猪脚我提去玉郎家，中午咱们一起吃卤猪脚，您赶紧把肉卖了，也一起过来。"

"好嘞！"

建林到了懋峰家中，将猪脚递给懋峰，高声道："玉郎你做卤猪脚可好吃了！快来把这猪脚卤了。中午我爹也会过来，咱们一起吃饭喝酒。"

"哈哈！有猪肉吃了，不错啊！哪来的？"懋然道。

"我早上去猪场看杀猪，这猪又大又肥，他们四五个人都杀不动，让我一踢一拳给放倒了，这是它的肉！哈哈！"

"妙啊哥，你真厉害啊，看来这几年学武大有长进啊！"懋峰赞道。

"那是！师兄弟中就我练武最刻苦了！师傅也喜欢我，点拨了好多秘诀。到后面四五个师兄弟一起上，我都能应付得了呢！"

"有这好武艺，咱商船可就安全多了。"

"嗯，要是那些海贼胆敢前来，看我怎么收拾他们，让他们尝尝我妙啊拳脚的厉害！"

"凡事还是小心为好！"

"没事，放心吧！时候还早，咱们去街上买些海鲜、果蔬吧。"

懋峰与建林两人出得门来，没走几步就到了街上，这街道两边已摆满了各种小杂海鲜渔货，往来人群摩肩接踵。街道虽小，繁华不亚京城！两人挤到一鱼摊前，一看都是新鲜的黄翅，十分满意，买了几条，算好钱。懋峰一转身，恰巧撞到一年轻男子身上，却感柔软如绵。懋峰不及细想，忙不迭地作揖道歉！

"玉郎！是你！是你！"那人先是尖叫后转哭腔，激动得浑身颤抖。

建林、懋峰忙定睛一看，大吃一惊："啊！凝絮姑娘！怎么是你？你怎么来了？怎么这身打扮？"

三人忙抽身到了一个人少的角落。凝絮道："自从与你们别后，我食不甘味，夜不能寐。思之再三，乃与妈妈道出回乡寻亲之意，那妈妈岂肯罢休！无奈之下，我便以死相胁，又将平时积攒大半都交付于她，方才罢休。为了出门安全，我便化装成男子，一路乘船到此倒也顺利。进了城到了街上，不知去向，正欲到处打听，未曾想就遇到你们了，真是有缘啊！"

懋峰稍有迟疑。建林却兴高采烈，十分热情："看你一路风尘，累坏了吧。我家离此不远，先去喝杯热茶。"

"如此甚好！"三人一齐到了建林家中。

"爹，我远方朋友来了。"

"好，你先招待一下，我先忙着。"君敏正忙着卖肉，抬头看一下，点了点头，又自顾忙着营生。

"请帮我打一盆水，我得先洗去风尘。蓬头垢面的岂敢见人。"凝絮道。

"遵命！"建林忙打来一盆水，取来一条干净布巾到了后房。凝絮关起门梳洗起来。

懋峰忙拉着建林悄声问道："这可如何是好？如何跟我娘说起？"

建林道："看你这窝囊样！一个女子就把你吓成这样！读书人真

风瀌月

没用！人家千里迢迢地来投靠你，你还想怎么样？领回家续弦得了。你不要我可要了！"

懋峰急得面红耳赤："当时酒乱心性，去半塘结识了凝絮，事后思之飞雪，愈感有愧！如今她来寻我，举目无亲，我岂能狠心赶她走？家中无有余房，如何相处？此正是我为难之处！"

建林道："我岂能不知你的难处。故意激你的！你们读书人就是这样，明明喜欢又不承认，哪像我学武之人干脆！当今之计，唯有让凝絮暂居我家，只是我家无有女眷，只好与凝絮兄妹相称。如此可否？"

"好！好！好！甚好！"懋峰长吁了一口气。

此时，凝絮换了女装出来，一袭浅蓝镶边绣花袖衣裙装，不施铅华，五官清秀，皮肤白皙，更添了几分清纯之气，好一个小家碧玉！建林请她坐下，言道："玉郎家人口众多无有余房，恐无处安置于你，不妨你先在我家住下。只是我家又无女眷，恐有不便，故询姑娘，可否结为兄妹，以便长久相处？"

"我正有此意，我在此便认过两位哥哥！其实我来此寻你们，只为内心已将你们视为亲人，愿将余生托付，并无他想，亦无为难你们之意。"

"真乃聪慧贤淑之人，不可多得。"两人内心赞叹不已。

"咱们撮土为香，就当结拜过了。等下，我便引荐你见过我爹。咱们现在可就是一家人了，哈哈！"建林高兴道。

三人泡茶叙话，一时有说不尽道不完的知心之言，十分快意。

君敏很快就卖完了猪肉。进到顶厅，一看多了一名女子，十分诧异。

"爹，这是我和玉郎的义妹，家遭变故，无有亲人，千里迢迢来投靠我们。就暂且住在我们家，我不在家时，您也有个照应！来，义妹，快见过爹爹！"

"见过义父！以后您叫我絮儿就行了！"凝絮向君敏跪下磕了个响头。

真是天上掉下个宝贝女儿！君敏一时反应不过来，惊奇地看着众人，突然醒悟，喜出望外，忙将凝絮扶起："啊！孩子快快请起！我真是高兴死了！平白多了个宝贝女儿！哈哈！快快，去买些菜来，中午就在此设宴！玉郎去把家人都请来，大家来认个亲！"

"爹，不必着急！絮儿刚来，舟车劳顿，我们赶紧把后房整理出来，布置一下，添置些女儿用品，好让她有地方休息。我们已经说好中午在玉郎家吃饭了，岂能失信！大伙一起去玉郎家吃饭得了。"

凝絮道："絮儿从小受苦，略懂些家务，爹和两位哥哥不必为我操心，长途跋涉，口干舌燥的，我等会儿自己做些粥喝即可。"

懋峰道："絮儿不必拘礼，等会一起去拜会母亲和兄嫂！"

"那就依哥哥之意。"

众人又去街上买了些虾蟹、果蔬，往懋峰家走去。路上，人见一绝色女子同行，莫不驻足观看，称赞不已。

"娘！哥！嫂子！贻儿！念娘！来客人了！"一进门，懋峰就忙着招呼家人，并请客人在顶厅坐下。

"哟，是君敏兄啊！好久不见了，身体可安康！孩子们快来见过君敏爷爷。"黄氏又看到了凝絮，忙问道："这个女子好生标致，是谁家的千金啊？"

懋峰道："娘，这是我们的义妹！身世堪怜，祖籍泉州，流落苏州，与我等偶遇，情投意合，就义结金兰，今来投靠于我们。絮儿，还不快见过母亲。"

"母亲在上，请受小女一拜！"凝絮连忙磕了三个响头。

"凝絮你怎么来了？"懋然看到凝絮吓了一跳。

建林道："凝絮来投奔咱们来了！现在是咱们的干妹妹了。"

"千里之遥真够难为你的，人说有缘千里来相会可真的是一点都不假！现在应该叫你妹妹才是了！这是你嫂子陈梅，这是小儿汝贻。这是侄女念娘。"懋然一一介绍道。

"见过哥哥嫂嫂。"

"哈哈！老身未有女儿，老天爷如今居然送我这么一个标致乖巧的女儿，真是喜从天降！来、来、来，孩子们快来见礼。快叫姑姑！"

汝贻、念娘看着这陌生的姑姑说："姑姑，好漂亮啊！"

"真乖！姑姑也没带什么礼物，就将祖传的一对鸳鸯玉佩送予你们！"凝絮从袖内取出一副翡翠鸳鸯玉佩，玉色翠绿冰透温润，分别赠予汝贻、念娘。

"如此贵重传家之宝，岂可赠予孩童？"黄氏见了惊道。

"这礼物实在贵重，还请义妹自己珍藏为宜。"懋峰急道。

凝絮含情地看着懋峰柔声道："无妨，既是一家人就不分彼此了。"

懋峰心中咯噎一下，似有所思。

建林道："收就收下吧，反正是一家人别见外，只是物品贵重，怕小孩子不慎遗失、损坏，还请玉郎代为收藏吧。"

"如此也好！玉郎那你就不要枉费絮儿的一番心意，将玉佩收藏起来。"黄氏看出端倪，心中兀自欢喜。自从飞雪过世后，懋峰三年不觅新欢，黄氏可是急在心头，只是未敢轻易谈起续弦之事，担心孩儿旧事伤怀。如今见天上掉下个标致女子，虽认作女儿，心中却盼望她是儿媳才好！

黄氏拉着凝絮的手，上下端详，越看越爱，越想越喜，不愿撒手，突然又似想起来了什么："玉郎快去准备宴席，光顾着喜欢絮儿了！哈哈！好个可人的女娃！"

"大哥、妙兄快来帮忙。"

"煮菜做饭我等可不会，哈哈！还是你自己来吧！"

懋然和建林推辞不去。

"哥，你别装，这煮饭还是你教的呢，当船老大就忘了刚当学徒时做的火部军，忘本可不好啊！"懋峰笑道。

"那好吧，我们给你打下手，配配菜。"懋然笑道。

"我来帮你吧。"陈梅和凝絮异口同声道。

"嫂子来帮忙吧，絮儿初来乍到，怎好让她动手？"懋峰急道。

"无妨，既是一家人，就不必拘礼了！再说我也想学做家乡菜，等下你要教我啊。"凝絮道。

"快去吧，再说话，午饭都要误时了。"黄氏笑着催促道。

厅上只剩老幼谈笑，世事变幻，往事如烟，感慨万千。

"菜来了！"

"卤猪脚、白灼对虾、醋煎黄蟳、海蛎煎、肉枣扁豆汤、黄翅鱼炖汤、鸡蛋包。请品尝。"

"哇！这么多好吃的！是不是要过年了？"汝贻和念娘眼睛睁得老大，惊叹道。

"傻孩子，过年还早着呢。"众人笑道。

"我要吃！我要吃！"两人孩子一手汤匙一手筷子的，就伸出手来。

懋然连忙拦住，责备道："说了多少次了，怎么就不懂礼数？长辈动筷了，小孩子才能动，而且要慢条斯理。你们一手汤匙一手筷子的，吃无吃相，成何体统？"

"唉，孩子还小，哪懂得这么多礼数，慢慢说教。"建林道。

"孩子是不能惯的，好习惯要从小培养。等你有儿子的时候，你就知道了。"懋然笑道。

"老婆说不定还在娘胎里呢！"建林道。

风
媳
月

100

"你小子油嘴滑舌，没个正形！快给老子找个媳妇来要紧！"君敏嗔道。

"君敏伯，您别急，妙啊哥这么优秀，您完全不用担心。来，您老先尝尝我的手艺。"懋峰夹起一块卤猪脚，放到君敏的碗内，又帮黄氏、凝絮各夹了一块。

黄氏道："来，来，大家一起吃吧，别客气了。"

"这卤猪脚色、香、味俱全，是怎么做出来的？这么香这么好吃！"凝絮赞道。

"猪脚洗净切成寸半丁，焯开水去腥腻，拌入少量蒜头老姜碎末、盐腌制入味。再大火热锅、中火热油入糖霜，炸至由黄而赤改慢火，和猪肉入色，和均后加大火力，掺入蒜头老姜碎丁爆炒，见皮红油欲出即收火。加水刚没，调酒、盐、八角少许，先中火后小火收汤即可。这灶有两口，一锅烧水一锅煮菜，柴火大小互调。"

"玉郎厨艺又有长进啊！原来煮菜还有这么多讲究！这玉郎连煮菜都研究，看来要成学究了。絮儿你以后要多向玉郎学学，我看你们志趣相投，真的很般配哦。"建林嬉皮笑脸道。

凝絮、懋峰羞得满脸通红，好不尴尬。

"这么多好吃的都堵不上你的嘴！这小子尽胡说八道！"君敏狠狠地白了建林一眼。黄氏笑着说："一家人就应如此，无拘无束，其乐融融。妙啊可是我的开心果啊，小时候就经常逗我开心！可不像懋然和懋峰，不到兴致，半天都不吭一声，闷得慌。"

"还是婶娘疼我！"建林斜着头笑道，满嘴油腻。

"来来来，快尝尝玉郎的手艺！大家都别闲着，嗯，真好吃！"懋然催促道。

"嗯，真好吃！"陈氏道。

"好久没吃这么好吃的菜了。奶奶，以后叫叔叔多做这样的菜。"

汝贻吃得满嘴流油。

黄氏剥好一只对虾放到凝絮碗内，慈爱地说道："孩子，多吃点，别客气！"

"谢谢娘！"凝絮感动万分，坎坷二十年，从小失恃失怙，无人疼爱，一时突有大群亲人如众星捧月般地宠爱于她，怎不动容！

"奶奶，我也要！"念娘见了嚷嚷着。

"少不了你的，来，小宝贝！"

"君敏伯，娘，后天我和妙啊又要出海了，月余方归，回家刚好快过年了，二老要多保重。"

"别担心，孩子，你们出门在外十分辛苦，也要多保重。懋然这孩子从小受苦，身体底子弱。当年咱们穷，只想着挣钱养家。我没能照顾好，心中多有愧疚。妙啊顽劣，又要你多操心！唉，咱们现在生活尚可，也不必太过操劳！"君敏道。

"君敏伯放心吧，没事的，这跑商船要比以前捕鱼轻松多啦。不过说起来也怪，以前捕鱼时大风大浪耗体力倒吃得消，现在不用干重体力活，反倒觉得不适应。人啊这身子骨就是不能闲下来，一闲下来毛病就多啊。"懋然道。

"哥，你哪不舒服啊？是不是累着了。别小看这跑商船，很操心很耗心力的，这压力大，人就觉得累啊。"懋峰道。

"是啊，孩子，要是觉得身体不适，咱们就休息，干脆多休息一段时日，等元宵节过后再作计议。"黄氏道。

"哦，没什么，就是觉得骨头有些酸痛。估计没休息好，又偶感了风寒。货都快装好了，不跑不行啊。再说也不好歇息这长的时间。没事的，别担心啊，娘。"懋然道。

"玉郎倒是适合经商，跟我们多跑几趟，定能独当一面。"建林道。

"玉郎虽然聪明，但没有航海经验，出海很危险，再说一家老小也要照顾。就让他好好地待在家里吧。"懋然自幼丧父，长兄如父，早就决心挑起家庭重担。只要有他在，就不让家里亲人受苦历险。"家人难得团聚，玉郎你去取些绍兴女儿红，大家一醉方休。"

"好酒，痛快！来，喝啊！"建林先自喝了两大碗。

"我们只会慢慢喝，可不像你。"懋然笑道。

"不干脆！一点点斟酌好生无趣，还是大碗来得痛快！"建林笑道。

"慢点喝！这孩子！"君敏道。

"妙啊豪爽，酒品如其人！"懋峰笑道。

"嗯，这话我爱听！来喝！"

"你们慢慢喝吧。咱们女人就不妨碍了，走，内屋聊家事去。"黄氏招呼女人和孩子去了内室。

黄氏拉着絮儿的手："孩子，咱娘俩缘深，第一眼我就喜欢你了。老身人老言多，凡事又爱刨根问底，咱也不绕弯，有说得不对的，你就别恼，成吗？"

"娘不老，我觉得娘又年轻又美丽又善良。娘但说无妨。"絮儿看着眼前慈祥的妇人，觉得自己就像母亲怀里的孩子，心中有一种暖暖的感觉。

"我觉得也是，娘一点都不老，好看得很呢。"陈氏赞成道。

"这俩孩子可真会说话。呵呵。"

"娘觉得啊，你和玉郎很般配，要是你愿意，娘就给你们做这媒。"

凝絮以袖遮脸，低头害羞，稍候方低声道："孩儿便听娘的吩咐。"

黄氏笑得嘴都合不拢："好！好！娘给你做主！"

厅上几个男人已有几分醉意。建林眼神迷离地看着懋峰，口舌打结："兄弟，你得告诉我，你是否喜欢絮儿？"

"哈，妙啊喝醉了，又开始不着调了。"懋然笑道。

懋峰不胜酒力，也醉了，酒劲涌起："絮儿这么好，不喜欢就不是男人，可我能喜欢吗？飞雪、飞雪在呢，在这儿呢。"说着拍了拍心口。"我把她挤没了，我对不起她，喜新忘旧岂是君子所为！呜呜……"伤心地哭了起来。

"你这人就是不干脆，婆婆妈妈，拖泥带水，瞻前顾后，自相矛盾，连喜欢女人的勇气都没有。也不知我妙啊这种性格直爽、做事干净利落、全凭一时之快的直肠子怎么会跟你当兄弟？还是无话不说的好兄弟。唉！"建林凑近懋峰，醉眼迷离，定定地看着懋峰，一边摆手摇头。

"玉郎心里有个坎过不去，我能理解。"君敏道。接着叹了一口气："妙啊母亲也是在生妙啊的时候过世，起初好多人帮我介绍继室，但这个坎我一直过不去。后来，我神使鬼差地暗中喜欢一个人，日思夜想，就是说不出口。唉，十几年了，今天借着酒劲说了出来，心里畅快多了。"

"唉，真想不明白！我怎么一点都不像我爹，我可是想什么就说什么，窝心里不闷死才怪。"建林摇头连连。

懋然和懋峰心中明白，自父亲过世后，君敏一直暗中喜欢自己的母亲，对他们的关爱也丝毫不逊亲生父亲。他们也知道母亲心中的这道坎也永远过不去。

"君敏伯，您是个大好人，您是我们心中的另一位父亲，我们敬爱您！"懋然道。

"贤侄，有你这句话，我君敏这辈子值了！你们都是我的好孩子！"

四人边喝边聊，直聊到太阳西斜。

"再喝可就回不了家了。走吧，孩子。"君敏起身告辞。

"喝口热粥再走吧，天气转凉了，夜来风冷。"黄氏挽留道。

"喝不下了，酒都喝饱了，哈哈！凝絮喝粥了吗？"

"义父，我喝过了。"

"我提灯送送你们。"懋峰道。

"你也喝了不少，早点休息吧，天色未黑，能看见路，别送了。"凝絮关切道。

"要送，不送我不放心，睡不下，刚喝了些粥，我酒醒了大半，无碍。"懋峰坚持要送。

"那就让玉郎送送吧，玉郎醒酒快，没事。"黄氏看懋峰酒醒了大半，放心地说道。

懋峰和君敏、建林父子抱成一团，一路东歪西倒。凝絮提着灯在后面照着。时入隆冬，池塘里荷残枝焦，风吹瑟瑟作响，甚是凄凉！

"到家了，晚上就不要回去了，贤侄咱们继续喝。"君敏挽留道。

"不可啊，娘会担忧的，我还是回去吧。"

"那哥哥多加小心。灯在这边。"凝絮把灯递给懋峰。懋峰接过灯竿，余温暖心。凝絮登楼目送，心中柔情似水，却又有几分不舍几分酸楚，欲罢不能。懋峰犹感针芒在背，回首远观，借着一丝暮光见风中凝絮，长发衣袂翻飞，形影孤单，不禁心酸，挥了挥手，示意凝絮速入房中。

有《江城子》曰：

娉婷倚楼内弗安，

凭阑干，暗为观。

怕遇回眸，志忑意如猿。

长发风撩轻掠起，

形容瘦，影身单。

犹怜满腹噎无言，

凤与鸾，各为难。

心事相知，残梦欲寻欢。

举案齐眉鱼水合，

琴瑟和，有婵娟。

夜寒窗外风萧萧，凝絮换了环境，思起身世，思绪万千，辗转难眠。起床铺纸写了一首《钗头凤》，衷情尽寄词中，却又未敢示人。

孤灯对，红妆泪，

无言凝噎成双坠。

昼无崖，夜难捱，

懒顾花丛，青衫湿在。①

待！待！待！

情如海，苦为耐，欲眠又罢思无奈。

风荷败，伤塘改，

待有来年，红莲欣采。

再！再！再！

却说懋峰回到家中，黄氏道："孩子，娘觉得凝絮姑娘要才有才，要貌有貌，要德有德，是打着灯笼都难找到的绝妙女子。娘给你们做媒，快把她迎娶进门。"

"娘，说实话，孩儿也喜欢凝絮姑娘，但我一想起她来，就会想起飞雪，心中又酸又痛，容我些时日可好？"

"唉！好个痴情的孩子，有情有义！好！娘也不逼你。日后要多

---

①懒顾花丛：典出唐代元稹悼念亡妻韦丛诗《离思》："取次花丛懒回顾，半缘修道半缘君。"

②青衫湿在：典出清代纳兰性德悼念亡妻卢氏词《青衫湿遍·悼亡》："青衫湿遍，凭伊慰我，忍便相忘。"

与凝絮往来，增进感情！只要时机成熟，就赶紧把她给我娶进门来，咱们一家人团团圆圆、和和美美的，你说该有多好啊。"

"娘，您放心吧，我听您的。"

翌日，和风丽日，不觉寒冷。建林道："絮儿初来，我带你去看看峰尾风景如何？"

欲知凝絮是否答应建林邀请，请看下回分解。

第十一回
游峰尾玉郎兴赋律
遇贼头刘妙勇逞威

上回说到建林邀请凝絮游览峰尾。凝絮道："总听你们说峰尾美景宜人，我也早想见识一番，不妨叫上玉郎一起去吧。"

"哪能少了玉郎啊，没有玉郎同去，我看游也索然无味！"建林假装不快，嘟囔着。

凝絮暗自偷笑："好了，看你那酸样，还有个哥哥的样子没有？"

两人相伴去到懋峰家，邀请懋然、懋峰同游。懋然推说身体不适，懋峰便与建林、凝絮同去。

"玉郎对峰尾的风景比较熟悉，让他带路吧。"建林道。

"那我们边走边讲吧。"懋峰道。

三人到了南门。懋峰指着城墙讲解道："峰尾原来有个旧城，明洪武年间，明太祖朱元璋令江夏侯周德兴经略闽省海防，设卫置所，以备防御日本倭寇侵扰。周德兴亲自巡防全省沿海要地，兴建各个巡检司，拨兵防守，并把原设置于沙格的巡检司迁移至峰尾。在知县阎宏的帮助下，营造峰尾城，成化年间又重修了一次。原来旧城位于石狗尾至东坡之高阜处，现在地名叫旧城顶，旧城很小，只能容纳峰尾巡检司防守人员，且与峰尾民居分离，不能起到保护居民的作用，又没有水，若一旦城被敌人围困，守城官兵将不战自乱。后来，到了隆庆壬申年，倭寇攻陷惠安城，巡海丁公乃议移城拓大，把民居都环围到城内，并设了四门和浚沟渠。我们现在看到的就是新城，我们站的这位置是城的南门。"

"玉郎真厉害，峰尾历史都这么清楚。"凝絮赞道。建林笑道："那还用说，他整天吃饱没事，就在峰尾到处逛。"

"你是夸我还是损我啊？"懋峰笑道。

"对啊，读书识史，怎能说是没事干呢？玉郎介绍得真好！"凝絮双手向后斜着头看着懋峰笑着说。

"哟哟哟，酸死了，哈哈！"建林看着两人打趣道。

"快走吧，人家都看着我们呢。"懋峰道。

走过内浚沟桥，出得城来，城前矗立一座大宫庙，这庙好生气派！坐北朝南，纵十三余丈，东西横五丈。为硬山顶宫殿式建筑。大殿面阔五间，左右两个小三椽山门，正中风窗上楷书"东岳庙"三字，雄浑有力。进深五重三殿，内由屏风将殿廊隔开，殿廊的东西平门上加筑重檐歇山式屋盖，重檐跨出墙外6尺，无楹桷支撑，由镂刻斗拱承托。正殿主祀"正顺灵惠显翊忠侯王"，民称"本官爷"。

"这东岳庙据说始建于南宋，迁界回来后，坍塌破损比较厉害，复界后，由乡绅组织修建，如今已有几十年历史了。"懋峰道。

"这建筑好生精美啊！这供奉的神像怎么是一对夫妻呢？"凝絮好奇地问道。

"这正顺灵惠显翊忠侯王，简称正顺尊王，乡亲也称他为本官爷，至于是哪位历史人物，莫衷一是，难以确定。但我倒是很欣赏关于本官爷的民间传说。"

"什么传说？快讲来听听。"凝絮急着说。

"传说这本官爷是来本地任职的一位官员，他爱民如子，勤政廉明，为百姓做了许多好事。后来他为了救百姓，试饮毒井水而亡。庶民为感谢和缅怀本官爷的功德，就建祀敬奉他。"

"真是一位为民的好官啊，值得敬奉！"建林肃然起敬，在神像跟前恭恭敬敬地磕了三个响头。懋峰和凝絮紧跟着也磕了三个响头。

"这本官爷可灵验了！若有厘不清的冤情债务只要到此发誓，无不昭然！因为暗室亏心的人自己害怕了。你看中书'兆民赖'大匾额和一个算盘，左右两块'天理良心''此地难瞒'大牌匾。"

"哈哈，真好！让坏人无处遁地！"建林高兴地拍手道。

"对了，这本官爷的夫人是什么来历？我以前从没见过神殿有敬夫妻俩的。"凝絮问道。

懋峰讲道："听说这本官娘姓林，是我们本地打银人，年轻貌美。她平时听说了许多有关本官爷的事迹，十分崇敬本官爷。有次她跟着嫂子到东岳庙进香。当她见到本官爷英俊威武的塑像时，情愫顿生，脱口说道：'这本官爷相貌堂堂，真是英俊啊！'嫂子听了笑道：'你喜欢就嫁给本官爷好了！'小姑子羞得面色绯红，心跳加快！回家后，她朝思暮想，魂牵梦萦，病倒卧床不起，夜里时常梦见本官爷潜入闺房与其相会。有一夜人神缠绵时久，本官爷忘了时辰，鸡啼时匆忙而走。她忙去拉他，居然抓下本官爷的一只鞋子。次日家人来庙里查看，发现神像果然少了一只鞋子，脚上另一只与抓下的那只刚好是一对。不久，她就去世了。乡亲们为之真情所感动，就给她塑了神像，供奉为本官娘。"

"啊，好一个人神苦恋！好个痴情的女子！玉郎，这太感人了！有情人终成眷属，死了也不冤啊。"凝絮抹了一下眼睛，有些神情迷离，感觉懋峰就是她心目中的那个神。

"是啊，太感人了！生死不同时，居然还能成为神仙眷侣！真好啊！要是我能有个魂牵梦萦的女子，就是能跟她死在一起也愿意。"建林唏嘘道。

"唉，人生不如意事多，但愿有情人终成眷属！"三人又恭恭敬敬地给本官爷夫妇鞠了三个躬。

走出山门，前有大湖碧水数百亩，轻风吹过，水波粼粼。旁有浚沟延绵数里，湖海相连，锦桥横架其上，岸边绿树参差，景色幽美，晴空如洗，白云几抹如轻描淡写。

"这景色很像苏州园林，却另有一番韵味啊。"凝絮赞道。

"这是锦桥锁月，乃峰尾十八景之一。每逢中秋佳节，玉盘高悬之际，金桥左右两侧可见明月倒影各一轮。"

"这么奇妙啊，那明年中秋节你要记得带我来赏月啊。"

"好！"

"玉郎，这峰尾十八景都有哪些啊？能不能都带我去看看。"凝絮期待地问道。

"这一天恐怕是看不完，以后我们慢慢看。我先介绍一下，等一下走到哪看到哪，再分别细说吧。"懋峰道。

"我们先去凤髻岭吧，然后去二港看五里海沙，这沙滩太长了，只能走一小段，转西门到姑妈宫，再过尾山埔，出北门仔咀，看石眠床，然后走城外厝后，过烟墩山脚，看沪屿、石狗、石鸡，再转东坡到塔仔澳，经城外回家。这样就走了大半个峰尾了，估计得傍晚才能回到家中。"建林算计着游览路线。

"嗯，先走这大半圈，中午要回家吃饭吗？"懋峰问道。

"等下到了西门离家不远，我折回去跟婶娘他们说一下，我们就在街上吃'蚵饼'①和'猫耳'②好了。"建林道。

"猫耳朵？这怎么吃啊？"凝絮吓得皱眉咧嘴。

"哈哈，是一种包肉的面食，皱皱的像猫耳朵而已，很好吃，不是真猫耳。"懋峰和建林笑道。

①"蚵饼"：峰尾一种风味小吃，油炸食品，里面包肉、海蛎和菜馅。
②"猫耳"：一种风味小吃，各地叫法不一，如扁食、小馄饨、肉燕等；因形似猫耳朵，峰尾人称其为"猫耳"。

"你们欺负人，哼！"凝絮撅起小嘴。

懋峰若有所思道："走，去凤髻岭，这是一个地势高一点的小山包，当太阳从东边升起的时候，会先照到她，形状像女人的凤髻，好似一个翘首望天的痴情女子，也是峰尾十八景之一，叫凤髻朝阳。"

"玉郎，刚才那两景我想到了一个对联：'凤髻朝阳一眷念；锦桥锁月两冰心'，如何？"

"好对联啊！凝絮你真是女中才子。"懋峰赞道。

"那叫玉郎把其他几景一起告诉你，你都给凑成对联。"

"那我试试看，你们也一起来好了。"凝絮道。

"这十八景又分十二主景、六副景，主景除了凤髻朝阳、锦桥锁月，还有石狗吠风、石鸡报晓、石塔听潮、石蝉夜噪、石龟出水、石碑执笏、沪屿晓钟、万人神井、磐石甘泉、沙堤束带。六副景是七星坠地、五虎相聚、如来献果、状元抱印、美女照镜、龟蛇相会。"

"都是石头景观呢。"建林道。

"怎么都是石啊？那我改一改名字行吗，意不变，但文雅一些。"凝絮道。

"可以啊。说来听听。"

凝絮思索片刻道："我就记得石鸡石狗石龟石塔，把他们改为玉狗吠风、金鸡报晓、圭塔听潮、礁龟出水，如何？"

"嗯，意境好多了。等下我们到五里海沙，折个树枝，把这些风景串一下，写出对子来，要是能联成排律诗就更好了。"懋峰道。

"好啊，我赞成。"凝絮道。

"你们就别欺负我了，明知我这方面不擅长，又在我面前卖弄！等下不陪你们玩了！"建林假装不高兴地说。

"不玩你先回家去，我们自己玩。耶！"凝絮朝建林做了个鬼脸。

建林忖道："这丫头一心在玉郎身上，我跟着甚是不识趣。也罢,给她一个机会,但愿能如她所愿。"于是大声道:"好啊,等下到西门我回家告诉婶娘,不回来陪你们了。你们自己游去,我也不愿意扫了你们的兴致!"

懋峰有些犹豫,凝絮却高兴地说:"行啊,妙哥哥真乖!嘻嘻!"

三人到了凤髻岭,折入二港,穿过树林,眼前豁然开朗:只见天蓝云白水碧浑然一体,波涛万顷,一望无际。一条银白长练横卧海边,在和煦下闪金晃银。浪涛水花洁白透彻,舔着沙滩,哗哗地响着舒缓的韵律,水下映着陆离斑驳、绚丽灿烂的奇幻光影,海底粗砂洁净晶莹透亮。

"哇,世上居然有如此美景!"凝絮惊叹道,心中涌动着欲与碧波银滩拥抱的冲动。她疯也似的跳起,跑进沙滩,就要向海水奔去,可足下沙子柔软绵厚,根本跑不起来。她突地不安起来:"这没个淑女的样子,玉郎是否会介意呢?"忙收了脚步,优雅地挺了一下腰,慢慢地踱步向海走去。阳光、绿树、沙滩、轻波、美女,好一如画美景!

懋峰定定地站在沙滩上,欣赏着眼前的美景,感觉极佳,长这么大从没有这样舒坦过。

建林噌地脱去鞋袜,卷起长衫裤腿,冲进沙滩,快速地跑进海水里,也不顾海水寒冷,在上面左右跳脚,故意溅起水花:"哈哈!我真想脱光了游泳!"

懋峰和凝絮慢慢地走了过来,大笑道:"脱啊!脱啊!"

建林笑道:"那我真脱了。"说着就假装解开扣子。凝絮信以为真,吓得赶紧别过脸去,双手冲他乱摇,大叫道:"啊,不要不要!坏蛋!"懋峰和建林大笑。

"傻瓜,哄你的!"懋峰扯了下凝絮的袖子。

凝絮心中怦然而动,如小鹿乱撞,这可是他最亲昵的动作!

"我鞋子进沙子了。"凝絮坐了下来，轻轻地将绣鞋罗袜除去，露出一双白皙娇嫩的天足！肌肤洁白如脂，赛雪胜瓷，温润如玉，丰满粉腻酥融。足底白里透红，娇润欲滴。趾踝腿晶莹剔透，骨肉均匀，珠圆玉润，多一分嫌肥少一分嫌瘦。真乃天工尤物，精美移人。懋峰见了，心中道："非礼勿视！"忙将眼光生生移开，却又忍不住用余光多看了两眼。懋峰忖道："真没想到女人的天足这么美！可为何人们要逼女人把脚裹得像萝卜、芋头那样呢？何美之有？看来就别让念娘裹脚了！"

为了掩饰心里的涟漪，懋峰道："这里叫五里海沙，也是峰尾十八景中的沙堤束带。来，我把十八景都写下来。"懋峰捡了根树枝，强迫自己静下心来，蹲在沙滩上比画起来。

凝絮哪有心思作诗，只是痴痴地看着懋峰在沙滩上龙飞凤舞写字的动作。但见懋峰写道：

凤髻朝阳一眷念，锦桥锁月两冰心。

万人神井夸娥腹，磐石甘泉陆羽邻。

石笋冲天迎瑞降，沙堤束带拒潮侵。

金鸡报晓功成凤，玉狗吠风德为麟。

圭塔听潮声澎湃，礁龟出水意饴津。

石蝉夜噪忧人寂，沪屿晓钟待旦昕。

五虎沉龙文脉蕴，七星坠地福源临。

美人喜映状元鉴，灵兽恭聆佛祖音。

"写完了。"懋峰起身拍了拍手中的沙子，得意地说。

凝絮心中暗自钦佩和赞许，嘴上却说："说好要一起写的，你倒好，自己都写了！哼！好生无趣！"趁机在懋峰背上捶了几下。懋峰突然觉得身边的人就是飞雪，转过身来，紧紧地抓住凝絮的手，就要将其揽入怀中。凝絮突地被懋峰抓住双手，羞愧难当，本能地往后躲，别过身去，把头深深地埋在胸前。懋峰猛地意识到自己失态，忙松开双手，不迭地赔罪。那建林自顾在沙滩奔跑、呐喊、翻跟斗、戏水，跑得老远，玩得兴起，全然不知他们两人的尴尬。

"谁要你赔罪，玉郎你给我讲讲十八景吧。"

"好吧。"

凝絮在懋峰身边坐下，晒着暖阳，由身入心，丝丝暖意。

懋峰将十八景的故事一一叙述，凝絮听得入迷。不觉日到晌午。懋峰道："我们该回去了。"

"不是说吃了蚵饼和猫耳，继续游吗？"凝絮有些失望。

懋峰道："来日方长，以后我再陪你慢慢游吧。"其实懋峰心中滋生情愫，几近溃坝。方才他将凝絮当成飞雪，心中又酸痛又自责。酸痛的是忆起飞雪躺在自己怀中时那深情、不舍、绝望的眼神，自责的是他觉得自己对不起凝絮的一片真情。因此不敢再单独与凝絮相游了。

懋峰叫上建林，只推托困乏，另日再游。懋峰、凝絮各怀心事回到家中。

次日中午，懋然、建林满载货物，又向江浙进发。船行至湄洲门时，北风正劲，船速缓慢。此时船工喊道："附近怎有数只大舢板正快橹向我们驶来！又不似落下洋①的渔船。莫不是海贼船！"

懋然、建林闻讯忙奔到舷边，此时那些舢板已将宁兴号团团围住，贼势浩大！

"果真是海贼！"众人大惊，船工们慌忙操起刀枪长杆。

喽啰高呼："只图财不伤命！所有人入舱保命！抵抗必杀！"

懋然从未见此阵势，惊得不知所措！

那建林却淡淡一笑："大哥休要惊慌！请入舱躲藏，且看妙啊手

———————————
①落下洋：指冬季在近海捕鱼的渔汛。

段！"回头对船工们言道："兄弟们不可轻举妄动，紧靠桅杆，四人一组相互背对，互成犄角，听我号令！"言罢又对海贼喝道："众位英雄，我建林素来钦佩绿林好汉！今天海上相逢，本应该相赠些财物。但我等才涉足商海，家底浅薄，此船此物都是身家性命，如要硬抢，必有一场恶战，你们未必就有胜算，实为下策！"

一喽啰道："你这黄口小儿，胆敢口出狂言！看老子不活劈了你！"言罢提刀就要登上船来！

建林冷笑一声，操起一支长杆，轻轻一挑，将之挑落水中。

众贼大怒，纷纷欲爬上船来！建林侧身扎马沉腰，双手紧握杆尾，用力向下一甩，"嘣"的一声，大有力扫千军之势。

"且慢！"突听得贼船上一人断喝！建林定睛一看：此人五十上下，浓眉大眼，面色黝黑，身材壮硕，武行装束，玄色对襟衣灯笼裤。

那人道："年轻人，可有胆量来船一叙！"

建林问道："长者如何称呼？"

那人道："鄙人姓陈，为众人头领！年轻人，要是有胆就过来叙话！"

懋然拉着建林劝道："兄弟咱们不要硬拼！此去恐有闪失，我如何向家人交代？咱们舍财保命吧！"

建林道："大哥请放心。妙啊自有分寸！"言罢松开懋然的手，对海贼喝道："何惧之有？"丢去长杆，纵身跃上船舷，脚下用力，纵身跃下，一路脚踏贼船贼众头肩，飞奔到陈头领前面。

见建林身近六尺、浓眉大眼、鼻正口方，心不跳脸不红、威风凛凛地站在面前，那首领心中暗暗叫好："好伟岸的后生！好身手！"

"年轻人！好胆识！敢问尊姓大名，师承何方？"

"小辈免贵姓刘，小名妙啊，幼时在我舅舅家习武。少年时师承南少林慧明大师。"

"如此咱们可以算是同门，鄙人尝承南少林慧因和尚教习。既有同门之谊，不妨切磋一番，点到为止！如何？"

"那就尊称您为师兄，请赐教！"

两人互相抱拳，拉开阵势，一如猛虎下山，一如蛟龙探海！这建林身法矫健灵活，气力雄沉，攻防双备，使的乃是虎鹤双形拳。那陈首领拧旋走转，龙形蛇腰，缠裹并用，使的乃是龙形拳。两人拳、肘、肩、腿、脚并用，缠斗半日，竟无破绽，实力相当。又过半晌，那首领毕竟年纪稍大，逐渐气力不济，身法渐慢。抄手拧裹之时稍慢，建林看得破绽，顺势往后一拉，又往前一送，鹤手击其臂下，那首领站立不稳，趔趄数步方止。建林收势抱拳道："承让！"

"后生可畏！好久没这么痛快地打一场了，哈哈！"陈首领抱拳笑道。

"师兄功夫了得，真乃棋逢对手啊！相见恨晚啊！"

"哈哈，真是不打不相识。不瞒师弟，我本是莆田县秀屿乡人，以拳师为生，因受族人株连，逃亡海上，无奈做了海贼。因武功出众，被推为首领，领得一帮人在海上掠夺商船。平常商船都不敢抵抗，我等便抢些财物，并未伤人性命。今天见师弟少年英雄，一心喜欢，有意结识！故此相邀。这是一面海贼王旗帜赠予师弟，以后遇见海贼，但用此旗即可保无虞！"那陈首领言罢从怀中取出一面上绣虎形的三角形黑色小旗。

"如此，谢过师兄！"

"师弟如欲相见，只需在此湾鸣放三响冲天炮即可。今日就此别过，师弟保重！"陈首领将建林送过船来，两人抱拳道别。

船上众人连连喝彩！只是这懋然身染风寒，经此惊吓，又连日操劳，埋下病根竟浑然不知。

自此，宁兴号经商畅行无阻，建林和懋然与张老板合作融洽，生意做得风生水起。过年后又跑了两趟，到了四月，商船回程在家。懋峰闲来无事，到建林家里泡茶聊天。建林道："从跑船以来到现在跑了四趟了，每次出门都增长见识，也都有收获。第一次遇到凝絮多了个妹妹；第二次遇海贼，多了个朋友；第三、第四次虽没遇到什么特殊的人物，但多了不少行船和经商的经验。"

"跟我哥在一起，当然能学到好多经验了，要是有机会我也想去行船经商。"懋峰道。

"你哥肯定不让你去行船，他什么苦都自己一个人扛，很照顾兄弟！只是我觉得他身体不是很好，经常说疼痛。去看了郎中，也只是说过分劳累，吃了药好了，但治标却不治本，再让他陪我跑一两趟，等我所有的都会了，就让他在家休息，我们两人去跑船。"建林道。

"如此甚好，我哥辛苦十来年了，也该轮到我吃苦了！只是我哥未必能同意！我等下便禀告母亲去，让她劝说我哥好生调养身体。"

"玉郎哥，你真的要去跑船啊？"凝絮着急地问道。

"凝絮小妹着急了，哈哈！"建林嬉皮笑脸地道。

"玉郎哥就是一读书人，哪像你这五大三粗的不怕风吹日晒，他哪能吃得了这苦？再说念娘还很小，需要人照顾呢。"凝絮越发急了。

"念娘有我娘照顾呢，有时我岳父也会来接去一阵子，他们都很喜欢她，这小妮子嘴甜，哈哈，惹人喜欢。实在不行，不是还有你呢，她也很喜欢你呢，几天不见就问凝絮姑姑怎么都不来看她呢？这会儿，她又不知皮哪去了，要是知道我来找你，肯定又要跟来了。"懋峰笑着说。

"跑船太辛苦了，反正我不赞成你去跑船。"凝絮生气道。

"我哥太辛苦了，我想给他分担一下，总不好在家当个废物。"懋峰道。

"谁说你是废物？"只听得门口一声断喝，径自走进一个人来。

欲知来者何人，请看下回分解。

第十二回
积劳累懋然初起疾
解相思夫妇远访亲

却说门口一声断喝，径自走进一个人来。众人抬头一看，却是懋然自门外走了进来。

"哥你也来了？"

"嗯，我刚才去船上走了一遭。过来想跟妙啊商量一下，明天好一起去进货。你是不是又想着要去出海跑船？"

"是啊，哥，我听妙啊讲您身体时常感到不适，我想替你出去跑跑船。"

"我没事的，你不用担心，跑船我比你在行，照顾家你比我在行。就这样定了。我和妙啊有事相商，你陪絮儿四处逛逛去。"

"好啊好啊，走，玉郎哥，你带我去游峰尾，上次还没游完呢。"凝絮听了懋然的话，满心欢喜。

懋峰见兄长独自担起重担，让自己在家中享清闲乐天伦，心中百感交集，又感激又愧疚又有些担心，不敢违逆兄长，只好对凝絮说："我们今天去塔仔澳玩吧。"

"行啊，你走哪儿，我就跟哪儿，走吧。"

懋峰带着凝絮向东行去，出了东门从池塘边折向南行。只见塘边柳树丝长，绿草茂密，边塘荷叶田田，初苞粉蕊摇曳，开阔处鹅鸭成群。碧空万里，淡云烟飘，几只燕子掠过。凝絮见状道："碧空云淡燕勤剪，曲岸草长柳懒梳。"

懋峰道："好对啊！燕尾似剪，柳条如梳，天工之合，絮儿真乃才女也。"

"趁你心绪不高，小妹才敢班门弄斧。"凝絮笑道。

懋峰心绪稍宽："哈哈，那咱们就比一比吧。"

"比就比，你要是输了，就得每天陪我逛峰尾。"

"那你要是输了呢？"懋峰问。

"那就罚我每天陪你逛峰尾，很公平吧！"

"你呀！中你圈套了！你先请。"懋峰笑道，便都来了兴致。

凝絮见有一牧童正在坡上看书，道："我有'坡上捧书书带草'一联，玉郎哥哥不妨一对。"

懋峰素知凝絮狡黠，沉思片刻，恰见一渔夫折下柳条穿鱼，便对道："河边折柳柳穿鱼。"

凝絮笑道："哥哥上当矣，我联之'书带草'乃一草名。"懋峰道："君可知'柳穿鱼'亦为花草之名乎？"言罢两人相视大笑。

凝絮心有所思，手指柳上黄雀道："丝柳枝头一栖雀，与谁比翼？"寓意其中，懋峰对道："新荷塘里两嬉鹅，同我争春。"那凝絮闻言娇羞。

行到桃园，但见芳菲点点，娇嫩欲滴，与树下绿茵相映，青翠可餐，煞是动人！凝絮道："小妹此时有'桃花宛若佳人艳'一联，哥哥可愿一对？""此有何难，'燕语恰如绿水柔'。"懋峰随口应道。凝絮心扉怒放，宛若桃花。桃园中仅只懋峰、凝絮两人，相视良久。但见这凝絮粉面绯红，秋水含情，楚楚动人：

> 带俏桃腮，犹似彤云染皓月；
>
> 含羞杏眼，恰如雾雨过新花。

那懋峰又爱又怜，新欢旧爱交集，心潮如浪，五味杂陈！竟无语长叹！

"哥，你又想起出海行船的事了。"凝絮柔声问道。

懋峰点了点头，掩饰了心事。

"我知道你担心大哥太辛苦！可大哥已经习惯了在外漂泊。真让他待在家里，反而会闷坏了。而你一介书生如何吃得了那苦头，还不让我担心死了？"

"我担心大哥的身体，总是觉得疲倦却又查不出毛病来，该不会是积劳成疾了？"

"等妙啊哥能独当一面时，大哥就可以休息了。我看妙啊哥很聪明，也许再走一两趟就上手了。"凝絮安慰道。

两人边走边聊，过了塔仔澳、仙龙甘井、东坡，到了烟墩山。懋峰看着烟墩山坳，神色戚然，长叹一声。凝絮问道："玉郎哥，怎么啦？这是哪儿？"

懋峰见凝絮发问，忙掩饰一下情绪道："哦，没什么？这里是烟墩山，上面就是旧城顶。"

"烟墩山？哥哥《寿楼春》词中有'烟墩外，孤魂凄'之句说的可是这里？"

"啊？你还记得我的词啊！"

"当然记得了！我被这首词深深感动了，当时就在心中记下了，事后又誊写了下来，越读越感动，不知读了多少遍，不知流了多少眼泪，最后就下定了决心来投奔你。我果然没有看错人！"

懋峰闻言，心中像被什么扯了一下，微微颤抖了一下，道："妹妹的一片真诚！懋峰感铭肺腑。'烟墩外，孤魂凄'说的正是此处，飞雪就葬在这里！"

"哥哥，能否带我去看看飞雪姐姐？"

"好吧，山路不是很好走，小心些。"

走在崎岖的山路上，懋峰时不时牵着凝絮的手，扶她一把。两人肌肤相亲，各自心猿意马。到了飞雪坟前，但见香丘背山朝海，后侧有相思林，前堤平坦开阔，甚是清雅！墓碑上书："爱妻李飞雪之墓"。碑后则刻有懋峰所作的悼亡词《寿楼春》。懋峰坐在坟边，轻抚墓碑，满是怜惜之情。

凝絮站在坟前，先鞠了三个躬，言道："飞雪姐姐，来时匆促，未曾备下纸烛来祭拜姐姐，请见谅！"接着口中念念有词，只有她自己能够听到，念罢跪了下来，磕了三个头，起身，静默了片刻。

懋峰道："你刚才念些什么呢？"

凝絮抿了一下嘴，注视着懋峰，含情脉脉地说："这是我和姐姐说的悄悄话，不能告诉你！"

懋峰道："哦，看来你和飞雪神灵相通了，我倒成了外人了。好吧，我们继续走吧。"

两人鞠躬离去，又沿着石狗石鸡、城外厝后、银滩、石眠床、姑妈宫一路散步过来。家事、景观典故，谈诗论对唱和，海阔天空，越谈越欢，依依难舍。正是：侃侃论诗书，徜徉忘故途，蜿蜒嗟路短，摇曳恼枝疏。

此后，懋峰不再提起出海行船的事，唯一心照顾好家人，对兄长极敬重。与凝絮两人情意渐笃，却彼此心照不宣，终未捅破那层窗户纸。此事暂且按下不提。

却说苏州那张老板已决意叶落归根。销完货物，张老板盘了商行，又介绍了接手的行商赵老板与懋然、建林认识，准备搭宁兴号回乡。临行之时，张老板请赵老板和懋然、建林到悦来酒楼聚餐。行到酒楼门口，却被小二拦住："几位客官请止步。今日酒楼已被包场，恕不接待。请见谅！"

"何人这么大排场，把这么大的一个酒楼包场了？"建林问道。

"今日，盐商在此举办行商总会。客官请行个方便，借过，借过。"见盐商鱼贯而来，小二就请懋然他们离开，让出过道。

只见这一个个盐商，锦衣玉带好生气派。建林问道："这盐商好生气派，是不是都很富有？"

"这是当然，盐务是江南财政命脉啊。"张老板道。

"那怎样才能成为盐商？"建林问道。

"要想成为盐商，须向衙门交纳巨额银两，方可取得特权。盐商又分场商、引商和总商。场商有收盐特权，向灶户收购食盐转卖给引商；引商要先交钱认窝，领取盐引交纳引课方能拥有运、销食盐的特权；而总商由盐运使衙门指定向盐商征收盐课的，与官府的关系最为密切，是盐商中的巨头。各级盐商贱买贵卖，谋取利益。沿海产盐区，场商收购每斤不过一两文，转卖给引商每斤两三文；到了非产盐区却每斤卖到十几文，甚至到四五十文。这些盐商利用特权肆意盘剥灶户和百姓，获取巨额利润。由于钱多，盐商生活多奢侈，尤以两淮盐商为甚。"张老板久居江南，对盐务一清二楚。

"这利润如此之高，那盐商还不富得流油？只是盐商太过可恶，竟然如此盘剥！"建林道。

"兄弟有所不知，其实取得特权要交纳巨额费用。例如引商领取盐引皆有定额，认领盐引需事先按额缴纳引课，若官盐滞销严重，引商则有可能亏损。"

"这盐商吃亏不足怜悯，可怜百姓却平白屡遭官府、盐商盘剥，甚是可恶！待我贩些私盐来平价卖与百姓，出出我的恶气！"建林愤恨道。

"兄弟休要胡言乱语，这可是犯法杀头的勾当！"懋然赶忙捂住建林的嘴。

"尤为可恨的是，盐商为获取更大利益，还与官府勾结，利用官引、子盐、旺埠代销疲埠之引等各种手段夹带贩卖私盐，还哄抬价格盘剥百姓。"

"官商勾结！只准州官放火，不让百姓点灯，着实可恶！"建林骂道。

"不关咱们的事，咱们吃完饭回船起航便是。"懋然劝道。

三人另找了一个酒家，吃过午饭，便回船起程回乡。

到了家乡，张老板得与家人团聚，安度晚年，享受天伦之乐。刘张两家峰尾崇武时有往来。

懋然积劳成疾，身体时有微恙，出海归来，总是周身不适，乏力嗜睡，难再承受风浪之苦。懋然见建林已能独当一面，便将船只交付建林管理，自己在家养病。

端午节，懋然与家人去海上看赛龙舟。此时天气湿热，傍晚归家时，懋然察觉周身疼痛，皮肤紧绷，疲倦无力，又有些低烧。以为中了暑气，请了郎中针灸刮痧，喝了绿豆汤，但都没有好转。迷迷糊糊过了一晚，次日陈氏发现懋然后背出现散生红斑，成对小粒疹疮，状如水痘。

陈氏吃了一惊，忙与黄氏禀告："娘，懋然身上怎么长了水痘？"

黄氏连忙查看了病征，着急道："这是生飞蛇①啊！听说下打银林家有家传秘方，赶紧去找林老伯看一下。"陈氏连忙与懋然问到下打银林家，林老伯刚好在家。林老伯让懋然翻起衣服，在患处看了看，言道："正是生飞蛇了。这年轻人生飞蛇倒是比较少见。但是不用担心，现在我就给你掐一下，傍晚再来一次，晚上就比较好入睡了。明后天早晚再来掐几次就会好了。夏秋季病症会比较厉害，多掐几次无妨。"

林老伯净手后，先竖向掐与胸部齐高的背后脊椎边双侧，再横掐背后尾椎骨倒数三四节之间中缝，再双肩巨骨中缝顺缝按掐，再

①飞蛇：带状疱疹，闽南人称之为"飞蛇"。

双臂弯之曲泽处顺缝按掐，再双掌关节之阳池处顺缝按掐。

按掐的时候，林老伯用双手大拇指指甲十分用力地反复按掐。懋然忍着痛没吭声，但眼泪都痛出来了。

"掐好了。"林老伯道。

陈氏看了看有些奇怪但又不敢多言："就这样，要不要吃药和抹药？"

"不用啊，就这样。"林老伯笑道。

"那多谢林老伯，请问诊金多少？"陈氏问道。

"要什么诊金啊？我又不是医生，这只是祖传的一门技艺而已，我也说不出道理来，举手之劳，不必客气。"

"甚是麻烦老伯了，多谢多谢！方才出门匆忙，忘记给孩子带些吃的，这是五百文钱不成敬意，烦请收下与孩子买些点心。"懋然拿出银两奉上。

林老伯一番推辞，见懋然、陈氏态度诚恳，又不似穷困之人，就勉强收下。

傍晚，懋然带了一包茶叶再来找林老伯掐了一遍。说来也怪，当晚懋然就感觉皮肤不再紧绷，又困又乏竟睡了一个好觉，次日起床顿觉神清气爽。

"娘，这林家祖传之技果真灵验，我已感觉好了许多。娘子你帮我看看患处有何变化？"说完撩起短褂。

"咦！真的有效果啊，患处不再那么通红了，水痘好像也收水了。"

懋然又让林老伯掐了几次，直到疹疮结痂，完好如初。懋然备了数两银子意欲答谢，林老伯坚辞不受，只收取了第一天的五百文钱和一包茶叶。

懋然歇了两天，感觉无所事事，就对陈氏言道："闲坐数日，只是感觉闲得慌，出也不是入也不是，也不知如何消遣才好？等建林回来，我再跑船好了。"

"你呀，从没在家闲过，几天工夫就闲不住了。你身体不太好，就不要逞强了，还是待在家里陪孩子玩玩，从小到大，你抱过他几天？"陈氏埋怨道。

"是我亏欠你们娘儿俩太多。你也四五年未曾与家人见面，不如待建林船回程，我们带上贻儿从漳州府九龙江行水路去龙岩州宁洋县。一来我们去拜见你家父母，同住个数日；二来听说那边盛产木材、林产品，我和建林顺便去考察一下，让岳父帮助联系些木材。"

"是啊，这么多年未曾与父母见面，也不知他们近况如何？离家时弟弟还很小，现在是否已长大成才呢？说起来愈是思念得慌。"陈氏想起父母几欲垂泪。

"那就这样定了，我先禀告母亲，然后多准备些海产品干货、茶叶、布匹，等建林回来，就跑一趟龙岩。"

"甚好！谨遵夫君之命。"

过了几天，建林船只回转。建林来到懋然家中，讲述他跑船的情况："哥，这次咱们总共赚了快二百两银子，按照惯例，每家分红八十两。"言罢将红布包着银两交予懋然。懋然接过银子道："你辛苦了，路上还顺利吗？"

"挺顺的，都是老主顾，什么都安排得好好的。"

"顺利就好，这次我没出海，你更辛苦，我少拿十两银子，补贴于你。"

"哎咦！兄弟之间哪能这样算？还是不是兄弟了？"建林坚辞不受。

建林又道："每次都跑同一条线，顺利倒是很顺利，但是无趣得很，一点新鲜感都没有。"

"那你想怎样？"懋然问道。

"我想跑广东看看。广东佛山瓷器也很畅销。我们用小船走晋江去德化运瓷器，还得走一段旱路，车马转运，来回倒腾，也挺麻烦的。不如多走些路，考察一下倒腾什么货物比较赚钱？"

"我们全家正好想去龙岩拜访岳父大人，顺道去买些木材来，你看如何？"

"好啊，这条线我没走过，听说风景不错，可以试试啊。"建林道。

"那我们备些礼物，明日即可起程。"

"好啊，那我去通知船工，大哥您先准备一下。"建林言罢就去准备行船事宜。

懋然将行程禀告母亲，又交代好懋峰照顾母亲。次日清晨携陈氏、汝贻乘坐宁兴号，南下至漳州府九龙江口，沿龙岩州进发。一路上碧水潆洄，两岸青山绿树，风景幽美。约莫走了两天，申时时分，船达宁洋码头。但见廊桥横架，溪水飞淌，山林茂密，田野纵横，民居古朴，气息清新，好似世外桃源！

众人心情大悦，登得岸来，走了不远就看到砖、石砌的城墙。进得城来，沿着青石古道，看到一座座古香古色的建筑。众人感叹道："居然有这么清幽的地方啊！"

问了路人，很快就找到了宁洋县衙。门子拦住众人："尔等何人？来此何事？"

"我等乃陈先生亲戚，远方访亲而来。"懋然道。

"你们是从惠安来的吧？快快有请，我带你们去找教谕老爷。他不住县衙，住在文庙。陈先生做人可好了，从来都不小瞧我们下人。"门子一听十分热情，赶忙帮着提东西，带着众人找到文庙。

刚到门口，那门子就扯着大嗓门叫道："教谕老爷，老家亲戚来了！"

只听得里面惊喜地喊道:"啊,快!快!夫人,老家来人了啊,快来看看是谁来了。"是陈先生的声音。

"爹,娘,是我们来啦!"陈梅激动万分,声带哭腔连声应道。

"哈哈!孩子是你们来了!快快进屋来!"

"这个孩子是汝贻吧,都长这么大了!快快让外婆抱抱。快来,心肝宝贝!"卢氏看到躲在陈梅身后的汝贻,连忙抱在怀里,慈爱地抚摸着他的头。

众人谢过门子,进得屋来。陈先生招呼大家坐下,又回头叫卢氏速去准备晚餐。

陈梅道:"娘,我帮你。"

卢氏道:"孩子,你看好我的宝贝外孙就好,我能行,自己来。"

陈先生笑着对建林说道:"这是妙啊吧,都变成俊汉子了。玉郎怎么没一起来啊?"

"岳父大人,玉郎在家忙事,走不开,托我向您问安呢!妙啊,如今成船老大了,也很有出息了!"懋然禀道。

"好!好!好!你们一个个都有出息了,老师我高兴啊。哈哈!"陈先生很是高兴。

"对了,岳父大人,怎么没看见松弟啊,他如今可好?"

"他呀,好着呢!他三年前考中秀才了,现在圆觉寺读书呢。"

"怎么跑寺里读书呢?"建林问道。

"那住持慧觉大师是个高僧,还是个才子,与我私交甚笃。孩子说在山上比较清静好读书,就去那边静修,学业大有长进。那寺庙在麟山,是个好地方,我明天带你们去看看。这两天我告个假,专程陪你们到处看看。这山区的风景有别于我们家乡,另有一番韵味。"

"是啊,岳父大人,一路上景色清幽,堪称世外桃源啊。"

"喜欢就多住几天好了,也刚好让外孙子和你们多陪我几天。"

"此番远道而来，一为思亲日甚，以释念怀；二为了解此间特产以作经营之需。故得多叨扰岳父几日。"懋然道。

"哈，求之不得啊，何来叨扰？这宁洋地处山区，山高林茂，盛产木竹山珍。我有一学生为人敦厚德馨，才学出众，现为乡里塾师，人皆尊之，不妨让他相助。"

"如此再好不过，妙啊多谢恩师！"

翌日，天云多，半阴晴，稍有凉风不甚炎热。陈先生道："天不甚热，我等不妨去郊外走走，便去麟山圆觉寺一游，又看看松儿。如何？"

"如此求之不得，劳烦老师指引。"建林闻言十分高兴。

懋然稍有不适，又不敢拂了岳父之意，乃强颜道："谨遵岳父之意。"

陈梅道："我亦想去看看小弟。"

卢氏道："你哪也不要去，就在家里陪我聊聊天。等你爹找到你弟，让他前来看你。"

"如此也好，那就让弟弟回来，我在家陪陪母亲，你们去吧。"

于是，三人走出文庙，沿街出了城门，漫步廊桥，见桥廊瓦盖翘檐，古朴典雅。又看青峰巍巍，涧上飞瀑，溪水潺潺，美色佳景尽收眼底。一路沿着麟山石阶古道盘旋而上，树木掩映，风景颇佳。

"如此美景岂能无诗，二位可有雅兴？"陈教谕道。

"我才疏学浅，怎敢班门弄斧？只是不敢拂了先生雅兴，望先生休要见笑。"建林道。

"小婿多年来学业已荒废殆尽，勉力而为，望岳父不要责罚。"

"哎呀！无妨，此非彼日，玩兴而已不必认真。以景为题，我先来一诗。"先生沉吟片刻，即作得诗来：

"烟岚染黛青，岑蔚半昏明。

峰嵝多高峻，涧溪更岭嵾。

丛深狐兔狡，野旷卉花菁。

石险惊天眼，瀑悬撼地听。

谷幽苔湿腻，水急浪洄漾。

壑断廊桥架，路崎土木平。

玉阶连古道，嘉景阻归亭。

山寺一分静，浮心数日清。"

"好诗！只是先生一写，我就自惭形秽了！献丑了！"建林扎下马步，双手做左右格档状，吟道：

"山高林木密，水险浪涛匆。

拨草当擒虎，行舟欲驾龙。"

"好！豪气冲天！文字稍浅白，但另有一番味道。"

"我一介武夫，让先生见笑了。"

"建林略有长进。懋然呢？你怎么还在喘气？"

"最近身体欠佳，爬山感觉好累，唉！"

"那先休息一下。"

"嗯，我先休息一下，再作诗。"

"好，不着急。"

过了一会儿，懋然念道：

"廊桥涧上舟，万古渡人愁。

留取芳菲色，付与蓑笠幽。"

"好诗，境界高，贤婿真乃宅心仁厚啊！"

三人一路赏着山色，慢慢向山顶的圆觉寺走去。走近山门，一小沙弥正在门口等候，见他们忙迎了上来："三位施主，小僧在此恭候多时了！"

"你如何得知我等要来？"

"师父吩咐，我也不知。"

"请烦带我等参见慧觉大师！"

进了山门，正面就是大雄宝殿。殿后矗立一座八角形七层白塔。进了殿门，右边便是僧舍。到了方丈室，沙弥止步，站在一边，双手合十鞠躬道：

"施主请进，方丈有请。"

"多谢。"陈教谕合十鞠躬还礼。

"众位施主请上座。"慧觉大师双手合十对众人道，又对沙弥道："速请陈公子来！"

室内一床，床头右边有一案，案上有文房四宝。左墙边靠墙又一几，旁有四椅，几上仅有数个茶盏，十分简陋也十分整洁。

"见过方丈！此乃小婿懋然，此乃学生建林。"

慧觉大师先看了看懋然，又看了看建林，又回头仔细地看了一下懋然，眉头稍微蹙了一下，左手合十，右手做了请的动作。"施主请……"

众人按宾主尊长排序坐下。

"高僧何以知道我等欲来？"建林刚坐下就迫不及待地问道。

欲知方丈如何得知有客人来，请看下回分解。

第十三回
圆觉寺高僧阐隐意
宁洋溪刘妙贩私盐

却说建林急着问方丈如何得知客人要来，坐在左边的懋然忙拉了拉建林的衣袂。

慧觉微微一笑，手指白塔，也不言语。建林不解其意，看了看方丈，又看看塔，摸了摸头一脸茫然。

懋然笑道："此乃浮屠之功！"

"善哉！"慧觉微笑地看了看懋然。

"哦，我明白了，大师登高而望。"建林笑道。

"哈哈，玄机不可点破，心知即可。妙啊好生无趣！"先生笑道。

"跟读书人打交道，闷得慌。"建林一脸不屑，嘴翘得老高。

"哈哈，不解其趣，自是闷得慌。"先生笑道。

"我爹在哪？听说我爹来了！"门外传来陈松高兴的声音。说话间沙弥已将陈松引到众人面前。

"孩儿，见过父亲！哈！姐夫和妙啊哥也来了！"陈松刚要施礼，看到懋然和建林十分高兴，顿时欢喜雀跃！"哈哈，大和尚，你中午要多煮些斋饭喽！"

懋然和建林笑道："松弟都长成俊后生了，多年未见，想死了！"三人高兴地抱在一起。

"这孩子，还是这么调皮！竟然对大师如此无礼！"教谕苦笑着摇了摇头。

"无妨，天性本真为善！"大师轻轻地摆了摆手。

"松儿，你可有静心读书。"先生问道。

"有啊，爹，除了读书还是读书，总不能让我念经吧。"陈松说完吐了吐舌头。

"这孩子！都十七岁了，还没个正形。"先生笑道，又谓方丈道："大师，方才我与两位晚辈在路上各自作了一首诗，请大师指点。"

"那就请众施主留下墨宝。"

三人依次写好，交与慧觉。慧觉品味后，微笑道："诗如其人。"便不再言语，只是吩咐沙弥撤去懋然茶水，换上白水一杯。

"这……"众人不解。

慧觉道："懋然与我佛有缘，自是一家人不分彼此。故客品茗，主白水一杯。"

"懋然怎么与佛有缘？"建林问道。

"懋然之诗足见有渡人之心，方才言浮屠之功，皆有悟性，故与佛有缘！"

"原来如此啊！那大师又能从我诗中看出什么？"建林问道。

"施主豪气干云，但需戒急躁不妄为，好自为之。如能发挥得当，便可成就一番大业。"

"如此甚好！愿如大师所言。我的诗如何亦请大师指教。"先生道。

"施主虽才华出众，但心有所静，已见退隐之意啊。"

"知我者大师也。久居他乡，庸碌无为，我确有退隐之意啊。"

"我先生才华横溢，却得不到朝廷重用，干脆辞职不干回家好了。学生我保你衣食无忧。"建林道。

"难得你一片真心，但老夫也当自食其力，岂能受你周济。"

"一日为师，终身为父。学生对恩师的教诲之恩没齿难忘。"

"有此心甚好！"先生道。

慧觉道："我与教谕有要事相商，请施主自便，教谕请借一步说话。"

"请。"

"请。"

两人走到后堂，慧觉道："恕贫僧直言，方才观令婿气色甚差，肝气郁结，毒入骨髓，乃短寿之征啊！唉！恐华佗再世也无益。方才茶汤浓郁，不宜多饮，故以水代之。"

"啊！这可如何是好？"教谕大惊失色。

"事已至此，教谕也不必悲伤。令婿宅心仁厚，可惜天不假年，然修德于身，与我佛缘深，必登极乐世界，能在佛祖殿下参经，功德无量，善哉善哉！"

"可怜我的爱婿和女儿啊。"教谕伤心，以袖擦泪。

"贫僧有精炼丹药两种，一是平肝化瘀散，有消肿化结之功；一是培元固本丸。让令婿按时服用，可保其安度余日，不受病魔之苦。请随我来。"

慧觉领着教谕到了一间药房，里面一股药香味，一些草药和制药器具，排放有序。慧觉从橱中取出两大瓶药丸交予陈先生。

"这药吃完了，该如何？"

"这些足够吃一年，但愿吉人天相。届时，我再想法配得新药，延其福寿。"

"唉！但愿如此。"

"食以清淡为宜，切记不可劳碌、躁急惊怒。"

"我都不知要如何与女儿言起。"教谕愁眉苦脸。

"依贫僧之言，必须如实告知令媛，又不能让令婿知悉。"

"也罢，愁死了。唉！"

"不足忧矣，令婿功德无量！不灭不生，灭即是生，生即是灭，不生不灭，阿弥陀佛！"

"谢大师吉言！"

"施主，请。"

"大师请。"

两人又回到方丈室。慧觉看了看教谕，颂了一声佛号。

"谢大师指点！"教谕双手合十向慧觉施礼。

"施主不必多礼，来，贫僧带众位施主四处看看。"

慧觉便引众人登了大雄宝殿、白塔，览了四周山色。教谕心中烦忧，景色虽佳却无心观赏。懋然精力不济，也兴致不高，倒是建林、陈松情绪盎然，活泼好动！

临别之时，懋然敬献银五十两道："此为我等诚意，为贵寺作添油之资，敬请笑纳！"

"善哉善哉！"慧觉接过捐银，转手交与沙弥，双手合十相送。对懋然道："施主功德无量！不灭不生，灭即是生，生即是灭，不生不灭。阿弥陀佛！"

建林道："大法师说的这些禅机过于奥妙，建林愚钝无法参透，可否请大师赐教！"

"既是禅机，当是参透，不可言透！"慧觉道。

"那敬请大师也赐我几句容易参透的。"建林笑道。

"善哉，不嗔不躁，不妄不痴，不邪不淫，好自为之。"慧觉道。

"这是劝我修身养性吧？"

"善哉！善哉！说时易做时难，施主切记，好自为之。"慧觉合手鞠躬，目送众人还礼而去。

回到文庙，陈梅陈松姐弟相见，又见到小外甥，高兴万分，嘘寒问暖，有说不尽的话。

教谕看懋然一脸倦容，道："贤婿连日劳累，又换了床铺，恐是没有睡好，不妨去休息片刻。"

懋然道："兴许是连日坐船，我今日觉得好生困倦！那小婿就去休息片刻，失礼之处望岳父岳母海涵。"

"无妨，自家人不必多礼！"教谕言罢，目送懋然进房掩了房门，又谓陈松道："你建林哥哥初次来此，你先带他四处看看。"

"好啊，那姐姐和外甥要不要一同前去？"陈松问道。

"你姐姐要跟你母亲多叙叙话，等下次同你姐夫一起去。你把小外甥带去一起玩，注意安全，别带丢了。"

"没问题，那建林哥哥、小外甥，走，我带你们四处逛逛。"陈松高兴地抱起汝贻，拉起建林的手，三人向大街走去。

"夫人、女儿，你们都过来。"教谕见四下无人，小声招呼夫人和女儿进入上厢房并掩上房门。

"夫君，何事弄得跟做贼似的？"夫人问道。

"大事不好了！"先生满脸苦相。

"父亲，怎么啦？发生什么事了？"陈梅看父亲忧心忡忡的样子，紧张地问道。

"懋然最近是不是经常感觉身体不适？"

"是啊，父亲怎么知道？"陈梅心中一紧，怦怦直跳，像是察觉到有什么不祥！

"懋然危矣！我苦也！"先生一把蹲在地上抱头哭腔道。

陈梅闻言大惊失色，心中又不相信似的连忙跟着蹲下，双手紧紧抓住父亲的手，失声道："父亲何出此言？懋然怎么啦？"

"小声点，别让懋然听到！"先生压低声音说道。

"究竟出了什么事啊，快说啊，急死人了。"卢氏也急得如热锅上的蚂蚁。

"今日我等去圆觉寺游玩，慧觉禅师一眼就看出懋然病入膏肓，看这是禅师给的药。"

"什么病入膏肓了？"陈氏瞪大眼睛，惊恐万分，但仍不愿相信，紧紧追问。

"禅师说观懋然气色甚差，肝气郁结，毒入骨髓，乃短寿之征！恐华佗再世也无益了。方才茶汤浓郁，都不让其多喝，以水代之。"

"啊！"陈氏、卢氏瘫坐在地，呆若木鸡。

过了良久，卢氏回过神来哭道："我苦也！我苦命的女儿啊。我苦命的好女婿啊，像模像样的孩子啊，奈何如此命苦啊？……"

"爹，禅师给了药了，给了药了，是不是还有救啊！"陈氏紧紧抓住父亲的手。

教谕看陈氏两眼圆睁，泪眼通红，不忍实情相告，乃违心地点了点头。

"那这么说还有救，还有救！娘，还有救！"陈氏喜出望外，破涕为笑，赶忙擦了一把眼泪鼻涕。

"救是能救，但也是十分危险，不能让他再受半点劳累，不可让他受半点气，吃半点苦头。劝他按时吃药吧。为父也决定辞职回老家去了，多陪你们几年。"

"好好！咱们现在家境不错了，不差这点钱，不受这当奴才官的气。"陈氏道。

"好！那为父这就起草辞呈去。你且安心，莫让懋然看出周章来。"

"嗯，孩儿谨记！"

翌日，见懋然起床，先生道："贤婿可有睡好？"

"启禀岳父大人，美美地睡上一觉，现在感觉好多了。"

"夫君，父亲大人听说你经常困乏，向慧觉禅师讨得神药两种，每天早晚各一粒，你可得按时服下，休违了父亲心意！"陈氏拿出药丸对懋然道。

"哟，这么两大瓶啊，得吃到猴年马月啊。"

"这是补药，有益于身体，坚持吃才有效果。"先生道。

"是，谨遵岳父大人之命。"

"对了，那大师何时给的药，我怎么不知？我还一直想不明白大师讲的偈语是何意啊？"

"禅机哪有那么容易参破的？药是我在参观药房之时，想起你时常觉得困乏，私下问禅师可有补药，用来提神健身的，禅师就送我两大瓶了。"

"原来如此啊。"

众人吃过早饭，懋然道："初来之时，岳父大人言及您有学生为人敦厚德馨，可否帮助联系林产之宜。今天不妨一见。"

"君子岂能失信。这样吧，路途遥远，你看来元气尚未完全恢复，就哪儿都不用去了，在家陪家人多聊聊天。我和建林前去就行了。"言罢对建林道："走，贤侄，我们走。"

"遵命，恩师，烦请指路。"

师生两人走出文庙，出了东街，拐向南行。路上教谕道："昨日，那禅师看出懋然身体欠安，不可过分劳累，所以我不让他一同前往。今后生意上的事情，你就多操点心，让懋然多休息为宜。"

"恩师请放心便是，懋然身体不是很好，过去劳累过度，致今时有小恙，现在小侄已略通海商门道，自会全力以赴，让懋然兄多休息便是。"

"如此甚好！"

两人行了约十里地，到了溪边一小村庄，见村头大樟树下有个书馆，从窗户远观有一儒生带十多孩童正在讲授。

教谕对建林道："这教书先生便是我等欲寻之人，复姓欧阳，名宇。咱且在门外稍候，不可打扰于他。"

"他在讲韩愈的《师说》，你是否还记得？"

"记得。学生当年顽劣，不少挨先生的板子。"

"没想到一转眼十多年就过去了。唉，人生一世，草木一秋啊！"

"先生何以如此伤感呢？"

"回首往事，岁月蹉跎啊。"

"先生敦化民风，提携后学，桃李满园，功德无量啊。"

"妙啊，你大有长进啊，为师深感欣慰！但慧觉大师所说的偈语像是针对你性格说的，你不可忘记啊。懋然身体欠佳，今后经商之事就全委托你了。你要诚信经营，好自为之。"

"先生请放心，学生自当竭尽全力，好自为之。"

"好，课休了，走，进去找欧阳。"

"欧阳！"

"啊，什么风把老师您吹来了。"

"这是我以前的学生建林。"

"啊，欢迎欢迎。请进内室叙话。"欧阳宇将两人请入内屋，内室一案一床、两条长椅，甚是简陋。

"来来来，床边坐。"欧阳宇边说着边忙着要泡茶。

"不要忙，坐坐就好，今日来找你，是有事要麻烦你。"

"老师尽管吩咐。"

"我这学生建林是船商，他想在我们这边采购些山货，不知你能不能帮联络卖方或直接帮他收购货物。"

"这是好事啊，我们这边特产是木材、竹子、竹笋、红菇之类的，这些要吗？"

"当然要的，这木材都有哪些品种？"建林问道。

"主要有杉木、樟木和楠木。"欧阳宇道。

"这些木材，在我们那边都很畅销。杉木用来盖房打家具做寿材，这樟木用来雕刻做家具，楠木是上好的木材都是用来做床的。"建林道。

"采伐树木要一段时间，这些山都是罗财主家的。我等下去问问看，他家里有没有库存？"

"那就有劳兄弟了！"建林道。

"来来，先喝茶！老师您难得来此一次，中午咱们师生三人好好聚一聚，吃个便饭如何？"

"我家里还有一大拨人呢，我就不在这边吃了。建林你就在这边收购货物，收完了，再去县城找我们。趁现在时辰尚早，我早点回去，免得等下天气太热。"教谕道。

"这样啊，老师这么着急回去？唉，难得一见都不能好好聚上一聚，甚是遗憾！"

"唉！家里有事呢，等下次再聚吧。你好好招待一下建林，我先走一步了。"

"既然如此，那老师路上小心。"

"先生一路多保重，晚上我就住在这边了。"

欧阳宇和建林送教谕出了村口。

"二位留步。"

"好，老师慢行，就此别过。"两人目送老师远去。

欧阳宇问道："老师看来心事重重的，不知何事？"

建林道："我也不明白缘由啊，去圆觉寺之前还情绪很高的，也不知那禅师给他说了些什么，回来就变这样了，又说要辞职回乡。"

"哦，也许是禅师说他仕途无望吧，才想辞职，心里失落吧。"

"唉，有可能吧。先生写了一首诗，禅师说他有退隐之意。"

"也罢，先生多才未得重用，萌生退意亦乃人之常情，但愿乐得其所。"

"嗯，如今我们生意做得不错，先生生活必然无忧。"

"如此甚好！走，我们去罗财主家看看可有生意可做。这罗财主为人还算厚道，是村里长老。"

"东家在吗？"

"哦，是欧阳先生啊，快请进！"

"这是我的师兄建林，惠安人氏，是个船商。"

"见过东家。"

"来，来，请进！"

两人随东家来到客厅。客厅各种用具倒也考究，但摆设却有些零乱。

"上茶！"罗财主先请两人坐下，再招呼下人泡茶。

"东家，我师兄想买些木材，不知东家可有？"

"山上的木材通常是在冬天采伐，时值夏季，乃树木生长旺季不可采伐。溪边木料场有储备些杉木，数量不多了，价格要高出往常一成，要的话可以卖给你。放心吧，卖到你们沿海去，你至少还有一两成利润。"

"我专程跑来装木材，就是两成利也是不划算的。要是我从海边带些货来，在这边销了，别说两成利，就是一成也能赚得来。也不知你们这边什么东西好销？"建林道。

"这个且容我想想，咱们先去看看木材。"

三人到了溪边，见小溪边浸了许多大木头，有的粗得要一两个人抱，建林是海边人，几时见过这么大的木头，十分满意："好，就这么定了，回去麻烦欧阳先生写个契约，这生意就成交了。先用小船把木头拉到大溪口，再搬上我们大船就行了。"

"好！就喜欢兄弟你这样的干脆人，走，喝两杯去。"

中午，罗财主嘱人杀了一只鸡炖汤，熏肉炒笋尖、炒青菜，喝糯米酒。建林不知米酒后劲大，只觉甜润好喝，喝了一大坛子，不到一个时辰就烂醉如泥了。

"这兄弟是爽直人，不错！哈哈！爽快！"罗财主笑道。

两人扶建林上床休息后，欧阳宇回私塾休息。傍晚时分，建林酒醒，罗财主盛了碗粥请他喝下。这时欧阳宇也来了。

罗财主道："兄弟是个爽快人，我喜欢！早上你说要贩东西来卖的事，我想好了。你就带些小杂鱼、鱿鱼干、鳗鱼干吧。小杂鱼放久了会坏了，你就帮我用盐腌好，鱼、盐分开算，咸鱼要越咸越好。"

"咸鱼再咸就苦了，不好吃了，为何要越咸越好？"

"兄弟，有所不知，现在官盐越卖越贵，大伙都快吃不起盐了，一斤盐十七八文，比米还要贵上一倍，而且会越来越贵！"

"这些盐商官商勾结，盘剥百姓着实可恶！买什么咸鱼啊，我直接带盐不就行了！"

"这可是犯法甚至杀头的勾当，你我不可为之，就卖咸鱼吧。这卖咸鱼也是为了掩人耳目，不可张扬！"

"行，兄弟豁出去了，一斤盐算你七文就好，尽量多弄些盐给你。"

"如此感激不尽，为了表示诚意，木材我就便宜半成卖给你了。年底再卖些樟木、楠木给你。"

"好，！一言为定。那以后就用咸鱼换木头了。我每两个月跑一趟，农历十五到十八之间你派船到溪头等，要是有风灾就取消。"

"好！那咱们就请欧阳先生做个见证，立个字据。"

两人请欧阳宇做了见证，签了协议。罗财主见天色已晚，就安排了酒菜，三人又是一番尽兴。是夜，建林在罗财主家中住下。

次日清晨，罗财主组织人马，把木材顺流放到溪口，建林也乘船同往，待所有木材装上大船后，时已近黄昏，建林付了银票，双方告辞而去。建林交代船工看好船只，就回文庙找懋然会合去了。

"建林，事情办得可顺利？"陈先生和懋然问道。

"这欧阳先生和罗财主为人都很仗义，事情办得很顺利，木材也都装船了。"

"如此甚好！天色已晚，我们都吃过了，夫人快给妙啊准备晚饭。"

"请贤侄将就一下，煮碗鸡蛋面给你吃。"

"有鸡蛋面吃啊，这已是很好了，谢谢师母！"

陈先生道："我已向知县老爷递了辞呈，知县老爷虽挽留了一番，但终是同意。现已将辞呈转报府台途中，不日吏部即会恩准。回乡后，有司月给米二石，我重操旧业也不至于衣食堪忧。"

"有我们在呢，岂能让先生您衣食堪忧，这种小事就包在我等身上。对了，您何时能与我等一起动身回乡？"建林道。

"等批文长则数月，短则数天没个准头。你们先回去吧，我一拿到批文就和内人、松儿一同回去。"

"如此也好，那我们明天先回去，回去先把老宅修缮一新。我两个月前还去摘桑葚吃呢，哈哈。"建林道。

"哈哈，桑葚好吃吧。"

"好吃，我们每年都去摘来吃，就数妙啊吃得最多。"懋然笑道。

"我也很想念家乡啊。巴不得能马上回去看看圭峰十八景，看看那片山，那片海。"

"嗯，先生的愿望马上就能实现了！以后我每隔两月都会往这边跑一趟货物，等拿到批文时，我来接你们回去。"

"时交亥时，大家都早点就寝吧。明早还要启程回乡呢。"陈先生道。

"遵命，请先生师母安寝。"建林道。

"好！懋然身体欠安，小女又是女流之辈，路上请贤侄多加照顾。"

"请先生放心，他们也是妙啊的哥嫂，妙啊决不让风吹着他们，日晒着他们。"

"那我就放心了，都安歇吧。"

五更天亮，一拨人在船，一拨人在岸，依依难舍地道别，言不尽的珍重。挥手自兹去，直至帆渺人杳。

回到家中，陈氏对懋然照料有加。加上慧觉丹药之妙，懋然虽不能恢复强健，但倒也不再受病灾之苦。陈氏如履薄冰，心中凄苦却无处与人诉说，无人之处暗自伤怀落泪，不觉衣带渐宽人憔悴。这黄氏眼尖，乃私下谓陈氏道："孩子，自从宁洋回转，如何见你日渐憔悴，时常独自发呆，暗暗神伤？你可有什么忧愁之事，请与我诉说，老身替你主张一二。"

陈氏见婆母察觉，心中防堤尽溃，痛哭失声，俱以实告。黄氏闻言先是震惊，后而悲苦，婆媳两人抱头痛哭。嗣后，黄氏又私谓懋峰言明，母子俩又是一番自责悔恨、悲痛万分。悔恨的是让懋然一人独担重担，致其操劳过度、沉疴缠身。自此，一家人皆对懋然呵护有加，真似心尖宝贝一般，不让风吹了，不让雨淋了，不让日晒了。黄氏、陈氏日日诵经，以求平安。凝絮则带着汝贻和念娘，教他们弹琴。此为后事，暂且按下不提。

却说建林回到家中，卖了木材，结算对账后，将利润一百多两银子付与懋然。兄弟们相聚一番，各有心事，不见尽欢。建林便告辞回家，又对父亲君敏道："爹，我要去姨母表哥家一趟，您老可要一起同往？"

"自从你娘和姨母过世后，两家只有大事才互有往来，今日怎么突然想去找他们呢？"

"我这次允了一宗生意，宁洋人要买大量腌咸鱼，我得采购大量食盐。若是与盐商购买官盐，成本太高。表哥他们是灶户，我想找他们私下买些盐来。"

"这私下贩盐可是犯法的事，可如何做得？"

"我只是腌咸鱼而已。"

"腌咸鱼只是个幌子。你以为官家是傻子？他们鬼头鬼脑的，一看就知。"

"就算贩私盐又怎样？这盐商与官府勾结，盘剥灶户和百姓，着实可恶，我偏不受他们鸟气！一斤盐赚了十多文，十万斤盐折合银子可是一千多两银子啊！再说我又不是公开贩卖私盐，只要在天黑之时，将船泊到港口，直接搬运上船，便可做得神不知鬼不觉。"

"总之，我觉得做此事不踏实。你有没有跟懋然、玉郎商议。"

"跟他们商议，他们岂能同意？再说商议了还不是害了他们，我也想好退路了，万一有事，我一人承担，决不连累他人。"

"什么退路？"

"我让他们把船份转给我，当然转与不转，在经济上我都会照样分他们一份。做人讲的是良心，我不会亏待兄弟的。"

"这如何使得，弄不好兄弟要反目了！"

"日久见人心，成大事者不拘小节。如今我协议都跟人家签好了，总不能反悔赖账吧。"

"你这孽障，胆大妄为，迟早会出事，气死我了！"

"爹，你一辈子谨小慎微，卖几块猪肉都要受官府盘剥。要是有能力我反了这清朝鞑子！偷偷贩些私盐，算是便宜他们了。"

君敏闻言吓得面如土色，几欲瘫软在地："罢罢，你这孽障，这大逆不道、抄家灭族的话，你也说得。你直接把我砍了，免得祸害！"

"不过是贩卖些私盐而已，您何必如此呢！这协议都签了，也不好失信于人，我干完今年这几趟，明年就不干了，好吗？"

"唉，孽障东西，气死我了！好好，随便你折腾。我可没什么指望了，你别连累兄弟和族人就行。"

"我建林顶天立地，一人做事一人当，岂能连累他人！我先去表哥家探探口风再说，您老也不必担忧！"

君敏连连摇头摆手，走进内屋关了房门连连叹气。

"孩子不孝，惹您生气了！等安顿好这生意，明年我就娶个媳妇，给您生个大胖孙子，如何？"

"唉！臭小子，总算说了一句人话了。"君敏闻言心情宽慰了许多，开门道："做这事要多加小心！你毛毛躁躁的我不放心，我与你同去。"

"有您老在，肯定马到成功。"

"少贫嘴，我这把老骨头迟早让你给卖了！"

两人带了几斤肉，几条鳗鱼干、墨鱼干，穿过铜赤堤，翻过岩山，走了七八里路，来到垾港边，找到了建林表兄庄满春。庄满春是个晒盐、煮盐的灶户，日子清苦。建林说明来意。满春见建林要高价收购私盐十分高兴，场商收购海盐旺季每斤只给一文，而建林每斤却要收到三文。只是满春每日仅产盐百余斤，满春就答应帮建林收购其他盐户的盐。

"此事不可张扬，只得私下进行。每次只收十万斤，两个月收一次。初五夜亥时，我船到港头，你让灶户把盐运到船上来即可。"建林道。

"千万小心，别让场商知晓，报与官府就麻烦了。"君敏道。

"这些灶户都是邻里、亲戚朋友，不会有问题的，但请姨父放心。退一万步说，若是被发现了，也是自己亲戚用来腌制咸鱼的，谅他们也挑不出什么理来。"

建林收得食盐，用一部分腌制咸鱼，在船底装上私盐，上面再搬上臭腌鱼掩人耳目。如此这般，来回跑了两趟，利润十分可观。灶户、船工、宁洋人都皆大欢喜。

　　建林暗自得意，自以为事情做得天衣无缝。俗话说鸡蛋密密都有缝。却说这宁洋地界自从有了私盐，就没人愿意买官盐了。盐商稍一调查就发觉最近有船只在贩卖咸鱼，于是将情况报告给漳州府盐务司。盐务司就下文请宁洋县衙协同调查。这陈先生尚在等候辞职批文，听闻此事，料知与建林有关。忙召儿子陈松回乡报讯，让建林暂避风头。

　　欲知建林是否被官府捕获，请看下回分解。

第十四回

祸生刘妙避灾投贼
病重懋然梦佛归天

上回说到建林贩咸鱼被查。这陈先生尚在等候辞职批文，听闻此事，料知与建林有关。忙召儿子陈松回乡报讯，让建林暂避风头。陈松情知紧急，日夜兼程，到了峰尾已近正午，陈松顾不得喘气，直奔建林家中，建林正在家中吃饭！

"妙兄！大事不好了！贩咸鱼的事让官府盯上了，协查文书已递到宁洋县，估计不久就会查到你的头上了。我爹派我报讯来了，你得想法子快躲起来！"

"啊！此事被发现了？这些盐商像狗鼻子一样灵，这都能被发现？"建林恨恨地道。转而一想又道："不好！要是查到船号，必要连累懋然哥！"

"唉，不听老人言吃亏在眼前，这可如何是好？"君敏急得团团转。

"爹，你不要担心，孩儿自有主张，不会连累别人，我出去躲一阵子就好了。"

"唉，能不担心吗？你这孽障，急死我了。"

"松弟，速帮我拟份契约，让懋然兄将船份转让给我，日期就提前到去年。"

"拟契约不在话下，只是你要如何跟我姐夫讲这些呢，我姐夫不知会不会同意？"

"你先写吧，等下我们一起去找婶娘商议，她老人家遇事一向沉稳！"

陈松取过笔墨，一炷香工夫就将船份转让契约拟好了。

建林拉过陈松，拿起契约，就往懋然家中奔去。刚进门，却遇见懋然："唉，松弟你也回来了？爹妈呢？"

"爹妈还没回来，船出事了，爹让我先回乡报讯。"

"什么船出事了？"懋然疑道。

建林见再也隐瞒不过，跪了下来说："大哥，我对不起你，我惹祸了！咱们船出事了。"

"究竟出什么事了？"

"咱们贩卖咸鱼，要被官府查了。"

"贩卖咸鱼有什么错？"

"姐夫，官府在查我们贩私盐呢。"陈松道。

"什么，贩私盐？妙啊你快说说究竟是怎么回事？"

"大哥，你别管了，我一人做事一人当。你要信得过我，就把这契约签了，这事跟你一点关系都没有。"

"什么？妙啊你这个混蛋，你把我懋然当什么人了？都是我不争气的身体，才让你扛这么大的担子，你好糊涂啊！出了事，你自己扛，你扛得起吗？你爹怎么办？船工兄弟们怎么办？你长能耐了！还自己扛，你扛个屁啊！气死我了！"懋然越说越急，急火攻心，一口气上不来，昏了过去。建林、陈松赶忙将懋然抱住："快来人啊！"此时，黄氏、陈氏、懋峰、凝絮和孩子们闻声都跑了出来。众人赶忙把懋然扶到床上，又掐人中又抚胸口，懋然终于醒转过来。

众人责问究竟发生了什么事，陈松一五一十地说了缘由。懋峰眼看大哥急火攻心，猝倒在地，又急又气，冲到建林面前，双手抓住建林前襟，怒道："妙啊，你尽是惹祸。我哥要是有什么闪失，我跟你没完！"

凝絮连忙拉住懋峰的衣袂："都是自家兄弟，有话慢慢说。"

黄氏道："唉，事情既然出了，你们就不要互相指责了，大家赶紧想个周全之策要紧！"

"如今先让懋然脱了干系，我再出去海岛上躲几天。"建林道。

"那船和船工怎么办？你爹怎么办？"黄氏问道。

"船我先放到海岛上去，船工给些安家费先散了。他们只是听命于我，也没犯法，朝廷也奈何不了他们。这贩私盐，祸不及亲，我爹也没关系。"

"好，既然如此，婶娘信你，你虽犯法却不缺德。你把契约留下，速去安顿一下，出去躲避几天，等风声过了再回来。你爹这边有玉郎和絮儿照料着，你且放心，注意保重身体，不可再惹祸就行。"

"谢谢婶娘！那孩儿去了，告辞！"建林跪下向黄氏磕了三个响头，起身向各人作了作揖，走出门去。

黄氏目送建林离开，又对陈松道："松儿，你既然回家了，就不要回去了。老家也修缮好了，你就在老家住下，三餐就来这边吃。可好？"

陈松道："我爹也交代我不要回去了，先投靠姐夫姐姐，在老家念书。等一家人团聚。"

"如此甚好！那就这样安排。"黄氏道。

懋然醒来，喘着气用微弱的声音道："这妙啊贩私盐，我虽不知情，但我作为兄长也有责任，出了事岂能让他一人担着。"

"你先把身体照顾好再说，现在不是你担责任的时候。这事娘自有主张，来，乖，听为娘的，把契约签了。"黄氏心疼地对懋然道。懋峰取来纸笔让懋然签名，又捺了指印。懋峰将契约收好，一边恨恨地低声骂道："这个死妙啊，哥没事便罢。哼！"

建林出得门来，回家取了行李，拿出五十两银票对君敏道："爹，你把这收好，先支应过个一年半载。等风声过了，我再回来。"

君敏颤抖着拉住建林的手，不住地唉声叹气，重重地摇了一下头，跺了一下脚，叹道："唉，儿啊，事已至此，只有逃命要紧。你先不用管我了，赶紧逃命去吧，在外自己要多保重啊！"

"爹爹多保重，孩儿不孝，让您受苦了。"建林跪下磕了三个响头。出门向船码头走去，到了船上，吩咐看船的阿六去叫各位船工。过了半个时辰，船工陆续到齐，建林也不多言，叫众人开船径向湄洲门驶去。

船至门底，建林命人鸣炮三响，只片刻时间，湄洲门外驶来快船①一艘。艇上一人大喝："何人何事在此鸣炮？"

建林站到船首，手摇海贼旗道："我乃峰尾刘妙，携船来访，烦请通报陈头领。"

"请稍候！"快船闻言掉头回航。约莫过了两刻钟，门外又驶来数只快船，顷刻间就驶到距船十数丈的地方，船头站着一身玄衣武行装扮的人物，正是陈头领："可是刘妙兄弟！"

"正是，小弟见过陈头领！"

"哈哈！一别经年，老汉我思念不已啊！"

"小弟何德何能，承蒙陈兄挂怀！"建林抱拳道。

"少年英雄，情投意合，相见恨晚！"

"今后小弟要投靠陈兄了。"

"哈哈，求之不得，真是天助我也！请速速随我前去。"

"陈兄请稍候，待我安顿好船工兄弟，即随兄前去。"建林言罢，转身对船工们道："各位兄弟，去年懋然就将船份都转给我了。我贩

---

①快船：船体不大，类似于舢板，橹浆并用，也可挂个小帆，行动灵便快捷。

私盐事发，如今我刘妙走投无路，决定投奔陈头领。有愿意随我去
的留下，吃香的喝辣的，有福同享有难同当，决不亏待弟兄们！家
里有老幼牵挂的，要回去也无妨，我等下就派船送你们回去。回去
时就说我等被海贼所劫，尔等幸得逃脱。若有官府盘查私贩咸鱼的
事，尽推于我刘妙，跟懋然和你们没半点干系，听清楚了没有？"

"听清楚了。"

"切记！若是说我投了海贼，你们将有杀身之祸！还会连累所有
的弟兄和家人，听明白了吗？"

"听明白了！"

"那好，留下的站左边，回去的站右边。"

"我无牵无挂，我愿意留下。"阿扁道。

"我兄弟多，未娶妻没关系，我愿追随头家。"阿六道。

"我家中只有老母一个，先回去，以后再来投奔头家。"

"头家对我们视同手足，按理说我们应该与头家同享福共患难，
但是我们都上有老下有小，暂时不能跟随头家，请见谅！"

"无妨，请站好队。"

船工们分左右站好，两边各有七八。

"好，回家的和留下的每人都分十两银子。阿六，我舱内有二百
两银子，你拿去给大家分一下。剩余的都分给家庭比较困难的人。"

"多谢头家！"

众人分得银子，心中欢喜。有的要与头家分手，又有几分不舍，
众人拥抱道别。

建林对陈领道："我有几个兄弟上有老下有小，烦请头领派船送
他们回家。"

"无妨，派两只快船来回不消一个时辰。"陈头领派了两只快船，
将回家的船工接上船送回峰尾，接着，便带领宁兴号，驶过湄洲门

口，七弯八拐，拐进礁石区，到了一个无人荒岛。陈头领让人将船泊好，登上海岛。岛上竟有一个大山洞，众人登岸钻进山洞，洞里阴凉黑暗，洞壁挂着火把，里面桌椅齐全，俨然一个山寨。

"这个神仙洞府如何？"

"真没想到海中竟有如此世外桃源！"

"哈哈，来人啊，摆酒设宴为刘妙等兄弟接风洗尘！"

肉香，鱼虾鲜味，酒香充盈山洞。众人划拳喝令，热闹非凡，好生快活！

"今后，刘妙便是你们的二头领了，尔等可听明白了！"

"明白！唯大头领、二头领马首是瞻！"

"哈哈！好。"

"小弟初来乍到，如何坐得二头领位置？"建林坚辞不受。

"大哥信任你，不要拂了我的脸。是不是嫌二头领小了，那我把大哥位置让给你如何？哈哈！"

"大哥这么说，是要折杀小弟了！"

两人相视大笑。众人酒足饭饱，各自回舱睡觉。如此数日，无所事事。

却说那些船工回到家中，都言建林被海贼所劫。唯有懋峰心中明白："这妙啊定是连人带船投了海贼。若是干下什么伤天害理的事情，唉，这兄弟定然要恩断义绝了！"

却说官府调查，查无人员去向，咸鱼案件便就不了了之。陈先生也得以辞职回乡居住，一家人团聚。然而屋漏偏遭连夜雨，懋然急火攻心后身体每况愈下，竟然卧床不起，水米少进。家人忧心忡忡，暗自伤怀。懋峰每每听起建林便都切齿。

夜阴沉，风摇烛将尽，火光更亮。"贤妻，烛快燃完，该换烛了。"懋然微笑着，声音细微地对陈氏道。

"嗯，换上了。你想吃点什么吗？"陈氏拿过一根新烛引燃，至火焰正常时就压在旧烛上面，轻声问道。

"不想吃，没胃口。我想起小时候我和妙啊、玉郎自己做蜡烛的事了。嘿嘿，那时家里穷，用烛油化开自己做蜡烛。"

"很有趣吧。"陈氏含情地注视着形销骨立、似风中残烛的男人，强忍心中苦痛，欢颜笑道。

"嗯，以前家里穷，让你跟我吃了太多苦了。这辈子，我上对得起天，下对得起地，唯独对不起你们娘儿俩！我整日在外奔波，聚少离多，欠你们太多了。"懋然眼眶湿润，深情注视着爱妻，伸出干枯的手，抚着陈氏的脸颊，又轻轻地为她拭去噙着的泪花，轻声言道："都瘦了一大圈了！"

"我不要你欠我的，你得好起来。"陈梅再也忍不住，伏在懋然身上，嘤嘤地哭了起来。

懋然缓缓地摇了一下头，苦笑了一下，轻轻地抚着陈梅的背说道："我误了你了。"

"我不后悔！"

"你还年轻，我去后，若是有好人家，你就改嫁吧，好好过日子，我不怨你！"

"你这是逼我呢，我还不如一头撞死在你跟前好了！"陈氏闻听此言，顿时浑身颤抖，立起身来，恨恨地咬着牙言道，声音低沉却如斩钉截铁般坚决。

"唉，我从小就知道母亲守节的艰苦，怎忍心让你也吃这苦呢？"

"就是饿死累死，我也不愿嫁别人，我要你好好的，陪我一辈子！"

懋然长长地叹了一口气："那我交代玉郎照顾好你们吧。妙啊不知身在何方，可曾安好？唉。"

陈氏点了点头道："你好好养病吧，家里头都有玉郎照顾着呢。

妙啊聪明又有一身武艺，应该没什么事，不用担心。"

"嗯，只怕是无缘相见了！"

"别胡说，养好身子，来日方长。"

"过十来日，又是月圆之时，好想儿时的明月。"

"明月不都一样吗？为何是儿时的好？"

"儿时无点灯，明月为吾明。那旖旎多姿的清华从风窗倾泻而入，洁净清雅，祥和幽静，恍如通往仙宫的通道。"

"原来如此啊，那过几天，咱们也不点灯，我陪你看月亮。"

"好！"

三日后，懋然突感神清气爽，起床坐起，喝了半碗稀粥，又排了污秽。轻缓对家人言道："昨夜我梦见我爹了，他仍然年少，只是容貌俊秀，身穿官服，住在一间豪华大院里。那里白墙青瓦，碧树奇花，简洁清爽，时有佳云香烟。我问他别后可好，他言身为神差，居处清幽，时享烟火，逍遥快乐！我言如此我亦留下陪他，他言我与佛有缘，让我出门望西，果然天心月圆，前有童子引路，夹道花树，钟鼓相迎，又有慧觉大师为我送行。"

"怎有如此奇梦，可是逢凶化吉之兆？我儿要康复了！"黄氏喜道。

懋然笑道："是吉兆，然吾将辞亲而向佛矣。"言罢轻轻拉过陈氏的手："阿梅，记住我交代的事，你还年轻，别委屈了自己。"又对懋峰说："弟，哥先走一步了，照顾好母亲和你嫂子、侄子。"言罢用眼光扫了一圈亲人，最后停在母亲脸上："娘，请恕孩儿不孝！望众亲各自珍重！我去后，请为我洁身，切莫哀啼！诵《金刚经》助我法力！"言罢含笑而终。

众人泪流满面，心中悲戚，但听了懋然遗言都不敢啼哭。陈氏肝肠寸断，先是忍着，断断续续、嘤嘤啼哭，突然撕心裂肺地大哭

风憩月

起来："你还没陪我看月亮呢，怎么就走了啊？啊……"

众人再也忍不住大哭起来，哭声足让鬼神垂泪，天地惊心。

陈先生劝道："众亲人请节哀，就依懋然所言，勿要啼哭，以免他心存挂念，影响西去功德。"

众人止得啼哭，抹了眼泪。陈氏去水井取来清水，为懋然擦拭身子，换好寿衣。灵堂就设在家厅中。黄氏命人去佛堂请来尼姑诵经。

懋峰正与陈先生商议如何办理丧事之时，门口突然传来一声佛号："阿弥陀佛，贫僧来迟了！"

懋峰和陈先生忙走出门口相迎："慧觉大师您怎么来了？"

慧觉道："自与先生一别半年，甚是思念，刚为令婿配制了新药，望能延其时日，未曾想还是来迟了一步。"

"贤婿临终前，说大师会前来相送，如今果然应验，莫非真是佛祖旨意？"

众人闻言，大奇。

慧觉大师道："善哉！善哉！如此贫僧就为其诵经七日，以祝功德圆满。"

"大师舟车劳顿，不妨先休息片刻。"

"无妨。"大师让沙弥取来行囊，披上僧伽黎，摆上木鱼、法铃。又叫沙弥去佛堂借来花幔、幡、香炉、木花瓶等物，设了案。坐在蒲团上诵起经来。

前来吊唁亲友络绎不绝。林巡检也来了，双手合十向懋然遗体鞠了三个躬，转身劝慰黄氏道："请老夫人多保重，节哀顺变。"又对懋峰道："节哀顺变！"

懋峰将其引到右侧八仙桌边陪他坐下，来帮忙的堂亲们泡了杯清茶奉上。巡检宽慰道："令兄英年早逝，实为惋惜！然事已至此，伤怀亦是徒劳。当节哀顺变，保重贵体，振作为重。"

"多谢林兄宽慰。玉郎自当奋发，继承亡兄之遗业，照顾好一家人。"

巡检闻言，暗自忖道："唉，这嫂寡叔鳏的今后该如何相处？莫非这玉郎也要做那'今时困苦别时甜，岂忍亲人作厝边。有幸细郎娶自嫂，不流肥水到他田'之事？"却不便多问，只得安慰道："来日方长，保重贵体为要。"正寒暄间，一个甲兵走了进来，朝巡检耳语了几声。巡检脸色一沉，忙起身抱拳道："衙门出了点急事，我得先赶回去处理一下，抱歉！失礼了！"言罢匆匆出了灵堂，懋峰相送至门口。

那巡检道："方才在里面不便明说。不瞒贤弟，湄洲海贼刚才绑架了邻村的五个渔民，放回一个前来报讯，索要赎金五百两银子。我得赶紧上报县衙去。"

懋峰道："那林兄多保重！玉郎家中不幸，无法与兄分忧，望谅！"

"贤弟不必拘礼，此事非同小可，投鼠忌器，甚是棘手，得先筹措赎金，救人要紧，再计破贼！告辞！"巡检翻身上马匆忙而去。

懋峰望着一路烟尘，缓慢转身，低头思忖道："湄洲海贼？以前听妙啊讲过，结识的贼首乃是湄洲的。啊？莫非是妙啊他们干的，听说新贼入伙当头目都要纳投名状，莫非真是妙啊入伙干的？这可如何是好！"懋峰暗自着急，连吸冷气。

懋峰阴沉着脸，进入家中。众人都忙着丧事，一时无人注意到懋峰的神色变化。

懋峰坐在凝絮身边，耳语道："晚上守灵，人少的时候我跟你商量个事。"

凝絮闻言，心提到嗓子口，值兄丧之际，欲商量何事呢？莫非玉郎想要照顾家嫂、侄子，劝自己另择良人？凝絮越想越怕，惶惶难安。可恨这懋峰全然不识女子心情，也不讲清何事，害得凝絮惴惴不安。

时值深夜，灵堂访客渐稀。懋峰对母亲道："娘，等下有我、嫂子和凝絮妹子守灵呢。您先去休息一下吧。"

黄氏戚然道："娘不困，睡不着，娘想多陪陪你哥一会儿。"

陈氏道："娘，您就去躺会儿吧。"言罢，就扶起黄氏，向内屋走去，服侍她躺下，又帮她扣好门出来。

懋峰对凝絮道："妙啊应该是投了海贼了，你知道吧。"

凝絮道："你早上说要跟我商量的，是妙啊的事？"

懋峰道："是啊。"

凝絮狠狠地掐了懋峰一下，低声道："坏蛋！不早说！哼！"

陈氏恰好看到，假装不知。

懋峰"啊！"一下，低声问道："为何掐我！嫂子和陈先生他们都在呢！"

"枉费我一天猜测，惴惴不安！"凝絮低声道。

懋峰仍不明就里。"猜什么呢？快说正事。我想妙啊是当了海贼了。"

"大家不是说他被海贼劫了吗？生死不明，我和娘都一直担心他安危呢。"凝絮道。

"你们都被蒙在鼓里了，妙啊武艺高强，怎能轻易被劫？再说以前跑商的时候被劫过，还跟贼首成了朋友，落难的时候怎可能还会被劫？"

"对啊，当时只顾着担忧，竟然没有想到这一层次。"凝絮道。

"现在麻烦了，今天巡检说湄洲海贼劫了我们五个渔民，要五百两赎金呢。"

"难道你怀疑是妙啊所为？"陈先生问道。

"除了他，还能有谁？海贼有规矩，要成为头目得交投名状。像妙啊那样的人物，肯定是要当个头目的，所以我认为是他劫的。"

"我才不相信妙啊会这样，咱可不能冤枉他。"凝絮道。

"你不觉得妙啊自己跑船以后，少了管教，胡作非为，连贩私盐的杀头生意都敢做！把大哥辛辛苦苦创下的事业都毁了，还把大哥给害死了！你说他还有什么不敢做？"

"这也只是猜测而已，见到妙啊，再当面问清楚为好！毕竟他是咱们的兄弟！"凝絮道。

"我可没这样的兄弟！哼！我哥就是让他给害死的。若不是他惹事，我哥肯定能多活些时日，今天那慧觉大师就配来新药了，说不定就能逢凶化吉了！"

"唉！事已至此！怪他也没用，我想妙啊肯定也不愿意看到这样！"陈氏道。

"就怨他，我越想越恨，这劫船的事一定是他做的！"

"好吧，先消消气，愤恨伤身呢！"凝絮道。

懋峰正愤懑着，突见内屋冲出一条白影来，众人吓了一跳！欲知白影是何人，请看下回分解！

第十五回

东岳庙兄弟断恩义
后轩房母亲诉实情

却说内屋冲出一条白影来，众人吓了一跳！懋峰定睛一看原来是建林，起身怒道："妙啊，你来干什么？"

"我来给懋然哥上炷香。"

"我们没有你这样的兄弟，你给我走开。你说你今天是不是劫了一艘渔船？"懋峰拦住建林，手放在建林肩膀上，欲将之推出灵堂。

"玉郎，你这是为何？"陈氏、凝絮赶忙拦住懋峰。

建林道："是又怎么样？难道不该抢吗？"说完一侧身，进到灵前，燃了三炷香，跪下，磕了三个头："大哥，您走好！妙啊给您磕头了！"

懋峰上前拔去建林点的香，折断，扔在地上，怒道："我哥受不起你的香，滚开！你这个伤天害理的海盗！居然绑架渔民，索要五百两银子！亏你做得出来！"

"你说什么？绑架渔民？此话从何说起！"

"别装蒜，刚才都承认了，现在又矢口否认，算什么英雄好汉，我们没有你这样的兄弟。"

建林愣了一下道："行！我不配做你们的兄弟，走，咱们到东岳庙去对神明说。我刘妙与你家从此再无瓜葛！"言罢两眼通红，额头上青筋暴涨，脱去孝服，扯下头白，拉着懋峰的手臂，就要往外走。

懋峰挣脱往后一退，袖子却被扯了下来："休得多此一举！袖子断了刚好割袍断义！"

"我就是要让所有人都知道！我刘妙跟你家从此再无半点关系，走！"建林将懋峰孝服、头白扯下，用力拉住懋峰的手，就往外走。懋峰痛得大叫，再无力挣脱，跌跌撞撞地被建林一路扯着到了东岳庙。夜沉声越，许多人闻声开门而出，后面跟着一群亲戚和看热闹的人。

建林甩开懋峰的手，燃了香，面对神明跪了下来："本官爷在上，我建林今天与懋峰割袍断义，请您老人家做个见证！我建林做人义字当先，今后若是品行不端、为非作歹，天诛地灭都由我建林一人承担，跟别人无半点关系！"建林磕完头起身又对众人抱拳道："请众位乡亲也做个见证！刘妙告辞！"言罢，头也不回地自偏门飞奔而去，消失在夜空中。

懋峰呆立半晌，挥了挥手示意众人散去，失魂落魄地回到灵堂。此时，黄氏面色沉重地坐在堂上，看到懋峰回来，黄氏站起身对懋峰道："跟我到里屋来！"

到了里屋。黄氏关了房门坐在床前对懋峰厉声道："跪下！"

"娘！"懋峰不情愿地跪下。

"你心有嫌隙，便将往日恩义忘得一干二净。你居然如此对待从小一起长大的兄弟，情义何在？你枉读圣贤书，你可知义字是怎么写的！义者上羊下我，羊者牺牲也，就是牺牲自我，成全别人。你有没有设身处地地为妙啊想过？他落难沦为海贼，你心疼过没有？你是做了许多善事，在乡里博得了好名声，你就忘乎所以了？殊不知你所有的花费皆是拜你两位兄长所赐！"

"娘，我没有忘恩负义！只是妙啊今非昔比了，他胡作非为，伤天害理，成了绑架渔民的海贼，我如何还能把他当兄弟！"

"妙啊是成了海贼，但他并没有违背道义。他今天抢的是伪装成渔船的贪官，并不是你所说的绑架渔民的海贼。"

"我不信，我亲耳听巡检说的，怎能有错！"

"巡检说绑架这事是妙啊做的？"

"不是他还能有谁？"

"儿啊，你好糊涂！你跟妙啊做了十几年的兄弟，他是什么样的人，你不信？我看你是迷了心窍，将咱家的不幸迁怒于他，看看这是什么！"黄氏从柜子内取出两千两银票和藏宝图来。

"这么多钱，哪来的？"

"妙啊拿来的。"

"妙啊如何有这么多银两？这定是做海贼抢来的不义之财！"

"这是不义之财，是贪官巧取豪夺而来的。妙啊劫之有道，他把钱给你用于扶贫济困，不失其义，自是清清白白的。你说他有必要为了五百两的赎金去绑架人吗？"

"这……娘，这究竟是怎么一回事？"懋峰跪着挪动身体到了黄氏身边，拉住母亲的手，看着母亲，急忙问道。

黄氏道："事情的经过是这样的……"

原来刚才黄氏满头乱绪，疲倦至极，躺在床上迷迷糊糊半睡半醒之际。突然听到窗外有一声猫叫，接着有一阵轻轻脚步声，由远及近在窗外停了下来。黄氏不禁有些紧张，刚要责问，只听得两声轻轻的敲窗声。

有人压低声音道："婶娘，是我，快帮我开门，别让人知道。"原来是建林来了。黄氏忙轻轻地打开后门，小声问道："孩子你没事吧，听说你被海贼劫走，婶娘担心死了。"

"婶娘，我没事。"建林闪身而进，关了门。

"婶娘，一别多日，您老可好？前厅怎么有诵经的声音？懋然哥有没有好一些？"

"唉！然啊我儿啊，今天没了。"黄氏呜咽起来。

"什么！"建林大吃一惊，扑通一声跪倒在地："对不起，婶娘，都是我惹的祸，我害了大哥，我给您请罪！"

黄氏忙把他扶起："孩子，这怎能怪你呢！唉，以前咱们穷，吃不好穿不暖，身子底子差，让他小小年纪就担了重担，积劳成疾了。我可怜的孩子。"黄氏边说边哭，以袖拭泪。

"婶娘，妙啊不懂事，总是惹事，把大哥害了，我真不是人！"建林言罢狠狠地扇了自己一记耳光。

"孩子，这真不怨你，你言重了！孩子，你是怎么逃出来的？"

"婶娘，我不是被海贼劫走的，海贼头领是个好汉，我是去投奔他的。"

"啊，你当了海贼！哎呀，你这孩子！你怎能去当海贼呢，你爹知道了，不气死才怪。"

"婶娘，海贼未必是坏人，首领是个仗义的人。我们专劫贪官富商，从不打劫渔民和客船，也不残害生命，有时遇到海难，我们还救人呢。"

"哦，原来如此啊，我一女流之辈，以为贼都是坏人，没想到还有好的贼。但孩子啊，当贼怎么都不好，你干脆不要回去了。"

"婶娘，我在那边好着呢，人家对我有义，我可不能背信弃义啊。婶娘，你看，这是两千银票，这是一张藏宝图。"建林说着从怀里拿出一沓银票和一张手绘藏宝地图。"

"这么多钱啊，你哪来的？"

"婶娘，今天我们抢了一个大贪官。"建林讲述起事情的经过。

今日上午，喽啰来报："大门底以南驶来一艘渔船，船体沉重，却无渔具，甚是蹊跷。"

建林道："渔船没渔具？小弟来此多日，闲得慌，大哥让小弟前去探视一番。"

首领说:"好,兄弟多加小心,若是风紧,你就放三响炮,大哥前去支应。"

"遵命!"建林就叫上十来个兄弟,开了四艘快船径奔那渔船而去,将之四周围住。

"我们只是打鱼的,各位好汉放我们一条生路。"船上一白胖中年人言道。

"哈哈,吃得白白胖胖的渔民,你会打鱼,我看鱼打你还差不多,来人啊,把他扔海里喂鱼。"建林笑道。

"哎哎哎,好汉饶命啊!好汉饶命啊!"那人一听吓得浑身战栗,跪在船甲板上连声讨饶。

"老实交代,你是干什么的?"

"我等乃滇南张太守的家丁。小人是管家,奉主人之命运些云南特产回徐州老家,恐遭海匪,故装扮成渔船模样。"

"海匪?你爷爷就是海匪,捉你喂鱼去。"喽啰上船一把揪住那个管家。

"啊,好汉爷爷,饶命啊!"那管家裤管流出黄水来,一股臊味。

"晦气!这家伙吓尿了。"众人大笑,将那管家扔在甲板上。

"去看看装的是什么?"

"哎呀,都是些药材啊,不信你们看!"管家忙打开中仓。

"药材?嘿嘿!有这么重吗,看船吃水这么深!难道是你造成的?吃这么胖得糟蹋多少粮食!兄弟们把他扔到海里喂鱼,这细皮嫩肉的,鱼最爱吃。"

"好!"几个喽啰将那管家抓起扔进海里,那管家"咕噜噜"地吃了几口海水,拼命挣扎大喊道:"救命啊,我不大会游泳啊。"

"谁要救你,去死吧,给你块木头,死活看你造化了!"喽啰丢下一块木头。

"啊，船上都是财宝，我告诉你们在哪！"管家抱着木头，挣扎地叫道。

"我们不用你告诉，我们自己找。"喽啰道。

"有银票呢，你们找不到，救命啊！"

建林道："拉他起来！"

喽啰把像死狗一样的管家拉上了船，那管家瘫在甲板上："饶了我吧，我都告诉你们！"

"要是再有隐瞒，这次决不饶你！"

"船上所有仓下面都有夹层，上层药材，下面全是金银财宝，总值有一万两白银，银票五千两就藏在床板底下的箱子里。"

"这么个大贪官，得盘剥了多少百姓的血汗，真是该死！说，你们有没有当帮凶？"

"唉，好汉冤枉啊，我们只是听差的。这巧取豪夺的事都是张太守自己干的。他贪污钱款，官商勾结，贩卖私盐，什么坏事都是他一人干的，真的跟我们无关。"

"好！算你老实！饶你不死！弟兄们咱们把这船开走，用快船把他们送到岸上去。"

"别啊，好汉，给条活路吧。此处离徐州有千里之遥，你总不能让我们饿死吧，再说我们空手回去，必遭戕害。望好汉给些盘缠和安家费，我等也好携家逃生。"

"好！上天有好生之德，饶你一回！兄弟们给他们每人拾两银子，扔到海岸边，让他们滚蛋！"

建林让手下把船拉回海岛，自己去大船舱见陈首领。

"兄弟，可曾顺利！"

"这次捞了一条大鱼，总共有一万两呢，是贪官的赃款。"

"果真是员福将啊！哈哈！这么一大笔钱，咱拿三五千两去救济乡里穷苦人家。剩下的也足够兄弟们痛快地吃上个三年五载了。"

"大哥，我有个不情之请，恳请大哥恩准。"

"但说无妨，兄弟之间无须客套。"

"我贩私买船份，断了我义兄弟一大家人的生路，我想拿五千两银子，给他们一千五百两置业，给我爹五百两养老，剩下的给家乡做扶贫济困的善事，不知大哥是否应允？"

首领说："哎，我以为是多大的事啊。这钱本来就是你抢来的，你如何处置都行，不用跟大哥说。"

于是建林就带钱来见黄氏来了。建林道："人言三年清知府十万雪花银！真的是没错啊！这银票一千五百两赔咱家的船份，这五百两给我爹养老。我不敢去见我爹，就委托您老代管了。鲨屿岛上埋有三千两银子，用大石头压在上面，我都画在图上，这是藏宝图。等合适的时机，您再告诉玉郎，让他取出来扶贫济困做好事，也可以整些船，把以前的船工拢在一起，大家也好有个出路。"

黄氏道："孩子，你得罪官府，如何能安生啊？"

"我才不怕他们，这些人其实还不如强盗呢，巧取豪夺，全然不顾咱老百姓的死活。来一个我抢他一个，解恨着呢！"

"孩子，唉，你爹可只有你一个儿子啊。你当了海贼，如何能安家立业啊。现在咱们有钱了，见好就收，赶紧找房媳妇，结婚生子，好让你爹安度晚年啊。"

"婶娘，开弓没有回头箭了。孩儿此生最对不起的就是我爹！你们都是我的亲人，我心目中其实一直把你当娘亲。然啊和玉郎都是我的兄弟，絮儿是我爹的干女儿，这担子以后得拜托玉郎了。"

"孩子，要是能脱身，婶娘还是劝你回家好好过日子。人生一世说长也长，说短也短，没有什么比安安稳稳过日子来得好。"

"婶娘的意思孩儿知晓。以后瞅机会吧。婶娘您多保重，孩儿得回去了。我去给大哥上炷香。"

"孩子，此地不可久留。你快走吧，心意到就行了，要多保重。"

"婶娘，这香怎能不上？就是让官府捉住砍头我也得去上！给我准备一套白长衫和头白。"

"这孩子！"黄氏取来一套孝服，建林穿上就冲到厅前。

讲到这里，黄氏道："妙啊冲到厅前，我忙着藏银票和藏宝图，没有马上跟出来，你们却在厅里闹将起来了。"

懋峰听闻娘亲叙述经过，低头若有所悟道："如此看来，妙啊抢的是假装渔船的贪官！难怪我责问他是不是抢掠一条渔船的时候，他说难道不该抢吗。看来这事我是冤枉他了！"言罢懋峰直起身来，看了看娘亲又伤心道："可哥哥的事，我还是怨恨他的，不是他胡作非为，哥哥也不会走得这么早……呜……撑到那慧觉大师来了，也许哥就有救了！"

黄氏叹了一口气道："唉！可怜你哥英年早逝，何人不惋惜，何人不心伤？若说是谁害了你哥，是娘，是咱这一家人全让你哥一人撑着，积劳成疾啊！他才二十六岁啊！我苦命的孩子……"黄氏越说越伤心，以袖掩脸痛哭起来，母子两人哭成一团。

黄氏哭了一会儿，拭去眼泪，言道："你哥一生为他人着想，行善积德，虽然早逝却得以仙归佛国，实是功德无量！唉！生死有命！儿啊！咱岂可将怨恨转嫁他人！你哥是你亲兄弟，妙啊也是你兄弟啊！如今你哥没了！妙啊可是你唯一的兄弟啊，你有没有想过？今天妙啊拉你去东岳庙发誓，实为保护我们，可惜你全然不识！儿啊，你好生糊涂，真让人心寒啊！也是老身教导无方，愧对你君敏伯和妙啊。还有妙啊贩私盐也并非为利，高价收盐，低价卖盐，都是疾苦百姓得利。所得利益也不曾少与你哥半分，他自己一份却分赠予船工，实乃仗义之人！"

"娘，您别伤心了，保重身体要紧，孩儿知道错了。孩子冤枉妙啊哥了，等下次见面，我定向他道歉。"懋峰低声道。

"嗯，这样做才对！你要记住，无论以后情况如何，妙啊始终都是你的好兄弟！对了，这五百两银票你得便就给你君敏伯送去，财不外露，让他小心点。鲨屿岛的三千两金银财宝，在藏宝图上画着。若是做善事要钱，你驾小船去取来便是。咱们的钱，你去买船把原来的船工们集拢起来，找个可靠能干的人做头家，让他们去谋生，如此既做了善事，又有所收益，免遭坐吃山空之忧。咱也不急这几天，先把你哥的丧事办好再说。"

"娘，您累了，先休息一下，我和嫂子、凝絮去守灵。"懋峰站起身来，扶着黄氏躺下休息，自己又出去守灵，心中一直想着自己和建林之间所发生过的一切，暗暗自责和惭愧，一夜无眠。

到了第三天中午，灵堂外突然来了几个人说要求见玉郎。

欲知何人求见，请看下回分解。

第十六回
念故义英雄擒贼首
居新功巡检荐玉郎

上回说到灵堂外突然来了几个人说要求见玉郎。懋峰到了门口，只见四个衣衫褴褛的渔民扛着一个布袋，布袋里有东西一直在动，还有呜呜的声音。

"你们是？"

"我们是被海盗绑架的渔民，这布袋里绑的是绑架我们的贼头。"

"这是怎么回事？你们是如何脱身并把贼头抓来的？"

渔民讲述道："今天上午，岛上来了一老一少两个人，说要赎我们回家，可这俩人，我们并不认识。"

"那青年人说：'五百两银票筹到了，快放人！'

"可这贼头说：'拖了一天了，浪费了我们不少粮食，现在涨价了，得一千两了。那五百两和年轻人留下，老的回去筹钱，天黑之前一手交钱一手交人，不然就过来收尸，休怪我心狠手辣！'

"那青年人看了那年长的一眼，说：'大哥，怎么办？'那年长者朝年轻的使了一个眼色说：'上去，这么多钱咱得亲手交给首领。'

"青年人说：'行！'两个喽啰押着那青年人来到贼头面前。

"年轻人说：'放手，我拿银票。'话音未落，只见那年轻人一个扫堂腿就打倒那两个喽啰，再一个鹞子翻身，飞到贼头后面，说时迟那时快，这贼头还没反应过来就被一掌劈昏了。

"青年人一手将贼头提起说：'你这个败类！留你是个祸害，连

170

渔民都勒索！'又对喽啰们说道：'今天只抓了你们的头领，不想伤害你们，请各自散去！'喽啰们没人敢动。

"那青年人说着，就把贼头提到绑我们的地方，丢在地上，动手帮我们解绑，那年长者也过来帮忙。大家正忙着，这时一把明晃晃的飞刀猛地向年轻人后心飞来，那年长者忙把青年人往边上一推，飞刀却扎进了年长者的心口下面。他一手扶刀，一手指了一下飞刀人，就坐在了地上，口角出血，冷汗冒了出来，我吓得要帮他拔刀，他摆了摆手。

"青年人看此情况又急又怒，眼睛血红，大吼一声'啊！'几步冲到那飞刀人身边，拳脚并用，招招要命。那飞刀人开始还能抵挡几下，没一会儿就被青年人一脚踹到胸膛，口吐鲜血跪在地上。那年轻人将其按在地上一顿拳头猛揍，揍了有百来十下方才停下，那飞刀人估计早死了。

"青年人甩了甩手，走到年长者眼前，跪下呜呜大哭：'大哥，我害了你了！'那年长者摆了一下手，声音低哑地说：'走，快扶我回去。'青年人连连说：'好！好！大哥你坚持住，没事的。'说完蹲在那年长者后面让他靠在身上，又对我们说：'把贼头带去给峰尾半面街刘玉郎，我是他哥江湖上的朋友，受他所托来救你们。你们的船就在下面，快走！'

"我们叩头谢他们的救命之恩，他却说：'要谢就谢玉郎！快走！'后面怎样我们就不知了！"

那渔民们讲述完经过，跪在地上给懋峰磕头道："您就是玉郎大官人啊，谢谢！谢谢您的救命之恩！无以为报，在此给您叩头了！"

懋峰忙将他们扶起，问道："那两人长什么模样？"

"那年长的五十上下，面色黝黑，浓眉大眼，身材壮硕，那年轻人长得高大英俊，浓眉大眼，高鼻梁，声如洪钟，说话较快。"

懋峰寻思不语。

渔民们看着灵堂，吞吞吐吐地说："这，您家？这是……"几个人摸了摸身上，除了几身破衣衫，啥都没有。

懋峰道："家兄仙去，我也不便随你们去处理这事。这样吧，你们把这贼头带去巡检司，找到巡检老爷，把经过讲与他听！其实我也不知这两人是谁，很可能是我兄长的朋友。你们也吃了不少的苦，办完事就快回家去吧，家人都快急坏了吧。"

"真是大好人啊！"那几个渔民抹了一把泪，抬起那个贼头就去了巡检司。

傍晚时分，林巡检一脸喜色快步走了过来，看到灵堂时，忙敛了颜色："玉郎，你真是人才啊！竟然有此等英雄人物的朋友！快告诉我此二人何方人氏、姓甚名谁，我好为他们请功！"

懋峰道："江湖人做事向来行踪不定，我也不知是何人所为。有可能是家兄行船经商时结交的朋友，估计是家兄过世时，前来吊唁，知晓了此事，仗义出手相助，便让得救渔民前来寻我的！"

"真是英雄豪杰啊！佩服！佩服！那我这就押解贼头前往县衙禀告冯县令。"巡检言罢，向懋然棺木鞠了三个躬，与众人告辞而去。

慧觉大师帮懋然作了七天七夜的法事，功德圆满。家人便在城外旧城顶向海处寻得风水宝地把懋然安葬了。

数日后，懋峰家中。陈先生道："玉郎贤侄，我婿走了，这家担子都压在你身上了，你有何打算？"

懋峰道："我想买条船去经商，继承我哥的事业。"

陈先生道："我不赞成你去行船经商，你是读书人，不适合做这个。你应该托你岳父谋个差事，若是买船交给可靠的人去管理，我们赚船份也行。"

凝絮道："我赞同。"

懋峰道:"唉,我岳父是老实人,不知……"懋峰话说一半,突然门吱的一声推开了。李秀才进了门来。

"贤婿,你夸我呢!哈哈!难怪我耳朵痒得很呢。"

"啊,是岳父大人,您来了?快请坐。"

"李叔万福!凝絮这厢有礼了。"凝絮忙起身施礼。

"凝絮姑娘,请坐!今天老夫来是有要事与玉郎商谈。"李秀才道。

"岳父大人何事需要小婿去办,请尽管吩咐。"懋峰道。

"近日峰尾巡检司林巡检因破获海贼有功,将上报擢升为崇武千户所千总。巡检空缺候补,林巡检向冯知县推举你补任。按理这巡检多从吏员或监生升任。林巡检极尽美言,说你常助他解决村民争端,饱学多才,处事圆通足智,民众信服,这次救渔民、擒贼头也是你首功。知县又获悉你为我之婿,意为破格录用。等下,你备些人事随我去拜见冯知县。这冯知县为人清正,你置办些海鲜即可,只有土特产他才不便推辞。"

"这全赖林巡检、岳父大人和冯知县周全。"懋峰道。

"这巡检官不大,从九品而已,但责任重大,教化乡风、缉捕盗贼、调解民怨、决断争讼、维护治安、保一方太平。平常俸禄很低,还不及普通工匠呢,倒是规费有所弥补。反正在家里闲着无事,平常也要帮人扯理、安抚邻里,这下有个身份也好做事。"李秀才道。

"两位亲家公,妾身偶感了风寒,有所怠慢!见谅!"陈氏把黄氏自内屋扶了出来。

"亲家母,自家人不必客气,当保重玉体为要!"陈先生和李秀才异口同声道。

"娘,岳父说知县老爷同意让我补峰尾巡检呢!"

"这可是天大的好事!你在本地当个官差,就能为乡亲们多做些好事了!"黄氏喜道。

"亲家母真是高风亮节！"陈先生赞道。

"两位亲家公，妾身还有事要与二位商议，请后房小叙。"

陈先生与李秀才跟着黄氏进入后房。过了片刻，陈先生与李秀才走出房门，看着懋峰和凝絮，相互点了一下头，也没说什么。

懋峰也不敢多问。

秀才道："当务之急，我们先去面见冯知县吧。"

"那孩儿这就去准备，请岳父在此休息片刻。"懋峰说完便去街上准备采买新鲜渔获。

正好码头有小船自海上而来，鱼虾还活蹦乱跳，有几个黄蝎蟳[1]，只是没有什么大鱼。懋峰暗自忖道："没有大鱼，这如何是好？这些小鱼小虾的，如何拿得出手？"又见那渔夫衣衫褴褛，浑身湿透，手脚浸得起皱发白，嘴唇乌紫。心中叹道："哎，看此渔夫如此艰辛，我先买了再说，省得他又累着去卖货。等下请教岳父的意思，再行打算。"于是，取出二两碎银，拉过渔夫的手言道："兄弟，这些鱼虾和竹篓我都要了，赶紧回家换身干爽衣服，别着凉了。"

"玉郎，这些东西只值七八百文，我没钱找你啊。"渔夫看着银两，尴尬地说。

"不用找了，你认识我啊？"

"认识！急公好义的玉郎何人不识啊，但我也不能占你便宜呀。"渔夫道。

"哎，乡亲们谬赞了。不用找了，算我请你喝酒好了。你快回家吧，我走了。"玉郎心里美滋滋的，提起竹篓，扭头便走。

懋峰回到家中，提了三竹篓海鲜对岳父道："街上只有些黄蟳和小鱼小虾，这些如何拿得出手？"

"你怎么买了三竹篓？"

---
[1]黄蟳：海洋生物锯缘青蟹，峰尾人叫黄蟳。

"一份给知县，一份给林巡检，还有一份准备带去给小内弟吃。我是担心拿不出手啊。"

"贤婿你有所不知，这知县甚是清廉，你送他大鱼大肉，他肯定不收。这小鱼小虾的，他断然不会拒绝，只要新鲜就好！他会蒸了请衙役们一起吃。这样吧，你小内弟也吃不了这么多，我就带几个黄蟳去煨醋。林巡检向来为人豪爽，你也不必送他东西。他已去崇武交接职守，家里有老母、小儿，这平日里多去走动走动、探访即可。这些海鲜咱们并作两篓，剩下的留给先生和凝絮他们蒸了吃。我们先去办正事吧。"

"那我们进城去了。先生、絮儿你们中午就在这里吃海鲜吧。"懋峰道。

翁婿两人乘坐马车，一个时辰就到了县里。此时近中午，李秀才带着懋峰到了孔庙，懋峰见过岳母和小舅，留下些海鲜，穿过孔庙进入县衙后堂。冯知县正在后堂看书。这冯知县年过而立，是个精瘦儒生。

秀才对知县作揖道："见过知县老爷，此为小婿懋峰。懋峰速来拜见知县老爷。"

懋峰放下竹篓，站在秀才身边。鞠躬施礼道："懋峰拜见知县老爷。"

"好个一表人才！来，年轻人，不必拘礼，近前让我看看。"知县言道，却一眼看到那两个竹篓，面有愠色："此为何意？"

懋峰道："适才岳父去寻我之际，我正好在码头买海鲜。今天收成不好，尽是些小鱼小虾，我看那渔夫体乏无力，怜其又得费力去卖鱼，就都买下了。一时也吃不完恐久放不鲜，又不值几个钱，就顺手带来给办差的兄弟们品尝。"

知县笑道："原来不是来行贿我的啊！我看你心地倒是善良，如此甚好！"

"素闻知县老爷清正廉洁，懋峰怎敢造次！"懋峰道。

"知道就好，但也不可贿赂其余官吏！君子为人处世应当坦荡！"

"懋峰不敢，当以大人为楷模！"

这知县虽是清明，但人皆喜闻好话，听了懋峰之语，心情大悦，言道："好！这为官之人不仅要清廉，还得有所作为。巡检这职位虽低，但掌管一方平安，百姓的福祉重于山啊！"

"谨遵大人之命。"

"年轻人，听闻你博学多智，今天本官来考考你。若你上任，欲如何为人为官？说来听听。"

"不才斗胆禀告，若有不妥，还望大人指正。鄙人素来钦慕君子，为官为人都应私德无亏，不失君子之风，清正廉明，公平正义，立信立威以服众。常以生民福祉为己念，教化民众，淳朴民风。民安居乐业，休养生息，自少凶顽，可保一方太平。"

"说得好！为人为官就应如此，公心私德为常念，即民之幸甚，以此共勉吧。"

"多谢知县老爷，在下定当恪尽本分，不负众望。"

"对了，本官见你谈吐不俗，为何不考取功名？"

"启禀大人，母在堂，儿不远行，故无意功名。"

"子曰：父母在，不远游，游必有方。孝心诚可嘉，然大丈夫应志在四方，若你考取功名，定能成就一番功业。"

"小人自幼丧父，是母亲含辛茹苦将我兄弟抚养成人。如今母亲年老体弱，小人当以孝义为重。"

"可惜啊，好个青年才俊却屈就一个小小的巡检。明天即刻呈文上报，你回去就可以与林巡检交接事务了。"

"能为乡亲父老谋福祉，又有知县老爷如此贤明的上司，实乃懋峰之福啊。"

知县笑道："咦！这么快就拍上马屁了！这些海鲜我替众人收下了。来人啊，把这些海鲜拿到厨房去，好生烹煮，中午大家一起吃个海鲜大餐。"

县衙一干官吏差役吃起海鲜大餐，众人笑逐颜开。李秀才趁机将懋峰介绍与众人相识，众人交口称善，翁婿两人赚足了脸面。

宴罢，翁婿两人出了县衙。懋峰道："今天事情办得甚是顺利！冯知县有儒者之风，与那官场贪墨现象格格不入！实在难能可贵！"

李秀才道："先帝治贪反腐还是颇有成效的，清廉之官并不鲜见，此乃黎民之福也！"

懋峰道："如今小婿幸为家乡巡检，亦当恪尽职守，为家乡父老福祉为谋！也不枉母亲平时的教诲！咦？对了，刚才家母与您和陈先生商议何事啊？"

"此事现在说为时尚早，等令兄三年服除后再议吧。"李秀才道。

"什么事要等亡兄三年服除后才能说？"懋峰思忖道。

"既然你问了，我不说又不好，这样吧，我先问你个事，你有没有想过今后怎么处置好这个家？"

"家兄去世，我担起这个家责无旁贷。我想买艘船让别人去管理，收个船份。自己谋了巡检之职，当恪尽职守，为乡亲们谋福祉。余暇尽力照顾好家人，培养好两个孩子！"

"唉，我不是说这个。飞雪走了两三年了，你单身一人，令嫂又新寡，你有什么打算？"

"家兄尸骨未寒，我哪有心思想这个啊？可家兄临终前把家托付给我，我责无旁贷，再难也得保全家庭啊。"懋峰叹道。

"林巡检曾对我讲过你处理芋咸叔家的事，你那首打油诗可记得？"

"记得，'今时困苦别时甜，岂忍亲人作厝边。有幸细郎娶自嫂，不流肥水到他田。'"

"贤婿，虽说你我有翁婿情分，然而志趣相投，堪比知己。咱们也不藏着掖着，嫂寡叔单，又都年纪轻轻，如何相处才好？别人又会怎样看呢？"

"唉，说人易，自己难。此打油诗今对我而言，千斤担也。然君子重义，舍生尚不可惜，何惜儿女私情！"

"那你欲置凝絮于何地啊？"

"死负飞雪，生负凝絮，为我之过也，唯有来生相报了。"懋峰仰天长叹道。

"贤婿啊，难得你重情重义，有此担当。今儿，我就告诉你，你娘跟我们商量的事……哈哈！"

"岳父此话何意？难道不是让我娶了家嫂，以保家庭周全？"

"这个你得感谢令嫂了，令嫂真节妇也。她与你娘表明心迹，只愿为令兄守节。又说嫂寡叔单总有瓜田李下之嫌，待令兄三年服除，就要亲自为你和凝絮操办婚事啊。"

"我娘怎么说？"

"你娘啊本就喜欢凝絮，一直想把她娶进门，却遇到家庭变故，也是跟你一样左右为难，见令嫂如此深明大义自然十分高兴，上午与我等商量的正是此事。她还劝我收凝絮为义女。你娘宅心仁厚，处处为人着想，实乃仁义啊！"

"我娘与嫂子真乃节义之人，令我佩服之至！"懋峰眼泛泪花，激动地说道。

"走，咱们回老家去。我先去把女儿认回来。哈哈！"

"要不要跟王姨商议一下？"

"不必了。此妇素来拘谨，不习我乡人情，难以为谋。"

"唉！难为您了。"

"走吧。"

翁婿两人乘坐马车回到峰尾。

"我们回来了!"李秀才进门就大叫道。

黄氏、陈氏、凝絮正在吃饭。

"事情是否顺利?"凝絮急切地问道。黄氏、陈氏相视莞尔一笑。

"娘、嫂子,挺顺利的。那冯知县是个好人,过几天就能上任了。"

"我们的玉郎出息了,真是祖上积德!"黄氏高兴地说道。众人莫不欢喜。

"凝絮姑娘,老夫有件事,不知当说不当说?"李秀才问道。

"李叔但说无妨,小女子洗耳恭听。"

"亲家母前阵子言及凝絮姑娘,百分赞扬,劝我收为义女。老夫甚是中意,只是未悉凝絮姑娘意下如何?"秀才抚着胡子,和蔼地看着凝絮道。

凝絮一听,忙道:"您欲收小女为义女,却是小女前世修来的福分,求之不得。蒙义父不弃,小女荣幸万分。义父在上,请受小女一拜!"言罢,即跪在地上连磕三个响头。

众人连连鼓掌,大声称善。

懋峰走马上任。他急公好义,铺桥做路,扶贫济困,乐善好施,有求必应,声名远扬。他定制了一艘大船,取名宁懋号,招拢船工,物色船长,继续跑广东、宁波经商。每年亦有数百两银子进账。陈氏深居简出,守节在家,潜心抚养汝贻。

光阴似箭,转眼又过了一年,依制三年服除①,祥冠吉服,门盈喜色。

除服宴后,李秀才对黄氏、君敏言道:"嫂子,老哥啊,兄弟我一件事梗在心里很久了,今天也该有个了结了?"

欲知李秀才所言何事,请看下回分解。

———————————

①三年服除:峰尾习俗实为一周年即服除。

第十七回
喜玉郎连理多情女
忧官府缉追亡命人

  却说除服宴后，李秀才对黄氏、君敏言道："嫂子，君敏老哥啊，兄弟我一件事梗在心里很久了，今天也该有个了结了？"

  "亲家何事啊？"黄氏连忙问道。

  "嫂子，君敏兄，玉郎和絮儿情投意合，两个孩子很不容易，现在该是为他们办理婚事的时候了。"

  "是啊，老身也想着该给他们办喜事了。这两孩子也太不容易了。"黄氏道。

  "嗯，都挺不容易的。"君敏点点头道。

  "对啊，老身想把房子再修缮一番，让念娘跟我一起住。"

  "如此甚好！那亲家速去准备。絮儿暂且住在君敏兄家，出嫁的时候，我们各自准备一份嫁妆。这三份嫁妆，可也是少见啊！哈哈，就等着喝喜酒了。"李秀才笑道，言罢，朝正在送客的懋峰招手道："贤婿，来来来，老夫有事要跟你说。"

  懋峰听到叫唤，返身而来，问道："岳父有何事吩咐？请讲！"。

  "快去把絮儿和梅儿也叫来。"黄氏道。

  凝絮正与陈氏忙着收拾碗筷，擦着手走了过来："娘，您叫我？"

  "嗯，孩子，让帮工去做吧。别伤了你弹琴的手。"黄氏微笑地看着凝絮，眼里满是慈爱。

  "没事的娘，这算什么呢，怎么也没您吃的苦多。"凝絮依偎在黄氏身边，胜似亲生。

黄氏又朝陈氏说道："乖孩子，你也歇歇，快过来，一边坐一个。"

"来来来，玉郎也坐下。嗯，坐在我义女身边。我有事对你俩说。"秀才看了看懋峰，又看了看凝絮笑道。众人心照不宣，都朝着懋峰和凝絮微笑。

懋峰与凝絮面面相觑，异口同声道："岳父（义父）所为何事，但说无妨！"

李秀才故意卖关子道："老夫有个不情之请，早就想说了，就是不知当讲不当讲。"

懋峰与凝絮又异口同声道："都是一家人，如何讲不得的。"

"哦，我还没说呢，你们自己倒先承认了？"李秀才哈哈大笑道。

众人听了都忍俊不禁。

"好了，别难为孩子们了，还是老身说吧。"黄氏笑了笑道，"孩子，你们李叔是促成你俩成双成对呢。"

李秀才道："我就是想把絮儿许配给你，你可得谅解老夫的自私哦！这么好的女婿我可不想变成别人家的，哈哈！"

"这……"这突如其来的场景，懋峰始料未及，一时语塞。凝絮喜出望外，心似撞鹿，羞得满面通红，忙以袖遮面。

"哈哈！恭喜贺喜，有情人终成眷属啊！"众人喜道。

正是"应筑碧梧期彩凤，终赢锦瑟和瑶琴"。婚典之日，花好月圆。贺客众多，猜拳划令、吟诗作对甚是热闹。酒至酣处，众宾道："久闻凝絮小姐才貌双全，配得玉郎正是才子佳人、天造地设。今大喜之日，教我等一睹小姐芳颜以尽欢情。"便纷纷怂恿懋峰进房挑下盖头，秀才道："欲挑盖头，须先对我一联。"言罢出得一联：好女儿玉楼春里闻鹊喜。只叹众人搔耳抓须、搜肠刮肚，无以相对。

正当众人苦思冥想之际，洞房里送来素笺一张，上书：风流子金缕曲中念奴娇。正是凝絮所对，众人莫不惊叹。待新郎卷珠帘挑起了红盖头，直将众宾看花了眼，只道是：

点绛唇，描黛眉，花心动处秋波媚，羡观月里嫦娥降尘世；

抬酥手，书佳对，苏幕遮时绮罗香，惊叹文中俊彦出红颜。

众人赞叹不已，尽欢而去。

夜色渐阑，洞房红烛摇摇。红衣红帐红锦被，处处喜气盈盈。懋峰道："今天咱们终是联成对人成对，联对成人对了。"

凝絮含情应道："我有心君有心，我心有君心。"

懋峰取出一对翡翠鸳鸯玉佩，言道："絮儿，可认得此物？"

"当然啊，这是奴家的传家之宝，当年赠予咱侄儿和女儿的见面礼啊。"

"这么贵重的玉佩怎么可能赠予孩童，娘早看出来了，你那是给我下定情信物呢。现在这玉佩可以物归原主了，你一个，我一个，来，我帮你戴上，海枯石烂，咱们永不分离。"

凝絮回首含情相视："此生有君，凝絮之幸也！"菱花镜中映出羞花闭月容。懋峰手扶香肩，爱不自胜道："点绛唇、描黛眉，菱花镜里慕卿之花容月貌。"

凝絮突然娇羞，粉面绯红，艳若桃花，以袖遮面轻声道："倚鸾枕，合锦被，砖瓦房中怀君之凤子龙孙。"言罢便吹了红烛。天井月光如泻，映入窗内，旖旎而又缠绵。清辉下，凝絮含情带俏，越发妍丽动人。

懋峰热血沸腾，一把抱起凝絮，急急宽衣解带。两人如鸳鸯戏水，鹣鲽交颈，桃源探幽，花径寻芳，水乳交融，颠鸾倒凤，酣畅淋漓，真难言春宵的那个妙处。《南歌子》赞曰：

对作双飞雁，

联为并蒂莲。

> 霁雨沾诗笺，
>
> 和风酬晚唱、意绵绵。

云收雨敛，懋峰躺在床边，凝絮偎着懋峰，脸贴在懋峰胸膛上。懋峰轻抚凝絮的脸，两人自有诉不尽的温情昵语。

"时候不早了，哥你困吗？"

"我不困，你先睡吧。"

"我也不困。"凝絮看着懋峰，娇声道。

懋峰看着月光发呆。

"哥，你有心事？"

"絮儿，你有没有觉得咱们今天的婚宴上缺少了什么？月光让我想起小时候，妙啊和我们做蜡烛的事。唉，如今物是人非，也不知他现身在何方？"

"唉，手足之情岂能说断就断。"凝絮叹道。

突然大门外"咣当"一声。

"什么人？"懋峰吓了一跳，凝絮忙钻进被子里。

只听见外面"喵"的一声。

"是猫吧。"

"嗯，不管了，絮儿快睡吧，明早还得早起呢。"

五更天尚朦胧，凝絮不敢贪眠，起早梳妆完毕便开门提帚扫地。

懋峰赖在床上。不一会儿，凝絮匆匆跑进房间，手里提着一个红布包。

"哥，你看，这是什么？"懋峰打开红布包，只见里面一对大红烛、一对翡翠冰绿玉镯，一块富贵长命羊脂玉锁。

"哪来的？"

"我扫地时，在大门边的涵洞里发现的。"

"啊，昨晚是妙啊来过，这蜡烛是他自己亲手做的！这镯子是给你的，锁是给咱们孩子的！我的妙啊兄弟！那天娘跟我说起那些事，我就知道错怪你了！而那些获救渔民来找我，虽未得查证，我心里明白定是你出手相救的，这让我更加愧疚不安啊，我欠你的太多了！可我连道歉的机会都没有，你还不计前嫌，偷偷来庆祝我的婚礼，连杯喜酒都没喝上。妙啊……我的兄弟！"懋峰鼻子一酸，说着说着声音哽咽。

"哥，也许妙啊会去探望君敏伯，要不等下咱们去看看君敏伯，也权当作是女儿回亲。"

"嗯，好！可他来得太晚了，就怕没去找君敏伯。"

"说不定有呢，咱们吃过早饭就去看看。"

"等下咱们跟娘说一下，把君敏伯、我岳父、陈先生一家都请过来，中午就在咱们家办个回亲宴，你再当回女儿，我当回女婿！这礼数是不是前无古人，后无来者啊？"

"大千世界无奇不有，虽难言绝对！然有此景者亦凤毛麟角也！"懋峰牵过凝絮的手，紧紧握住，两人深情相望，脸泛笑意。

一家人吃过早餐，夫妻两人便相伴去拜见了君敏伯。懋峰问道："君敏伯，昨晚妙啊有没有来过？"

"这、这……"君敏结结巴巴地说不出口。

凝絮看了懋峰一眼，笑道："看你把爹吓的！"又转向君敏道："爹，玉郎虽是官府的人，但更是妙啊哥的兄弟。昨晚妙啊哥给我们送贺礼了，只是未能相见，颇以为憾！"

君敏松了一口气，又郁郁地道："唉，你们兄弟做成这样，我心里难过啊！"

"都是我的错，君敏伯您就原谅我吧！我错怪妙啊哥了！"懋峰连声道歉。

"妙啊昨晚来了，带了一个红布包说是要给你们贺礼！"君敏道。

"对！对！那妙啊过得怎样？有没有受苦？对了，有没有说他在那边的事？哦，哦，君敏伯别误会，我不是要探听消息，我只是想问他有没有说那天是如何救人的？还有跟他一起去救人的年长者是谁？他的伤怎么样了？要不要紧？"懋峰一股脑提了一大堆的问题。

"听妙啊讲，那首领姓陈是秀屿人，对妙啊很好，让妙啊当二头领。他们这群海贼，只劫贪官和商船，商船也只取一成，不至于让人血本无归。"

"哦，这样啊，也算是盗亦有道。那天是如何去救人的呢？"

君敏叙述了事情经过。

原来那天建林离开东岳庙后，便赶回海贼岛，见了陈首领。建林问道："大哥，咱们附近是不是还有其他海贼？"

陈首领道："有啊，我们周边湄洲岛、南日岛、平潭岛有好几处海贼，平常各干各的，井水不犯河水。"

"我这次回乡，我兄弟说海贼绑架了渔民，不知是谁干的。盗亦有道，怎能干这种伤天害理的事呢？被绑架的是我的老家人，我兄弟都赖到我头上来了。这种海盗我非杀了他们不可！"建林怒道。

"兄弟你有所不知，这附近海贼多数是渔民出身，生活艰难不得已才做了盗贼，淡季时做海贼，汛期时又做回渔民，所以都不会对渔民下手，更不可能干绑架渔民这种事。最近南日岛附近新来了一伙海贼，听说领头的是一个土匪，很可能是他们干的。听说这个土匪不讲道义，随心所欲，无恶不作，也算是海贼中的败类。只是还没有欺负到咱们头上来，咱们也不便与他为敌。能花钱解决就算了，他要多少赎金？"

"五百两。"

首领道："给钱赎回来吧。咱们也不能把事情闹大，海贼火并，会惹来许多祸端。咱们能把人救出来就好。还有人去多了反而让他生疑，我和你一起去，咱们也好有个照应。就你我拳脚对付那几个小毛贼，要脱身应该是没问题的。若是有什么变故，你见我眼色行事，咱们擒贼先擒王，就把那头子拿下，也算是为民除害！"

"后来首领和妙啊去赎人，那土匪出尔反尔，妙啊制服了他，救了渔民，可头领也受了重伤。"君敏道。

"妙啊进贼窝擒贼头的事，我都听渔民讲了。不知那头领受了重伤，后来如何了？"懋峰问道。

君敏道："妙啊扶着那首领，去了湄洲找人救治，命是捡回来了，可只撑了半年就死了！"

"这么说，如今妙啊是海贼头了吧，贩咸鱼案都不了了之了，怎么还不回家？"懋峰又问。

君敏道："这事，我也问过妙啊，他是这样说的……"

原来那首领自受伤后，自知不久于人世，就对建林道："兄弟，我受了重伤后，元气大伤，如今年岁渐大，常觉胸闷气喘，怕是寿命不久了。你重情重义，弟兄们也服你。我想趁早把老大的位置让给你，也好图个清闲。"

"大哥，都是我害了您，我如何还能占了您的位子，您这是要逼我走啊？"

"哎，你想哪去了？好吧，那没事多陪陪哥聊聊天就行了。"

"大哥咱们还是去找郎中看看吧！"

"大哥是习武之人，知道身体如何。唉，人生一世、草木一秋，落草乃无奈之举，如今有家难回甚是悲哀啊。万一哪天我死了，你就把我葬在这岛上，墓头向着我家的方向，过了这个大门底那边便是。"陈首领从舷窗处指了指家乡的方位。

过了几个月，陈首领突然感到胸闷体寒，不一会儿竟不省人事，与世长辞了。建林等人大哭一场，在海岛立了个坟，坟头向着秀屿乡，圆了陈首领的愿望。建林召集众贼道："如今陈首领亡故，我想把队伍散了，咱们各自回乡安居乐业如何？"

众人道："我们做了几年的海贼，早就习惯了这种无拘无束的生活。我们家里也没什么亲人了，再说回家有可能被官府抓住杀头，我们不愿意回去！陈头领亡故了，请您看在他的情分上，领着兄弟们。只要您一声令下，我们赴汤蹈火在所不辞。"

建林看了看这帮出生入死的兄弟，亦有几分不忍。"罢了，就依尔等所言。我们继续做海贼，盗亦有道，义字当先，只劫官商，不伤无辜！"

众喽啰振臂高呼："盗亦有道！义字当先！只劫官商，不伤无辜！"

……

"君敏伯，若是妙啊哥有回来看望您，请您转告他，我玉郎欠他的兄弟情分。还有劝他赶紧回乡，不要再当海贼了，我们可以重整船队去经商。"

"玉郎啊，我何尝不想让他早点回家，给我娶个儿媳妇，生几个孙子啊，唉！儿大不由爹啊！"君敏叹息道。

"爹，您别伤心！妙啊哥回来了便是最好！若他还没回来，我和玉郎也是您的孩子，我们一样会孝顺您的。快中午了，走吧，咱一家人去吃个回亲宴吧！"

一年后，懋峰与凝絮喜得一子，名唤汝赐。懋峰家买地建造五间张三落①大厝，并建了左右护屋，门口还铺了青石大堤，气派非凡！

建林亦无消息，君敏仍然独居。懋峰和凝絮每日都带着儿女去君敏家请安问好，与陈先生、李秀才也过往甚密，几家人亲如一家。

---

① 五间张三落大厝：闽南古建筑，五间张为五开间，三落为三进，即同样的构造前后连着三座。

不知不觉又过了一年。一天，甲兵来报："巡检老爷：道府总兵、冯知县和林千总来了，快去迎接。"

　　"下官迎接来迟，请各位老爷恕罪。"

　　"免礼！总督大人有令，令我们速查海匪刘妙，而今查得其为峰尾人。总督指令由你带兵，将之捉拿归案。州兵即日就到，归你统一号令！"冯知县道。

　　懋峰暗自吃惊，心中忐忑。忙躬身道："喳！下官定当竭尽全力！"

　　"时限一个月，若有差错，定拿你是问！"总兵道。

　　"遵命！时近中午，请众位大人赏光到海鲜酒楼吃个便饭！"

　　总兵道："不必吧。"

　　冯知县道："总兵大人初次来到本地，就赏光吃个便饭也无伤大雅，这峰尾的小吃可是不错的。"

　　"那就依知县所言，去品尝一下贵处地方小吃。"

　　懋峰将众人请到海鲜酒楼，酒楼招牌"真好记"，为峰尾第一酒楼，"真"为货真价实，"好"为菜好味道好，"记"为吃一次就能记住一生！海味山珍不缺少，乡村特色很显明，真好记！懋峰吩咐酒家，好酒好菜尽管侍候。酒过三巡，客人情绪颇佳，话题又转至刘妙案件。懋峰道："这小小海贼，如何惊动了总督大人？"

　　知县道："是啊，这本是地方案件，如何惊动总督大人？难道这海贼得罪了总督大人不成？"

　　总兵道："最近贵县的进士翰林新婚之妇上吊自杀之事，尔等可有听说。"

　　知县道："哦，是有此事！对了，据说此新妇乃总督侄女！难道此事与海贼刘妙有关？"

　　总兵道："那新妇远嫁走的是水路，刚好要经过刘妙盘踞的水域。听押运兵丁言，婚船曾被海贼所劫，但并未伤人掠物，是否关联不得而知。"

知县道："总督大人亲自谕令捉拿，必有缘故，我等当尽力而为！"

总兵道："巡检身负重任，辛苦了！本官敬你一杯，祝你马到成功！"

"多谢总兵大人！"

知县道："州兵有百余人进驻，衣食住行是个大问题。上面只拨给一百两银子，懋峰可得多多费心了。来，本县也敬你一杯。"

"多谢知县老爷。"

总兵道："酒足饭饱，时候也不早了，告辞！"

懋峰送走客人，忙回家禀告黄氏："娘，大事不好了，官府布下海捕文书缉拿妙啊呢。"

"啊！这可如何是好！莫非妙啊抢劫贪官船的事败露了？"黄氏急得直搓手。

"娘，我看不像。公文只言刘妙身为贼首，为非作歹，罪大恶极，并未说明抢掠官员财物啊。刚才总兵说翰林新人是总督侄女，送嫁途中可能被妙啊所劫。如今新人自尽，看来此事定与妙啊有关！"

"啊？妙啊怎会干出如此不齿之事？老身不信！唉，就是不知妙啊身在何方，需当面询问清楚才好。"黄氏道。

"听知县老爷说，谕令是总督亲自下的。按理说缉捕一个小海贼，哪得动用总督下令！兴泉永道还派了数艘兵船来。看来这个娄子捅大了。"

"这可如何是好？"

"得赶紧找妙啊问个清楚，此事凶多吉少，又不知是否会连累乡亲，唉！"

懋峰回到巡检署，召集手下，言道："本次上司缉拿刘妙，事关我等前途，众人不可稍有懈怠。州兵马上来了，一百多人的安顿是个大问题。现在你们五人兵分三路,两人去姑妈宫码头,接应官兵船,接到官兵,一人立即回来向我禀告,另一人带去东岳庙。两人去采购食宿物资,运到东岳庙布设临时营房,所需银两,让商家找我报销。一人去真好记酒楼定下十五桌酒席。"

一个时辰后,下属前来报告:州兵已到,已开拔东岳庙。

懋峰前脚刚到东岳庙,后脚州兵也列队到了。

懋峰对领头的军官作揖道:"我乃此处巡检刘懋峰,见过上差。"

领头道:"鄙人江望海,乃兴泉永道海防营副管带,奉总兵之命,前来协助缉拿海贼刘妙。"

"江管带辛苦了!本地条件简陋,暂在此处宿营,委屈各位官兵了,请管带入内叙话,请!"

"请!"江管带命众兵稍息,跟懋峰进了东岳庙。

"此次,管带驻扎本地,缉拿海贼,保我一方安宁,懋峰感激不尽。此为纹银两百两,作为补贴各位官兵辛苦之酬,不成敬意,请笑纳!另外官兵在峰尾的食宿均包在懋峰身上,傍晚在真好记酒楼给众位官兵接风洗尘。"

"风闻刘巡检为人豪杰,今日一见,果真名不虚传。江某一介粗人,今后但听刘巡检差遣。"

傍晚,懋峰请各位官兵到真好记酒楼胡吃海喝了一番,众官兵得到厚待,皆对懋峰心存感激。

夜幕降临,懋峰家人围坐在餐桌边,众人心急如焚,桌上饭菜碗筷未动。孩子们叫嚷道:"奶奶,娘,我们饿了。"

黄氏道:"孩子饿了,咱们先吃饭吧,吃完饭等懋峰回家再做打算。"

喂完孩子,众人胡乱扒了几口饭,哄孩子睡下,又坐在一起谈事。

此时懋峰匆匆进门并将大门合上。

"玉郎回来了，情况怎么样？"凝絮急忙问道。

懋峰叹道："唉！官兵都来了。我刚请他们吃喝了一顿，现都安顿在东岳庙了。看来此劫是在所难逃了。"

"这可如何是好？要是知道发生了什么事，还能想个对策。"陈氏道。

"我下午托陈先生去翰林老家探听消息了，还有松儿去了县城找亲家探听消息，这会他们也该回来了。"黄氏焦急道，右手握拳击打左手掌心，眼望着大门左右踱步。

门"吱呀"一声开了，进来了三个人。

欲知何人进门，请看下回分解。

第十八回
翰林妇魂销白玉佩
痴梦人意乱贼王山

上回言及黄氏等陈先生、李秀才打探消息，正焦急时，大门"吱呀"一声开了，陈先生、陈松和李秀才匆匆走了进来。

"都回来了。"黄氏忙迎了上去。

"嗯。回来了，事情大致也了解清楚了。"陈先生道。

"啊，那快说是怎么回事？"懋峰急道。

"快，亲家快请坐下，歇息一下。梅儿、絮儿快去煮些饭菜来。"黄氏交代道。

"陈兄您先说吧。"李秀才道。

"好，我先说翰林家的事，你等下说官府那边的事。"陈先生接着道："我下午去了翰林故里，他们离我们这儿不远。村庄不大，我假装成收山货的。到了那边，整个村子都在议论翰林家夫人的事。有一个妇人是在翰林府帮工的，把事情来龙去脉说得一清二楚。"

原来这翰林夫人真是总督府侄女。这翰林是新科进士，一表人才，在福建会试登第后，就被总督大人看中，将侄女许配给他。婚船送嫁经过湄洲海域时，遇到海贼。据小姐丫头说，当时小姐独自被贼头叫到桅杆边，只听得海贼自称为妙啊，事后以为无人知晓，便无声张。那小姐安然抵家后即与翰林洞房花烛。只是那翰林新科又攀权贵，多少趋炎附势之众，连日门庭若市，应酬不迭，时而烂醉时而身困体乏，竟无床闱之欢，冷落了小姐。小姐每日独守空房，甚是无聊。有时呆坐片晌，手中把玩佩饰物件，低首脸红，也不知想些什么。

过了数天，丫头偶感风寒，头重体慢，给小姐铺床时，随便应付了事，没有收拾干净。次日小姐起床叫了几声丫头。那丫头身乏睡死了，没有听到。小姐无人服侍，无奈便自己动手整理床被，不料从床上翻出一团丝线来。小姐又自己动手打水洗脸，半晌没人送饭，可能心中有气。等那丫头醒来，便打趣道："死丫头，看你做的好事，床上有一团丝线都不知道收起来，害我硌着背，昨晚一夜都没睡好。"

那丫头从小就跟着小姐，情同姐妹，辄无敬畏之心。自己生病本就心烦气躁，又遭到奚落，便无好声气地应道："那船桅怎都不硌了？一团丝线就能把你硌成这样？"

没想到一句玩笑话，言者无意，听者有心！料是小姐自知失节之事败露，羞愧难当，乃沐浴更衣，趁四下无人之际悬梁自尽了，可怜佳人一缕香魂烟消云散！

过了一个时辰，丫鬟端来清茶，一进门发现小姐悬在床架上，吓得把茶盏扔在地上，大声惊叫起来："啊……不好了！小姐悬梁自尽了！"家人闻讯赶来，皆都吓得魂飞魄散。七手八脚地将小姐解下，又掐人中又撬牙关，一边喊人去唤郎中。郎中来了，见人已僵直，就令女眷摸了摸心口看是否尚有余温，女眷却言已冰凉，郎中连连摇头道："唉，气温寒冷，四肢僵硬，但心头温者，虽一日犹可活也。然今心口已冰凉，人已仙去也，无法再救。请准备后事吧。"

翰林去县城寻友饮酒，傍晚方归。见新妇悬梁自尽，吓得六神无主，不知何故，乃逼问随嫁丫鬟。丫头只得将船上所见和后来发生的事情一一坦白。

翰林大怒道："岂有此理！这海贼妙啊何许人也，如此胆大妄为，此仇不报，誓不为人！此事要是张扬出去，岂不成了笑柄？但若不讲清楚，部堂大人必迁怒于我，我定难以承当，还是报信于部堂大人，由其处置为好。"于是提笔将所历之事书于信中，命人速递给总督。

总督收信又惊又怒，一面修书发给州府彻查捉捕妙啊，一面派人前去处理小姐后事、并将陪嫁丫头带回问话。

翰林自觉颜面扫地，又不敢张扬，吃了哑巴亏，郁闷不已，不愿让小姐葬入祖坟，假托小姐爱清幽，另外买了一块僻静之地将小姐葬了。

"那这妙啊是如何被查到的？"陈氏问道。

李秀才道："查到妙啊，并不难。我下午得到消息就去找林千总，千总说在湄洲当贼头，叫妙啊的只有刘妙一人，故很快就查到了。只是千总也不知为何总督突然要抓捕妙啊。千总还担心懋峰受到连累，我说两人已恩断义绝，还到东岳庙起过誓，有众乡人为证。"

"会不会是外人假冒妙啊之名呢？我不相信妙啊是这样的人。我住在他家有两三年之久，他从未有过失礼之处。"凝絮道。

"我看妙啊就不是这样的人，怎可能胡作非为呢？"陈氏道。

"此事尚有存疑，得找到妙啊问个清楚。"黄氏道。

"母亲所言极是，然官府已认定是刘妙所为，又限期缉捕，时不我待啊。"懋峰道。

李秀才道："若陈兄打探消息为实，此案涉及总督侄女。道、府都如临大敌，却不派强将重兵前来镇压，而只是让玉郎带兵负责缉捕。你们可曾想到其中奥妙？以我之见，总督欲报仇雪恨，又不使家丑外扬，便借缉灭海贼为由掩人耳目。缉灭海贼乃巡检之职，故玉郎责无旁贷。这总督对海贼定是恨之入骨，若玉郎缉捕不力，必迁怒于玉郎。玉郎定受重罚，代为受过。"

懋峰猛然惊醒："不好！出了这事，总督和翰林岂肯善罢甘休。不仅妙啊在劫难逃，族人也必遭牵连，有剿家灭族之虞啊！"

"啊！这可如何是好！"众人惊道。

凝絮道："这总督与我倒有几面之缘，他精通音律。当年在苏州时，他听过我的琵琶曲，十分赏识，看过我的祖传琵琶，非常喜欢！还赠我一把题字扇子，有此交情，不如去求他网开一面。"

"不可，此时去求他反而弄巧成拙。到时治我们个私通海贼之罪，会连累更多人。此事须从长计议。让我想想。"懋峰思索片刻，道："三十六计走为上。烦劳陈先生等下即去告知君敏伯父，让他通知族人，每人分些银子赶紧逃命。到时毁些房屋财物，装装样子，我对这些官兵礼遇有加，他们不会横加干预。接着岳父再帮我上下打点，买通经办人手下留情。"

"娘，快取五百两银子来，让陈先生带上速去见君敏伯。让他赶紧通知族人逃命，每户分些银子，各自投亲靠友去。崇武张老板与我们素有往来，为人诚信，可让君敏伯去那边暂避时日。"

"爹，吃完饭再去吧。"陈氏道。

"我这就前去，救人如救火，回来再吃也不迟。"

陈先生带上五百两银子急急去见君敏，将事情经过叙述了一遍。君敏连连叫苦，陈先生好是一番劝慰。救人要紧，君敏连夜到各家各户分钱，让他们速速收拾细软投亲靠友，又互通了藏匿地点，以便事情平息之后回乡安居。君敏安排好事宜后，五更天明就动身去崇武投靠张老板了。

夜深沉，陈先生办好事又回到懋峰家中。众人又计议了一番，然无良策可施。

懋峰道："时候不早了，先生和松弟你们也忙了大半天了，快回家歇息去吧。岳父就在家中住下，明早再回县城吧。"

众人散去，懋峰躺在床上，辗转难眠。

"哥，思之无果，不如先歇息，再作计议。"凝絮一边收拾房间一边担忧道。

"唉，睡不着啊。其实，这事不管是不是妙啊做下的，他都无法置身事外。人生如梦啊！曾记少年就学时，他言欲做梁山好汉，陈先生斥之。我尚玩笑说若他为贼，我便做官拿之。未曾想戏言成真，真乃造物弄人啊！"

凝絮回头道："此事若不是妙啊做下的，你怎忍心冤枉于他？"

"若是这样，那倒好办了，我尽力缉得元凶交与上差，自然能交得了账，最多为了掩人耳目，治我个办事不力，没能缉得刘妙，免职而已。"

"若真是妙啊做下的，又如何办呢？"

"从道义上讲，若是妙啊做下，让他承担罪责也是天理昭然，我亦不能因私废公。从情义上讲，他是我的结义兄弟，我缉捕于他，总有卖友求荣之嫌，绝非我所愿，况且如何忍心看他去赴难？唉！左右为难！真是愁死我了！"懋峰左思右想，终无良策，唉声叹气。

"哥，我觉得事有蹊跷。"凝絮停下手中的活，站着思索道。

"是啊，此事是否妙啊所为，尚难知晓。我甚至怀疑是妙啊灭了那绑架渔民的海贼，其党羽怀恨在心而嫁祸于他。"

"妾身是觉得那小姐有蹊跷。"

"有何蹊跷？速说来听听。"懋峰闻言一振。

"女儿心思，羞于出口。"凝絮用指遮了一下嘴。

"又无外人，但说无妨。"

"哥你有没有想过为何那丫头说她'船桅怎不磕，丝线反而磕了'？小姐又是为何自尽的呢？"

"当然是失节事情败露，羞愧难当，无颜见人啊。"懋峰不以为然地说道。

"羞的是被人奸淫还是默许此苟且之事呢？"

"咦？对啊，船桅怎不磕，丝线反而磕了？此话甚有深意！絮儿，你是说那小姐并没有反抗？"懋峰忽地坐了起来，好像明白了一些。

凝絮粉面绯红，羞愧地点了点头。

"我明白了，那小姐若是反抗，其他人定会听到动静。"懋峰道。

凝絮道："嗯，为何不反抗呢？有两种可能，一是惧怕，二是好感。我认为是好感！"

懋峰道："从何而知？"

凝絮道："这小姐决不是贪生怕死、不知廉耻的人，若是心中有人，岂容他人染指，定会拼死相抗。还有若是粗鄙之徒欲污其清白，岂不拼死相抗？可见小姐与那翰林只有婚约，并未相恋，也可见那海贼绝非等闲之辈。"

懋峰道："此言甚有道理。若是妙啊所为，他英俊魁梧，定招女子喜欢。"

凝絮道："与妙啊相处多年，我深知他性格。若没有两情相悦，他决不会干出这苟且之事。"

"对啊，我怎么忘了这个。难道说他们一见钟情，相互有好感，一时把持不住，做了苟且之事？"懋峰似有所悟。

"退一万步说，若小姐惧怕施暴者，又碍于颜面不敢声张。按理说，被夺去贞操，也会痛不欲生、郁郁寡欢，事后怎有闲心打趣丫鬟呢？如此可以得到印证。"

"这么说来，此事真可能是妙啊做下的？但很可能是半推半就的？"

"对，我认为是这样的。"

"唉！我打个比方，若是我品行不端，婚前欲夺你清白，你会作何反应？"

"你这个坏蛋，问这种问题，让妾身如何启齿？"凝絮又羞又急，捏起粉拳，上前咚咚地捶在懋峰身上。

懋峰心情开朗了许多："我看你定是半推半就，也许还巴不得呢！"

"哥你变坏了，太坏了！不知羞，睡觉！"凝絮面红耳赤，背过身去娇嗔道。

"我明白了。妙兄啊，若真是你做下的，让小弟如何忍心将你缉捕归案啊，千不该万不该，你不该喜欢上你不该喜欢的人。我定寻机向你问个明白。"懋峰叹道。

"天不早了，该睡了吧，哥。"凝絮脱去上衣和罗裙，只着亵衣，爬到床上，在懋峰身边躺下。

"我在想，若果真如我们分析的那样，我该怎么办？"

"想好了没有？"

"都想好了，连后果也都想好了。"

"你想怎样？有什么后果？"

"我想妙啊若是为两情相悦犯下此事，那情有可谅，罪不至死。若非权贵人家，无非是杖责、赔钱、挂红了事，或可成就一段姻缘。我若将之缉捕，既有卖友求荣之嫌，又有失公正。既然如此，我唯有等时限到，抓不到人了事。即使把我革职查办，我也认了！当然，缉捕过程我得弄出很大的动静来，装出尽力的样子！我最担心的是，万一会有人说我包庇他，过去我们亲如一家的事毕竟是众人皆知的。如果上司因此迁怒于我，有可能治我私通海贼之罪，这罪名可是千万担不得的，我个人安危事小，连累亲人事大。"

"咱们胳膊扭不过大腿，如何能保证上司不治我们的罪呢？"

"反正我是死也不能认下私通海贼之罪！若是逼人太甚，我当据理力争，这必要牵涉到总督家事，这总督不是怕家丑外扬吗？也不敢相逼太甚！"

"那他还不杀人灭口？"

"这样就死我一个，其余众亲皆能幸免也。"

"啊！这怎么行？我不要！不要！那还不如让我去死呢！"凝絮吓得花容失色，哭喊道，翻身将懋峰抱住！

"我跟妙啊情同手足，如何忍心看他去死？况且我去顶罪，事情尚有诸多转机，并非必死，即使是死，那也是最坏的结果！我想赌一把！"

凝絮紧紧将懋峰抱住，泪流满面道："我不要，我不要！没有你，我也活不成了！"

"贤妻啊，兄弟之情、夫妻之情我都难舍啊！我只能赌一把了！"凝絮趴在懋峰的身上嘤嘤地哭着。懋峰爱怜地抚着凝絮的肩膀，长长地叹了口气，望着天窗，眨了眨眼睛，又闭了一会儿，用手抹了一下眼睛，把凝絮从身上轻轻扶起，双手捧着凝絮的脸，慢慢地吻着她的眼泪、脸颊、嘴唇，两人紧紧地抱在一起，爱意像藤蔓一样把两人紧紧地连在一起……凝絮娇喘着，如吃语道："死我也要与郎在一起！"

次日，懋峰精神萎靡，胡子拉碴，到了东岳庙。

江管带疑道："刘巡检昨晚没睡好？"

"是啊，我在发愁如何抓捕这海贼呢。"

"巡检夙夜在公，宵衣旰食，真乃我等楷模啊。"江管带抱拳道。

"惭愧，惭愧，本人能力有限，只是担忧没有能力抓得案犯，有负圣恩啊。"

"鄙人自当竭尽全力搜捕案犯，如若侦捕不力，甘愿与兄一同领罪。"江管带抱拳道。

数天后，海上来报，称已在湄洲岛附近找到刘妙船队，兵船将其团团围住，双方剑拔弩张，唯待懋峰定夺。懋峰随船到了海域，装模作样地看了看。站在船头喊道："海贼刘妙，你犯下滔天大罪，劝你速速投降！今天暂且放你一马，三天之后若不及时投案自首，当抓捕你的家人送交朝廷法治。"说完便下令撤兵了。

官兵退守姑妈宫澳，懋峰请管带一干人到家中泡茶。

那江管带忧心忡忡地问道："难得今天能将海贼包围，为何又要撤退？如今打草惊蛇了，要是海贼跑了，到时如何交差？"

懋峰道："刚才我看了双方情况。那海贼身踞荒岛，船坚炮利，进退自如，而你我地形不熟，难免有触礁危险。再者刘妙武艺高强，可以一敌十。海贼们没了退路，当会殊死一战，必致我方重创，故我命退兵。刘妙与我相识多年，当以智取为宜，如抓捕失败，我亦自当领罪，决不殃及众位兄弟。"

"还是巡检考虑得周全，刚才幸好没有武力围剿，方保得我等生命，不然后果不堪设想。佩服、佩服！"管带连连称谢。

"对了，速将刘妙家人控制起来。走，带上人马。"

"喳。"

但一干人搜了大半个峰尾也没有发现一个刘妙的亲戚族人。

"唉！定是海上缉捕刘妙时，走漏了风声，刘妙亲戚都给逃走了。这可如何是好？上头要是怪罪下来，怎么办？"懋峰以拳击掌，咬牙切齿道。

"都怪我等粗心大意，这责任重大，如何是好？"

"如今我们是一条绳子上的蚂蚱，各位当与我同心协力，拿下刘妙！至于他的族人都逃跑了，也无处寻觅。但跑得了和尚跑不了庙，到时就把他们的房子给烧了。"

"高！实在是高！好计！我等唯刘巡检马首是瞻。"一帮兵将佩服得五体投地。

夜阑人静之时，懋峰家门口，来了一个蒙面黑衣人，身影敏捷，脚步轻盈。叩门。

"何人？"

"我，阿六。"

"是原来看船的阿六，跟妙啊去当了海贼，快开门。"懋峰道。

阿六闪身而进。黄氏道："孩子啊，来，快坐下，妙啊呢，你们究竟犯了何事，总督大人亲自谕令缉拿于你们？"

阿六道："事到如今，我就实话实说吧，我们截了总督的侄女，哦，也是翰林新人的船，那新人长得美如天仙，人间少有。我大哥一见钟情，难以自制，便单独将她约到桅杆边，也许是污了她的清白。如今她上吊自尽了，我大哥都后悔死了！"接着阿六叙述了事情的经过。

原来三月十二那晚，朗月渐满，云淡星稀。建林闲来无事，便与一干喽啰们胡吃海喝，听喽啰们闲扯。

"看这风月，船上要是有女人陪酒就好了。"

"你可想得美，这船上哪来的女人？都说女人是祸水，到了船上还不带来晦气！"

"说起女人啊，我家隔壁那小媳妇可真够有味啊！"

"怎么？难道你跟她还有一腿？"

"哪能啊，那小媳妇大门不出，二门不迈。我想多看几眼都难，唯有一次我听到隔壁有些动静，按捺不住翻墙去偷看了几眼。哇，啧！啧！啧！"

"都看到些什么了？快说来听听。"喽啰们美美地咽了一口水。你一言我一句地扯起来，气氛热闹起来。

建林拍了拍桌子："哎！哎！看看尔等没出息的样子，才个把月没上岸，就把你们急成猴样了。整天就知道丰乳肥臀，好生低俗，没有一点情调，我给你们说说什么才是女人。"

"我们一帮俗人怎敢跟大哥相比？快请大哥说来让我们也见识见识，提高些情趣。"

"好！大哥就说说什么是女人。大哥我现在还不娶亲是因为还没遇到喜欢又合适的女子。别看我是贼，但我还是童子身！"

"这好女人啊，要如花似玉，如月如水像冰雪，要有镜花水月的感觉，像月一样朦胧含蓄，像水一样柔情，像玉一样温润，像冰雪一样洁净，像花一样芳香。"

"哇，这哪是女人啊？简直就是仙女，天上才有吧，哈哈！"大伙笑道。

"这当然是人间少有啊。我曾与我义弟玉郎去过苏州半塘，见过一花魁，名叫凝絮，就是这样的女人，肤胜玉雪，指如青葱，弹得一手好琴，唱得如莺婉转的小曲，好是迷人！可贵的是卖艺不卖身，多少王子公孙挤破门楣，狂掷千金都难得一见！但那女子遇知音者，却分文不取。"

听到这里，凝絮羞得粉面绯红，低声道："这妙哥尽是胡说！"

阿六看了看凝絮，不禁眼睛睁大放出亮光，却又觉得失礼，咽了一口唾沫，低头道："大哥没胡说。嫂子真的像仙女！我接着讲啊。"

且说那些喽啰听建林讲到凝絮美若天仙，又不能轻易见到，忙问道："那大哥您是怎么见到凝絮姑娘的？"

建林说："这得承我义弟玉郎之福。我兄弟填了一首《青玉案》，递进去后，那凝絮就邀请玉郎进闺房品茶听曲。我们也有幸一睹芳颜，真的是如仙女般美丽，人间少有。临别还赠玉郎象牙玉扇，不远千里地来寻他，唉。"

"哇，真不简单啊！"那些喽啰惊叹不已。

建林当时越说越兴奋，顿了顿又道："唉，说真的，我是很喜欢絮儿，可惜她喜欢的是我兄弟玉郎，她最后反倒成了我义妹了。唉！可怜絮儿一心想着我兄弟。也不知我兄弟玉郎当时是怎么想的？弟妹都过世好几年了，就是不续弦。有一次喝醉了，说他对絮儿动了心，很对不起死去妻子，不是君子所为。弟妹因难产过世，他总觉得欠她的，所以虽也喜欢絮儿，却不敢续弦，怕对不起亡妻。唉，我可怜、可爱、可敬、又可恨的兄弟！害絮儿煎熬了两三年，才得以喜嫁我兄弟。"

喽啰们道："你们兄弟感情这么好，怎么不见他来看你？"

听到这话，建林很惆怅："他是官，我是贼，能见吗？见他岂不是害了他。当时我逃难成了海贼，故意拉他去东岳庙起誓恩断义绝，就是为了给他洗清关系，唉！"说完建林一时难抑伤感，号啕大哭起来。众喽啰面面相觑，不知所措。

有个胆大的上前劝道："大哥，不管那些了！能不能把那曲唱来给我们听听？"

"好！那我就唱上一曲《青玉案》！"建林就擦了泪，唱道："春深迷乱萋萋卉，可曾忆，前芳褪。落雪飘红渠泽内。香肌纤骨，许多妩媚，凭付闲流水。朱颜易改韶华蜕，玉脂轻消叹残岁。忍把冰清沽富贵。灯红酒绿，金迷纸醉，谁识佳人泪？"

众人鼓掌欢呼："好！我们好像也看到那仙女一样！大哥以后您要是再遇到像这样的女子，可别错过了！"

"大哥，我们敬您酒！"

"来，大家喝！"

听到这里，懋峰已泪流满面。

"后来呢？"黄氏问道。

阿六又接着讲述当时情形。

正酒酣人欢处，哨船来报："大门底北面两里外正驶来一艘官船！"

"来得正好，弟兄们操家伙上！"建林一声招呼，众喽啰摩拳擦掌，蒙面操刀提枪各自登船，八艘快船兵分两路前后包抄。建林则自带二十多个喽啰乘坐大帆船，直奔官船而去。那快船乘风破浪，不到片刻，就将官船前后截住！喽啰高呼："只图财不伤命！所有人众入舱保全性命！"

此时建林大船也已赶到，喽啰道："可要抢得？"建林经船一颠簸，酒劲上拥，已有七分醉意："如何抢不得？就是皇帝老儿来了也抢得！"

"得令！"所有喽啰蜂拥而上！官船上一干老小见势不妙，慌忙逃入船舱。几名官兵看贼势浩大，也都弃械而逃。众喽啰将一干人等尽数赶入船舱。

建林跳过船去，借着月光，隐约看见船头躲有两名女眷！定睛一看乃一主一婢装束，面内背外，瑟瑟发抖。且看那小姐：梳平分两把头鬃髻，纤颈，袖衣长裙，外着镶边云头。

"二人不必惊慌！本大王无意伤害于你。且问尔等为何人？奈何藏身于此？"建林和声问道。

那小姐缓抬玉颈，以袖遮颜。月下优雅之态，妩媚动人。建林猛地一激灵："这难道不就是我的梦中佳人吗？"。

小姐见建林俊朗年少，面无恶意，心神稍定。低眉慢道，流声悦耳："小女乃闽浙总督侄女，自幼父母双亡，由伯父抚养成人，此去与翰林完婚，途经此地。方才与侍女在船头赏月，遇见大王，躲避不及就此藏身，惊扰大王，还望恕罪！"

建林稍一迟疑，心有所动："原来贵为部堂千金小姐又为翰林新娘！可怜也是自幼父母双亡，身世堪怜。思我建林自幼丧母，也是好生可怜。同病相怜，相逢是缘，请起身移步叙话！"便将小姐请到船中，背靠桅杆！

建林问道："可否请教小姐芳名？"

小姐看了看建林，低首小声道："小女姓郝，名若彤。"

"赤耳若彤，真是好名字啊！鄙人姓刘名建林，号妙啊，偶遇小姐三生有幸！"

那若彤小姐见建林容貌俊朗、出言不俗，不再惧怕，徒增好感。

建林若有所思，高声屏退左右："尔等都去船舱看护，休要伤害财物性命！我与小姐叙话，不得叨扰！"

讲到此处阿六道："我们都进船舱了，船上发生什么事我们也不得而知，只是过了大约半个时辰，大哥才叫我等上甲板。"

"上甲板后你看到什么情况？"懋峰问道。

阿六接着叙述经过。

只听见建林言道："今生结识小姐，妙啊虽死无憾矣。此去不远便是翰林故里，内海风平浪静，别无海贼，当是无虞。"

建林跳回自船，招呼喽啰："此乃大家闺秀送婚之船，嫁妆之物不可轻取，送嫁之人不可轻伤，各自回航。"

小姐无言，手扶桅杆，回首而望，似有不舍。双方分道扬镳，渐行渐远。

那婚船清点人数物资，见无损伤，人又都在舱底，船顶之事似无人所知，也就不了了之。

建林虽然别了小姐，却魂牵梦萦，不时派阿扁、阿六乔扮成买柴火的，到翰林里打探消息。

阿扁、阿六闻了翰林夫人自尽的消息，忙回去报与建林。建林当即带了几个随从，径自把船开到翰林故里附近港口，将船泊下。自己乔扮成收山货的，跟阿扁、阿六进山。那山野僻里，居民甚少，房屋简陋。翰林府第如鹤立鸡群，一眼就可认得，只见规模气派，非同一般，五开间石木结构、石头砌墙、斜式木屋架、硬山式屋顶，门匾书"翰林府"三个大字。

建林三人便躲在附近山上查看动静。

送葬之时，建林一路尾随，寻得小姐坟地。待夜深人静，带上随从，燃起香烛纸钱后，挖开坟墓，撬开棺木。说来也怪，虽经数天，但那尸身容颜如生竟未衰败，建林抱起小姐尸体盖上衣服装上马车。又在棺木里装上石头盖好棺盖，将坟墓恢复原状。众人一路狂奔，回到船上，扬帆回程。

建林在海贼岛上寻得一幽静之处，挖了墓穴，备下楠木棺材，买来瑰丽红罗嫁衣、红绣鞋，准备给小姐换上，突然发现小姐裙上结着的羊脂蝴蝶玉佩，不禁肝肠寸断，追悔莫及！抚尸痛哭："都怪我害了你啊！没想到你也是重情意之人，是我害了你啊！早知今日，悔不当初啊，其实我是多么想带你走的，可你贵为部堂千金，我身为海贼，居无定所，怎能忍心让你随我漂泊呢？

"是我害了你啊，我就应该带你走的，哪怕让官府到处追杀也不怕啊！

"没想到你临死了还念着我啊！我还以为自己一厢情愿呢。你死了，我也决不独活。我要来陪你，但愿生不同衾，死能同穴。我先给你守守墓！你什么时候要我陪你，就托梦给我。等我给爹养老送终了，就来陪你。"

建林捶胸顿足，如同被剜心切骨一般，语无伦次地哭个天昏地暗，闻者毛骨悚然。建林哭了半天，方才给小姐换上新娘之装，结上玉佩，拜过天地，装殓起来，建好坟墓，勒石为记：刘妙爱妻之墓。可叹苍天无情，让两人阴阳相隔，情意全然不知。建林在岛上搭建草庐，日夜相守，食寝其间。众贼也相伴左右。

言到此处，阿六叹道："唉，没想到妙啊大哥竟是这样痴情的人。看这小姐身亡了，大哥悔恨不已，痛不欲生。如今又东窗事发，官府布下海捕文书缉拿大哥。大哥怕连累众人，欲与你见面商议如何处置此事。特派我来打前哨。"

懋峰问道："妙啊哥现在哪里？快叫他来见我。"

阿六道："他就躲在门外，我去叫他进来。"

"快，快让他进来。"黄氏急道。

阿六出了门，"喵"了一声，门外迅速闪进一条黑影，正是建林！只见他满脸胡茬，一脸憔悴。

欲知懋峰见到建林，如何处置请看下回分解。

第十九回

总督府玉郎用计策
提刑司兄弟诉衷肠

却说懋峰看到建林闪身进门，一把紧紧抱住，又怜又爱又恨，心中百感交集，满腹欲诉之言，却化作咬牙切齿，骂道："你这个混蛋！怎能干出如此伤天害理、不齿之事啊？"骂完之后竟号啕大哭。众人掩袖，嘤嘤啼哭。

建林举着手，想抱紧懋峰又有所犹豫，哽咽道："兄弟，我知道你是为我好，今天围而不剿，我就知道你还念着兄弟之情。"

懋峰一把推开建林，骂道："哼！你这个混蛋！兄弟之情再大能抵得过无辜之人的性命吗？你知道你害了多少人吗？今天要是真的打起来，又有多少人要死于刀枪之下？"

黄氏用袖拭了一下泪，手颤抖地抚着建林的脸，哭道："孩子啊，几时未见，你看你都成啥样了？你让婶娘如何过得去这心啊！呜……"

建林泪流满面，双膝"咚"地跪下，泪眼婆娑地注视着黄氏，道："孩儿不孝，连累婶娘和大家了！"

黄氏将建林扶起，叹道："孩子，婶娘一直相信你的为人，我不相信你会做下如此不齿之事！你和小姐单独相处的时候，究竟做了些什么？怎闯下了如此大祸？"

建林闻言，脸上闪过一丝惊喜，激动地道："婶娘！你真是我的亲娘啊！出了这事，天下之人都说我刘妙为人不齿！我跳进黄河也洗不清了！唯有您相信我！肯听我分解！那我就细细道来……"

原来当时四周人声寂静，月华似练，银波慢晃，水声轻柔，人近在咫尺，气息互闻。且见那小姐发堆乌云，脸含桃色，颈凝玉脂，蛾眉青黛，杏眼羞怯，琼鼻高直，樱唇如画，耳廓若雕。虽无倾国倾城，却也天香国色！

那建林心猿意马！一时难以自持，竟双手将小姐拦腰抱住！可怜弱小姐既无力挣扎，亦无大声叫喊，只是以手轻推，闭眼低首扭向一边。软玉温香在怀，建林血热身燥，急急将小姐袖衣解开：月下肌肤赛脂胜雪，怎道那好处，应是玉脂多温润，梅雪逊淡芳，香肩嫩藕蜜桃新熟，玉柳柔兰粉萼初分。

建林血脉贲张，就要撕开自己衣襟。那小姐转过头来，但见双眼噙泪，月下晶莹，满是哀怨之情。建林猛然一惊，酒醒三分。忙放开小姐，看那小姐云鬟斜乱，香汗淋漓，娇躯绵软，站立不稳。

建林跪在甲板上，扇了自己几下耳光，连呼罪过！

良久小姐方理好衣裙，言道："妾身已失贞节，请一刀夺命，免损家声！"

建林大惊！言道："我见小姐天姿国色，爱慕不已，酒后乱性难以自持，损毁道义，深为自责！幸未酿成大错！亦无他人知晓，乞望小姐宽怀！"

小姐仰首望月无言。

建林苦笑一声道："恨我妙啊乃一海贼，痴妄之心，着实可笑！此生无缘，偏又相逢，若是害了小姐，今生如何心安！"

小姐闻言，打量了几下建林，长叹一声道："料是前世冤孽，该是欠你的！也罢，事已至此，望大王不要伤及无辜！"

建林连忙赔礼道："不敢！不敢！"言罢解下羊脂蝴蝶玉佩赠予小姐："待我赠你羊脂蝴蝶玉佩！权作新婚贺礼！此为宋朝宫廷旧物，有通运益体之功，为我家传珍重之物。赠卿此物，愿汝一生平安幸福！"

小姐将玉佩握在手中，垂首无言，形影楚楚。

建林看着朗天明月，叹道："今夜月色真美，当是我妙啊今生见过最美的月亮。"

小姐抬头看了建林一眼，四目相对，忙羞怯掩袖。

建林深情地看着小姐，叹道："我妙啊今生恐难再中意其他女子，此去料必无缘再见！奢求小姐赠我一物以作念想，如佳人常伴我左右。愿有来生以作引信，得遇佳人，以偿我愿！"

小姐仍然低首无语，却缓将如藕玉臂伸出，但见纤手兰指靡肌腻理，骨肉均匀细嫩，臂上玉镯冰翠晶莹。

"多谢小姐！"建林心领意会，欣喜万分，轻轻牵过小姐玉臂，那小姐颤了一下却不躲闪，建林轻轻褪下玉镯珍藏于怀中。

建林请小姐坐下。彼此无言，却似有千言万语，只恨时光飞逝。建林恐人生疑，便珍重再三，召集众喽啰，离别而去。

建林言到此处，阿六道："大哥，后面的事我刚才都说了。"

"妙哥，来龙去脉，我们都知道了。对不起！我也把你往坏处想了！"懋峰脸红耳赤，满是歉意道。

"好孩子，婶娘没看错你。如今大难临头，婶娘苦思无策。孩子，三十六计走为上，咱们逃命吧。"

"我不想连累大家了，我自首去。对了，我爹和亲戚们都哪去了？"

"爹和亲戚们都被安排逃生了，很安全，你就不必担心了。只是你要是被官府抓了，必死无疑，到时爹怎么办？"凝絮道。

"唉，我逃了容易，但岂不是要连累玉郎和众位亲人吃官司，连累更多人？"建林叹道。

懋峰道："我没事，大不了被革职查办，受点牢狱之灾。而你被官府抓了就必死无疑了。我怎能眼见自己兄弟去送死呢！"昨天晚上

风瘦月

他就想了一夜，如今得知事情缘由，更坚定了要为建林逃生负责的决心。

建林眼里噙满泪水，却有些不好意思，乃假装用手轻描淡写地擦了一下眼睛，一把将懋峰抱紧，高兴地笑了："我没看错人，这辈子有你这样的兄弟，有你们这些亲人，乃三生有幸。我死了也值了！好汉一人做事一人担，我决不苟且偷生，连累兄弟。此事我不后悔。我唯一后悔的是当时不够男人，没有勇气带她一起走，把她害死了。她死后，我也不想独活了。我偷了她的遗体，才发现原来她对我也是有情有意的，死的时候还系着我送她的鸳鸯蝴蝶玉佩，这玉佩你们都知道的。我在贼王岛上做了墓穴，跟她拜了天地，生不同衾，死亦同穴。我死后，希望能与她葬在一起。这是她陪嫁的手镯，今天托付于你，等我死了与我埋在一起。"言罢松开懋峰，从怀里拿出手镯来，交予懋峰。

懋峰双手捧过玉镯，如同捧起一个月亮，脸上满是虔诚与慎重。

"那你爹怎么办？"黄氏问道。

"有玉郎和絮儿在，我还有什么好担心的。"

"妙哥，你还是逃吧，有我们呢，放心吧。"凝絮缓缓言道，像下了很大的决心似的。

建林道："我不逃，我不想再连累别人了。我逃了，官府岂肯罢休，家人、族人和我的手下将永无宁日。还会连累玉郎，万一定了私通海贼，那将会害死多少人，那我活着比死还难过。让我去自首吧。你说我何时去自首？"

"可此去你就必死无疑了！"懋峰心中全然明白，建林已下了必死之心，自己也回天乏力了。但他仍带最后一丝希望，言语苍白地劝道。

"我自首，这样对谁都好！反正我也不想活了，你们不用难过。

还记得咱们那个藏宝点吧，我先回去安排一下。除了留些给兄弟们，我把剩下的金银都埋在咱们的藏宝点，你需要钱就去那边拿。现在除了父亲，我也没有什么牵挂了，拜托各位亲人了。三天后，我在奎壁头海驻扎，你只需在海边三个大墓上喊我，我就束手就擒。记住，明天你只管去海岛喊话让我自首，千万别再犹豫不决，婆婆妈妈地误了正事。此去，咱们虽无缘再见，但还有来生，咱们继续当亲人，诸位亲人多保重！"言罢，建林郑重地跪下，给黄氏磕了三个响头，起身头也不回地走了。阿六跟了几步，停下脚步，侧身回头看了看黄氏母子，狠狠地用袖擦了一把泪，作了一个深揖，回头跑了！

余下黄氏、凝絮、懋峰三人面面相觑。

懋峰顿了一下足，蹲下身体，抱头道："这妙啊抱定必死之心，如此奈何？"

"唉！这孩子，从小就执拗！认定的事，八头牛都拉不回来，没想到痴心一片，却要与那小姐殉情。我苦命的孩子哟，把婶娘的心肝都给挖走了。教婶娘如何是好啊？"黄氏越说越悲伤，"呦呦"悲泣起来。

凝絮呜咽道："当今别无他计，也只能如此了！娘、玉郎别伤心了，也许妙啊去陪着那小姐才是他的最好归宿。"

"可怜你们的君敏伯啊，以后你们就是他的亲生儿女了，给他养老送终啊！我苦命的孩子啊，呜……"黄氏呜咽地说着，忍不住大哭起来。

"我们把赐儿也过继给妙兄吧。"懋峰道。

"嗯。"母子三人抱头痛哭！

次天，懋峰依计带着官兵去湄洲门海贼岛附近喊话："请刘妙自首领罪，减轻罪责！若负隅顽抗，荡平巢穴！"

建林乃叫手下回话道:"迫于巡检威望,刘妙愿意自首领罪,所有罪孽乃刘妙一人所为,与他人无关。只要放过其他手下,三天后,刘妙自到奎壁海头投案自首。"

建林假意与江管带及其余官兵商议,众人同意了建林要求。官兵喊话道:"只要你三日后投案自首,所有手下自行解散,不再聚众抢掠,既往不咎。"

于是,三天后,在奎壁海头,懋峰引领官兵,在海边三个大墓上大喊:"刘妙速来自首。"

过了一会儿,从鲤鱼岛边摇来一艘快艇。正是建林。

……

"刘妙案破了,刘巡检已带人将其递解到县堂了。"冯知县闻讯大喜。先命人将建林投入大牢,在县堂接见懋峰等人,询问破案经过。江管带将懋峰如何不费一兵一卒,威迫刘妙的经过叙述了一遍并大加赞赏。知县道:"懋峰劳苦功高,不费一兵一卒,威逼刘妙就范,实乃奇才,我当修书上报,以示嘉奖。"

懋峰道:"此非玉郎之功,乃官府威严及众位官兵之功!"

"好!居功至伟又不贪功,真乃君子也。"冯知县连连点头称善。

此时州府快马来报:"总督有令,捉到刘妙不必审讯,即行押解省城按察使司,对刘妙余党进行清剿,缉拿三族。请冯知县火速安排人员进行缉捕。"

冯知县接过谕令,对懋峰和江管带说:"既然懋峰破案有功,此事仍交于懋峰办理。江管带所辖兵马,一半留以懋峰约束,一半由江管带领兵押送刘妙进省城。"

"多谢知县信任。"

知县道:"两位辛苦了,午后即可起程。"

懋峰与江管带两人相伴走出县衙。

行至偏僻处，懋峰道："与江管带相处几天来，感觉管带亦豪杰正义之士，相见恨晚。此后各奔前程，相会亦难，玉郎一时仓促，无备厚礼相赠，权以区区数两银子以充路资，还望笑纳。"言罢取出银票一百两递与管带。

江管带坚辞不受："与巡检相处数日来，江某亦感巡检仗义疏财，颇具君子之风。志趣相投，何来俗套。我非贪财之人，亦不屑行贿上司，故十多年来一直做个小管带。上次收了你的两百两，我尽分与手下官兵。这帮弟兄随我出生入死，收入低微，蒙巡检好义，为他们尽点微薄之力，感激不尽。巡检若有所求，尽管说来，江某定当尽力而为。"

"唉，不瞒兄弟，我与刘妙虽然恩断义绝，但毕竟从小一起长大，如今他蒙难，我不忍他多受磨难，望将军押解途中给予关照。"

"区区小事，何足挂齿，放心吧，一切包在江某身上。但这银票我断然不收，我愿意交你这位朋友。哈哈！江某办事去了，再会！"

懋峰进了孔庙，与岳父李秀才会面，将妙啊之事从头至尾说了一遍。

"那这剿乡灭族之事，你打算如何应对？"

"妙啊案发，亲人四处逃难，无处缉拿，这事很好解释。我就来一招雷声大雨点小，把能烧的东西都集中到妙啊祖厝下厅放火烧了，搞个乌烟瘴气，制作假象。上司派人查验的时候，还需岳父大人帮忙。"

"这个好办，这些州府上差多半与我熟知。只需道明我女婿主办此案，乡人落荒而逃，难以缉捕到案，望他们手下留情，应该不会拂了我的脸面。"

"时人多现实，亦需多少给些好处，方便办事。"

"说得也是，如今像我等这般迂腐的都难以长进了，还是女婿考虑得周到。"

"这是五百两银票，先存放在岳父这边，以作请客送礼之用，不足再找我索要。"

"足矣！剩下的我都交还于你。像我这样钱都不会花的，看来办事能力也不强，哈哈！"

"岳父大人真会讲笑话！可小婿压力太大，一点也笑不起来。"

"唉，傻女婿，老夫看你愁眉苦脸的，才逗笑于你。你不必有太大压力，此事定能逢凶化吉。你先回去吧，注意多保重！我先去找冯知县聊聊，看他如何呈文此事。"

刚好冯知县派衙役来召李秀才，征询呈文之事。

有了李秀才的帮助，冯知县在呈文上将懋峰大加赞赏一番，懋峰一时名噪州府。

懋峰回到峰尾，即带着兵丁敲着锣，一边大喊："别让刘妙的亲属逃了！"一路跑到建林家的旧房，将门窗户扇尽都拆了，扛到祖厝门口。又到祖厝搜寻一番，把一些破烂瓦罐尽皆打碎，又将各家各户一些破草席、褥子，破桌椅，破窗户、门扇等都抬到祖厝门口，一把火燃起，烧了一天一夜。现场一片狼藉！办完事，懋峰即叫人描图画影，将剿灭之事添油加醋地写了一番，呈文上报。未久，州府派人来复验，由于事先李秀才打通关系，众差得了好处，也就睁一只眼闭一只眼，将成果上报省府。总督见拿了刘妙，下面又着实折腾了一番，气消了大半，就不再催促缉捕刘妙族人。事情虽然平息，但尚未结案，族人仍都不能回乡，寄人篱下，即便是金玉其堂也终不如自家破屋好！

懋峰对凝絮道："看来，我得去趟省城面见总督了。"

"见总督风险还是很大的，你可得有十足把握？万一有什么三长两短，你让娘和我们一家如何是好？"

"此事唯有面见总督，求之结案，这样大家方可得安宁。说真的，我心里并没有半点把握，但为了乡亲们，我愿意冒这个险。我这几天一直在打算这个事情要如何处理。我写一个万民书，无奈违心地往妙兄身上泼了些脏水，甚为痛楚。也让乡亲们签字画押了，备些银两赔礼道歉。总督的纸扇，你得借给我，作为敲门砖之用。对了，还有手镯也只好还与总督，趁机说明妙啊动机，或可有所转机。"

　　"这是总督手书扇子。"凝絮打开床柜，取出一把檀木扇子。

　　懋峰打开一看，只见上书行草四字："绝妙佳音"。字如行云流水，铁钩银划，大气潇洒，力度雄浑。右下落款年月及"郝"字，上有图章一枚。

　　"好书法，可见此总督非同一般！"

　　"是啊，此人不同凡响，为人持重老成，又有豪杰之风。"

　　"如此，我又增加了些信心。那我告完假，便启程省城。"

　　"要不要妾身同往？"

　　"你在家照顾母亲和孩子吧，不用担心我，我会见机行事，贤妻不必担心。"

　　"我总有些不放心，俗话说礼多人不怪，伸手不打笑脸人。要不你把这琵琶也带上送与总督。这琵琶乃是宋朝传下来的孤品，是无价之宝。琴身为上百年紫檀木整块掏空，面板为大泡桐，琴头弦轴山口、六相、凤枕、均为象牙镶就，品、覆手为紫檀木，弦为银丝。"

　　"这琵琶是你心爱之物，平常都舍不得多弹一会儿，如何轻易送人？"

　　"艺高不在琴好！有你在，要琴何用？"

　　"妻贤若此，夫复何求！请贤妻再为我弹奏一曲《青玉案》"

　　两人深情相视，一弹一唱，缠绵缱绻，嗣后云雨情浓，躺在床上，熄了烛火。一束月光从风窗射入，清静如水，烛上一缕白烟如云升起，融入月华之中，又慢慢化开。

懋峰叹道："人生如烛，死如烟，皆入化境矣！我们来此一遭，幸而不污也。"凝絮道："若是污了，却是乌烟瘴气，岂有化境！"

"知我者贤妻矣！"

次日，懋峰以身体欠安需要调治为由告假半个月。一路舟车劳顿，三日之后抵达省城，访得总督府第。懋峰来到门前，对门人施礼道："我受部堂大人故人之托，有一物交予部堂大人，烦请通报。"

"何物？"

"乃是部堂大人亲笔题词的折扇一把。"懋峰言罢将装在锦囊之中的折扇双手奉上。

那门子取出折扇打开，仔细地看了看道："是部堂大人之物，敢问先生有何吩咐？"

"故人有言需要面禀部堂大人。"

"如此请先生稍候。"

那部堂大人刚好在府，门子通报后将折扇呈上。部堂大人一看，连忙问道："这送物之人可在？"

"正在府外恭候。"

"来者是何模样？"

"来者是个年轻书生，身背琵琶。"

"可有话说？"

"说受故人之托，有言当面禀告。"

"那速去请来，到书房叙话。"

"是！"

"部堂大人有请，请先生移步。"门子来到门外，向懋峰深施一礼，再躬身请懋峰进府。

懋峰跟着门子穿过前厅、步入后花园。懋峰环视四周，只见院墙高垒，青瓦白墙，环形院门，曲径通幽，亭榭花树错落，廊回水曲。时有莺燕悦耳，芳菲沁脾。懋峰无心细看，不禁感叹："好个幽雅之处！"

门子将懋峰引到书房："先生请，部堂大人正在里面。"

"多谢！"

懋峰轻步迈过门槛，见总督正坐在茶几边。忙低首弯腰，行了一个跪礼："小人拜见部堂大人！"

总督端详少时道："请问后生何方人士，何以认识老夫故交？"

"启禀部堂大人，小人乃福建省兴泉永道泉州府惠安县人氏，姓刘名懋峰，号玉郎，凝絮乃小人之妻。"

"哦？凝絮之良人？必有过人之处，年轻人抬头让我看看。"

懋峰缓缓抬首，面带微笑，四目相对，心无怯色，气定神闲。见这总督约莫五旬，只着便服，玉面长须，慈中带威。总督仔细打量懋峰，沉吟道："惠安人氏？"继而缓缓点头赞许道："好个儒雅之士！嗯，凝絮眼光不差！"

懋峰道："让部堂大人见笑了！"

"来来来，既是故人来，便请上座。上茶！"总督仍端坐，伸出右手做了个请字。

懋峰不敢起身，解下琵琶，双手捧上："此受凝絮所托，赠予部堂大人，望不相弃。"

"老夫识得此物，此为凝絮心爱之物，价值连城。常言道：无功不受禄，赠此贵重之物，可是有事相求？不必拘礼，但说无妨。"总督接过琵琶翻看了一下，小心地放在几上。

"实不相瞒，小人忝位乡里巡检。"

"哦？原来你是办案之人，听闻你兵不血刃智捕刘妙，州府一片赞誉之声。不简单啊年轻人！快起来说话。"

"小人不敢！小人力捕海贼刘妙时，起获此物，敬请部堂大人掌眼。"懋峰从怀中掏出一只玉镯，正是刘妙从小姐手上掠下的那只。

总督接过玉镯，起身站起，端详片刻惊道："此为我祖传之物，作为我侄女的嫁妆，如何落于刘妙之手？"

"此镯为海贼刘妙掠小姐之物，在缉捕时起获。刘妙交代，此举系他一人所为，自作自受，甘受制裁，另有交代隐情，小人不敢讲。"

"哦？"总督沉吟了一下，道："但讲无妨，本部堂不怪罪于你。"

"那刘妙言他并非凶顽浮浪之人，因生活所迫沦为海贼，从不抢掠贫苦渔民，抢掠商船也只取一分。那日，在海上截得小姐官船，见小姐佳色倾城，风华绝代，爱慕不已，竟酒后乱性，痴心妄想，虽未得逞，却因此误了小姐清白，事后懊恼不已，便掠下小姐手上玉镯，又反馈小姐其鸳鸯蝴蝶玉佩。据称这玉佩为昆仑山顶级羊脂玉所制，宋代宫廷之物，价值不菲。"

"船上之事，本部堂已然知晓，侄女并未失节。只是这玉镯与玉佩之事却未曾听及随嫁丫鬟言起。手镯现已物归原主，那鸳鸯蝴蝶玉佩不知现在何处？"

"这刘妙甚为怪诞，闻悉小姐殁后，竟连夜盗得尸身，哭葬海岛，结庐守丧，缺寝少食。自首之时，但求速死，又事先自掘坟墓，求之合葬。据言那鸳鸯蝴蝶玉佩竟挂在小姐身上，不知是身前或身后所为，小人也百思不得其解。"

"这个刘妙，此事若是传出岂不坏了小姐名声。"总督暗自沉吟。

"刘妙言谈之时，小人觉得事关小姐名声，乃屏退左右，他人不得而知。"

"此事办得妥当。"

"我乡民风素来淳朴，众人皆不齿刘妙所为，群情愤慨，又悲悯小姐遭遇，只是乡瘠民穷，倾尽所有只筹得千两银子，托付懋峰转呈小姐家人，以慰失亲之痛。小人不敢擅断，现将万民书呈上，望大人定夺。"言罢懋峰呈上千两银票及万民书。

总督接了过去，只见楷书"万民书"三字，笔画圆净有力，书言：

"吾等为峰尾百姓，具状禀告诸位大人：吾里传承数百年，为中原衍派，邹鲁之乡，好儒备礼，民风淳朴。崇文以教化，习武以健身。耕海为田，弓冶箕裘，世代相传。今闻不肖乡人刘妙，据险为盗，掠良贞而误清白。呜呼！惟唱冰贞玉碎，烈女香殒，节烈堪旌。惟恤其亲切骨剜心之痛，贼万死难解其恨，梓民咸恻！乡人之祸，吾等岂可等闲视之。以乡贤里长倡之，捐银以抚其亲，奈何乡瘠民贫，止筹得八百七十二两三钱。赖巡政刘懋峰老爷之守节母黄氏、嫂陈氏大义，补齐余银，共得一千两整，今委巡政老爷转呈亡者之亲，略表寸意，昭昭殷殷！

今贼服法，亲族闻风而遁，官家追剿，昔日左邻右舍，鸡犬相闻，尔今残垣断壁，门户倾颓，蛇鼠为窝，杜宇夜啼，阴阴森森，邻里莫不胆惊，人心不定，无以安居乐业。上苍有好生之德，乞请诸位大人怜我黔庶艰辛，早了此案，以慰民心。"

看完万民书，总督眨了眨眼睛。"这……尔乡民风竟如此淳朴，怎出得刘妙此等人物，贻害乡里！"

"是啊，此乃妙啊一人之过，惟待秋后伏诛，然殃及亲族，涉事之人闻讯莫不四处逃窜，缉捕困难。兵到之处，残垣断壁，满目疮痍。素闻大人清正爱民，有好生之德，德恩广布。懋峰不胜敬佩。今日斗胆请命，乞请念及乡亲安居乐业，网开一面。"

"听州府上报，你曾与那刘妙结为义兄弟，还是本部堂慧眼识人，主张由你主办此案，你可知用意？"

懋峰闻言，大吃一惊，汗如浆出："启禀部堂大人，这刘妙少时是与我结义为兄弟，然其为非作歹，气死家兄。我与他在东岳庙起誓割袍断义，此事乡人皆可做证。"

"哦，哦，本部堂只是随口一说，你不必如此紧张，这事冯知县曾与本部堂解释过。我的用意是知己知彼百战不殆，用你是对的，方能不费一兵一卒擒得刘妙。"

"多谢部堂信任，懋峰当肝脑涂地，在所不辞。"

"也罢。此事到此为止吧。如今也算是给侄女一个交代了。年轻人，请你代劳一下，帮我写个谕令，本部堂即刻谕令州县，了结此案。"

"这小人不敢造次。"懋峰犹豫道。

"但写无妨！来，请到案边来。我口述你写。"总督起身走到书案边，用手示意道。

懋峰额上渗出汗珠，研墨铺纸书道："闽兴泉永道转达泉州府、惠安县衙：海贼刘妙已缉。亲族之人莫不闻讯逃窜，缉捕困难。兵到之处，满目疮痍，实非本部堂之愿。上天有好生之德，着按察使司就此结案，邑民各自安居乐业，静享太平。诸衙及峰尾巡检司劳苦功高，相关人等具表请赏……"

书毕。总督仔细看了看谕令，又拿起万言书对比看了看。赞道："好字！肥瘦相宜，藏而有锋，恰到好处，功力深厚，形神兼备。本部堂见你德才兼备，可愿留在我身边为差？"

"多谢部堂大人错爱。先父、兄早丧，母嫂寡居，家中止我男丁一人。乡里古训：母在堂，儿不远行。小人未敢违逆，故拂了大人美意，望大人海涵！"

"也罢，你破案有功，以功可得封赏，难道甘愿屈居小小巡检吗？"

"巡检虽小，然可日夜侍候母亲左右，亦心满意足！"

"孝心可嘉！既然如此，本部堂念及你母嫂寡居守节、深明大义，决定为其做主请旨旌表贞节，敕建牌坊，尊荣乡里。依例须具表自下而上逐级上报，本部堂随结案谕令一起下达便是。翰林回京时，老夫托其转呈圣上。”

“多谢部堂大人成全，小人替家乡父老拜谢大人的大恩大德！”懋峰跪在地上，向总督连磕了三个响头。

“贤侄免礼！快快请起！”

“那小人告退，离家已多日，恐母亲挂念，小人即刻回乡。”

“且慢，这琵琶但请带回，君子岂可夺人所爱。再者，老夫也无处觅得国手为我弹奏，徒增烦恼。所谓英雄佩宝剑，骏马配好鞍。这琵琶请还予凝絮，本部堂若是有缘去往你乡，当请她为老夫再奏一曲。还有这把扇子也请留作纪念。”总督小心将琵琶装入琴袋并与扇子交还予懋峰。

懋峰接过琵琶，置于背上。言道：“多谢部堂大人，若大人光临，乃小人阖家之洪福，蓬荜生辉，定当拂尘扫舍，沐浴斋戒以待。”

“好！一言为定！”

懋峰额手躬身倒退至门口，刚要转身外出。总督招手道：“且慢，刘妙就关在按察使司衙门牢狱，案宗已上报刑部，判秋后处斩。念在同乡之谊，贤侄可以去看看他，老夫差人与你同去。这银票，老夫留下了。放心吧，老夫会交代下去，不会为难于他。待秋决后，会叫人帮他收殓，买口上好棺材送他回海岛埋葬，也不枉他的一片痴妄之心。你且先退下，到府门口稍候，会有人带你前去。”

“谢谢部堂大人，小人告退。”懋峰在门子的带引下，出了府门。懋峰暗自吁了一口气，犹感腿软：“这总督大人好生厉害！他是如何看出端倪的，知晓我与妙啊感情匪浅，又识得万言书为我所作？自己这点小聪明根本就逃不过人家法眼。”

“哎呀，定是言语之中露了破绽，怪我一时粗心，险些坏了大事！是部堂大人宽宏大量，抑或为妙啊痴情所感，抑或念及凝絮颜面？"懋峰私自猜忖，心有余悸。

"请问，刘巡检何在？"

"哦，本人便是。"

"请随我来。"

那人一路将懋峰领进按察使司监牢房，拿出令牌对牢头道："带此人去见刘妙。另总督大人有令，要善待刘妙，每天好酒好肉伺候，这是五十两银子，拿去办差。"那牢头吓得跪在地上磕头："小人岂敢要部堂大人银两，小人遵命便是。"

那人将一锭银子丢在地上："拿去便是，好好办差，休得多言！"转而又对懋峰道："先生请便，时间不要太长。我且先行一步。"

牢头带懋峰进了牢道，一阵阴酸腐臭之味扑鼻而来。懋峰不禁咳嗽了两声。拐了两道门，来到了死囚牢门口，只见面壁坐着一个脚镣手铐、蓬头垢面的人。懋峰一阵心酸，轻声道："妙啊，我来看你来了。"

"玉郎，你怎么来了？"建林听到熟悉的声音，拖着沉重的镣铐，慌忙奔了过来，弄出很大的声响。

"好好叙话，我去吩咐手下弄套换洗衣服来。"

"官爷且慢，烦你帮我备些酒菜来。多余之银，以作酬劳。"言罢递了五十两银锭给那牢头。那牢头笑逐颜开，连连点头哈腰："先生请稍候，我即刻便回。"

四下没人，两人双手紧紧握住，相视无语唯有泪四行。

"哥，你受苦了！"懋峰哽咽道。

"唉，这些苦算什么。现在事情都平息了没有？我爹还有族人可受牵连？婶娘、絮儿和嫂子她们可好？"

懋峰擦了一把眼泪道："都好！你不必挂念，有我呢。只要有我在，他们就没事。刚才总督大人已经答应结案了。在总督府，我还违心地说了你不少坏话，你骂我几句吧，我才会好受一些。"

"哈哈！这坏话说得好。我也该骂，骂得越凶，亲人们就越安全。你刚才还去总督府见总督了？玉郎，没想到你胆子比我还大！兄弟我小看你了。"

"唉！那总督好生厉害，好像许多事他都知道似的。我能来见你也是他安排的。"

"啊！"建林疑惑地问道，"难道他知道我在海岛葬小姐的事？"

"这个是我说的，为了证明你对小姐是真心的。"

"好！说得好！如此看来，我居然成了总督的侄女婿了，都成一家人了！死在丈人伯手里一点也不冤了！哈哈……"

"妙兄，我心里难过，你却还能开玩笑，我只恨不能替你受罪。"

"我死了就能与若彤团聚了，今后我爹就托付给你了，倒是让兄弟你受连累了。我今生最对不起的是我爹，也没给他留下一男半女，唉！"

"家人已经决定把赐儿过继给你了，为你续下香火！"

"啊！这下我爹有望了！"建林眼中闪过一丝惊讶，再是惊喜，紧紧攥住懋峰的手："此恩此义，容兄弟下世再报！"

"哟！妙兄，你把我捏疼了。妙兄我还有一件事对不起你，为了求得结案，我只好把玉镯也还给总督了。"

建林神情黯然道："也罢，那毕竟只是一个念想。若是我死后能与小姐同穴，没有玉镯也没关系。"

"对不起！"懋峰看着建林的样子，心中十分难过。

"没有什么对不起的，今生咱们兄弟还没有做够，来生咱们继续做兄弟。"

"酒菜来了！"那牢头满面春风地来了，打开牢门，拿出一套干净衣服递给建林换下，又弄来一张干净席子铺在地上。搬了一个桌子来，将酒菜放在其上，请懋峰坐在席上。

"请慢用，过半个时辰后我来请先生离开。"言罢，牢头关了牢门，锁上走了。

懋峰放下琵琶，将建林紧紧抱住。

建林轻轻地拍了拍懋峰道："我身上脏。"

"哥，让我多抱一会儿吧。"

"呵呵，酒菜好香！"建林笑道。

懋峰闻言笑了，忙把建林松开："吃点吧，饿坏了吧！"

"嗯，你先陪我三杯酒。"

"好。"

"第一杯，敬我们兄弟一场；第二杯，敬你为我奔波之苦；第三杯敬咱们的亲人平安幸福。"

建林倒了三杯酒，一饮而尽。饮完，提起筷子，风卷残云，将饭菜一扫两光。

"让兄弟见笑了！"

"唉！"懋峰鼻子一酸，眼泪一涌而出。建林看了笑道："怎么又哭了，还是跟小时候一样。"说完自己眼泪也不禁脱眶而出。两人回忆往事，时而开怀大笑，时而掩脸而泣，不觉半个时辰过去。那牢头来了，打开牢门："先生该走了！"

"此去再无缘相见，兄弟多珍重，来生再做兄弟！"两人泪流满面，依依难舍。

懋峰一步三回头，建林紧握牢门，眼看懋峰离去，不时挥手示意，彼此消失在泪眼模糊中。出了牢门，懋峰又拿出一锭银子，对牢头说："烦请照顾好我兄弟！"

"这个自然，这个自然，先生请慢走！"

懋峰回到家中，一家人悬着的心方才放了下来，又细细询问懋峰省城遭遇及建林的情况。

李秀才来了，一进门就大叫道："哈哈，特大喜讯，总督谕令结案了！乡亲们没事了！还有请玉郎速速具表言明母亲黄氏、嫂子陈氏事迹及父兄、自身功绩。报到县上，再逐级上报总督，总督要帮我们请旨旌表节妇了！真是双喜临门啊！"

"好事啊，哈哈，我先去通知乡亲们回家重建家园了！"懋峰顾不得招呼岳父，一溜烟跑了。

"这孩子！心急火燎的，又不差这一会儿！"

"唉，他呀天天念叨着何时能结案，乡亲们能搬回家呢。"

……

转眼数月过去，时过中秋，夜月秋风略感寒意。懋峰与凝絮念叨道："也不知妙啊哥怎样了？这月寒风瑟的，总是让人不寒而栗。"

"唉，这刑期就像一把悬着的刀让人梦魇啊。"夫妻两人唏嘘着，辗转良久，方得入眠。

次日中午，懋峰吃过午饭，体倦卧榻而眠。突然看见建林朝自己走来："玉郎，玉郎，我回来了！"

"是妙啊哥！你没事了？哈哈！"懋峰一阵惊喜，醒转过来，原来只是一梦。心中悻悻！再难入睡，起身下床。

此时门外有人叫唤："巡政老爷在家吗？姑妈宫澳来了一艘船，说要寻您，雇我前来报讯。"

欲知何人来访？请看下回分解。

第二十回
葬刘妙玉郎圆一梦
树贞坊风范淳万民

却说门外有人叫唤："巡检老爷在家吗，姑妈宫澳来了一艘船，说要寻您，雇我前来报讯。"

"哦，是什么样的人？"

"像个商人模样，四十来岁样子，北方口音。对了，船上还有一口大棺材呢。"

懋峰心中咯噔一下，略一迟疑："哦，谢谢小哥！我这就前往。对了，你赶紧去帮我叫一艘小货船，再叫七八个寿脚，带上工具，到姑妈宫澳，我给你小费。"

"好，我这就去，巡政大人的钱我不要。您是个好人好官，大家都服您！"那小哥一溜烟跑了。

"絮儿，出事了，快抱上赐儿速随我前去姑妈宫澳。"

"出什么事了？"

"可能是妙啊哥回家了。"

"啊？"

"快走，边走边说。"

两人抱着汝赐心急火燎赶到姑妈宫澳。此时正值中午，澳头行人稀少，海水已涨满沙滩，海上稀稀啦啦地泊着几条舢板，一艘小商船格外醒目。懋峰让凝絮和汝赐在沙滩上稍候，自己撩起长衫，脱去鞋袜，卷起裤腿，涉水登上船来。映入眼帘的是一口大黑棺材，懋峰心中猛地一沉，泛起丝丝凉意，旋而一紧，像五脏六腑被揪起缠成一团一般。手脚打战，踉跄两步，哆嗦地伸出手来，刚要扶到棺材，此时从棺材另一边蹿出个人来。懋峰吓了一跳，忙把手缩回，定眼一看，有些面熟，原来是曾带懋峰去监狱的那个人。那人拱拱手道："巡检，别来无恙！"

懋峰连忙作揖还礼："给大人请安！"

那人道："部堂大人让我把人给你带来了。此人暴病而亡，免过法场一劫，留得全尸，今交与巡检，请好自为之。"

懋峰定了定神，答道："我这就叫人处理。大人一路辛苦了！请到岸上休息一下。"

"不必了，等这棺材下船，我便回去复命。对了，这棺材盖并未封死，搬运时多加小心。"

懋峰心中又咯噔一下："棺盖未封死？莫非其中有什么玄机？"却又不敢稍思，忙应答道："谢谢大人提醒，请您稍候片刻，办事的一会儿就来。"

此时那小哥，一路飞奔而来，气喘吁吁地道："巡检老爷，您交办的事，我都办好了，他们随后就到。"

片刻工夫，寿脚和雇船都到了。船间搭起两道木板，众人一齐努力将棺材抬过船来。

"巡检请好自为之，告辞！"那人命人开船走了。

送走来人，懋峰拿出二两碎银交代小哥去买来数十根长钉、白布、麻布、香火纸烛等一些丧葬用器。懋峰对凝絮道："贤妻，上船！我们走！"

凝絮问道："怎么不先运回家呢？"

"哪能运回家啊？听我安排。"懋峰把凝絮小心扶上船来，两人抱着赐儿并排在船头坐下。懋峰命船向湄洲门驶去，一路顺风，过了一个时辰就过了大门口^①，到达海贼岛。众人将棺材抬上岛。懋峰登上一个高点看了看，发现有几间草庐，里面还住着七八个人。

"走，去那边看看。"

草庐里的人看到有人来了，十分警觉："你们是什么人，为什么来到这里？"

"我是峰尾巡检刘懋峰，上峰交代来此安葬一具棺材，多有打扰！"

"巡检刘懋峰，您是我头家的兄弟啊，小人有眼不识泰山，请老爷恕罪！"那人忙作揖不迭。

懋峰忙摆了摆手，回头对货船主和寿脚们道："各位辛苦了，这是十两银子权当船资和工钱。你们先回去，要是有人问起今天这事，就说是上峰交办的，为了避免引来灾祸，叫他们不要乱说。还有，麻烦各位到我家一趟，告诉我娘说，我到湄洲办事，顺道带上妻儿出来游玩，明天晚上才会回家，请她安心！"

"多谢巡政老爷！"

懋峰见货船主和寿脚们走后，回头对岛上的人问道：

"你们是刘妙的手下，为何还在这里，阿六、阿扁呢？"

"我们头家临行前，安排我们散了，不再聚众为盗。我们无家可归，就用头家留下的大船和银两经商。船小人多，就轮流上船，阿六、阿扁现都在船上，没上船的就在这边给小姐守坟。头家说有一天他会回来，我们就在这边等他。"

"他回来了，在那边呢！我们一起去看看吧。"

棺盖没钉紧，众人用力一推，就推开了。建林在里面安详地躺着。喽啰们抚棺大哭！呼天抢地般地号啕着。懋峰心中又是一阵悲凉一阵紧缩，却怎么也哭不出来，仰首看天，紧咬双唇，泪水在眼

---

①大门口：位于秀屿区与湄洲岛之间，从湄洲湾到台湾海峡的出口，峰尾渔民称之为大门口。

眶里打转。凝絮牵着汝赐在一旁抽泣。

等众人哭累了，懋峰叫他们把香火纸烛燃了，每人扯了白布绑在身上，又给汝赐披上麻布和白布，搭了灵棚，为建林守灵。懋峰走到棺前，仔细打量建林尸身。只见建林穿戴整齐，头戴绣花镶玉皮帽，内着衫袍，上穿镶丝雕花斜襟马褂。懋峰猛然发现建林手上还紧攥着一个手镯，已扒不下来。定眼一看，正是郝小姐的陪嫁手镯！懋峰吓了一跳。再翻看全身不见伤痕，懋峰暗自思忖："莫非中了鸩毒而亡？看这样子倒是不曾受苦！"又翻找了一番，在建林脚边发现有一卷纸绢，展开一看，上书：生不同衾，死亦同穴！与纸扇上总督的字如出一辙。懋峰大骇！"这总督真乃豪杰之士！这当官人的心思真是神鬼莫测啊！"

次日上午，众人把棺木合上，用长钉钉紧，抬入墓穴，与小姐合葬在一起，又寻来一块石板，竖了一块无字墓碑。

烧了香烛，懋峰与凝絮磕完头，又拉过汝赐言道："赐儿，来，跪下，快给你的妙啊爹爹叩头。"汝赐叩完头，众人一一跪拜。

礼毕。懋峰对岛上人说："这岛上生活艰难，年轻的时候还能将就，年老了以后怎么办？在此不是长久之计。我想回去后，再买个大船，组个船队，我占一半船份，你们占一半，先有个稳定行当，再好好安个家，如何？"

"好！谢谢巡检老爷，我们愿意跟随您！"

"那你们留下两三个人在此等其他的人会合，其余的先跟我回去。"

众人分乘快船回到峰尾后，得以会合，组了船队。阿六、阿扁各为船长，带领一帮弟兄经商，安居乐业，视懋峰为恩公……

又经年，季交春夏，绿肥红瘦，蛙熟蝉嫩。峰城已从缉捕案的阴霾中走了出来，回归安宁，一片祥和之气。

"圣旨到！请巡检刘懋峰、懋峰母亲黄氏、嫂嫂陈氏接旨！"

"奉天承运，皇帝制曰：奉职无愆懋，著勤劳之绩；致身有自宜，酬鞠育之恩。尔黄氏，乃闽惠安县峰尾巡检刘懋峰之母，淑范宜家，令仪昌后。早相夫而教子，俾移孝以作忠。兹以覃恩，貤封尔为八品孺人。于戏！贲象服之端严，诞膺钜典；锡龙章之焕汗，永播徽音。敕命！"

"今据福建省泉州府惠安县族邻保结举报，故儒士刘洙汉妻黄氏偕男刘懋然妻陈氏，年例相符，汇入惠安县案详，请总督部堂、巡抚部院、督学部院会核汇题，奉旨旌表，准由礼部注册，地方官给银三十两，本家自行建坊，竖匾入祠致祭，采列志乘，以光潜德。"

冯知县道："圣旨敕建！莫大尊荣，当奉旨择得吉日动土。皇恩浩荡，不可有违！"

李秀才道："恭喜贺喜！"

四邻闻讯皆登门相贺，门庭若市！

懋峰请风水师定了坊址，择得吉日动土奠基，又聘来能工巧匠，雕石刻字。待一切就绪，懋峰择了吉日，摆起香案，披红挂彩，动工树起了牌坊。

"树圣旨牌了！巡政老爷家的牌坊要树圣旨牌了！快来看啊！"乡亲们的欢呼声犹然在侧，上午竖圣旨牌的情形又浮现在懋峰脑际！懋峰自言自语道："牌坊主体都树好了，然而今天这圣旨牌明明尺寸榫缝都对，为何就是立不住呢？明天要是再立不上，那可如何是好？"心中又是一缩，焦虑万分："莫非真有神鬼之怪？究竟事出何因？这母嫂坚贞有目共睹，岂能有亏心失节之举？唉！此事又不便询问母嫂，如何是好？"

懋峰越想越急，不禁长吁短叹起来。

天上响起几声闷雷，哗哗地下起雨来，打在屋顶，咯咯作响。

"下雨了，天黑得快，大家快来吃饭了！"陈氏和凝絮准备好晚饭，招呼道。

凝絮回到房中，看懋峰还躺在床上，摇了摇他道："哥，快起来吃晚饭了。唉，中午饭都还没吃呢！"

懋峰翻身坐起，只是闷声不语。

凝絮忖道：玉郎定是遇到大难事了，问也不说，真是急死人了！他可从未如此啊，我且与娘商议一下，看是如何为好。乃匆匆来到黄氏房中，拜见黄氏道："娘，玉郎从牌坊那边回来后，不知为何躺在床上长吁短叹，问了多句也不愿吭声。"

黄氏闻言道："咦？这是怎么啦，玉郎何时回来的？我却不知。"

凝絮道："他中午就闷声回来了，只是叫我莫要打扰，所以孩儿未敢跟娘禀告，请娘亲海涵！"

黄氏道："无妨，走，随娘去看看怎么回事？"

两人来到门口，黄氏大声道："孩子，今天竖圣旨牌是好事啊，为何你反而闷闷不乐，出了什么事了？快告诉娘！"

懋峰忙站起身来，将黄氏迎入房中坐下，自己站在黄氏身侧，言道："娘，今天那圣旨牌无因无故的就是立不上，你说怪不怪？"

"圣旨牌立不住？不是工艺和工匠的原因？"

"这些我都仔细核对过了，肯定不是物件的问题，总不会是神鬼作祟吧？真是邪门！"

"我儿休得胡言！此事是有蹊跷。究竟是何原因呢？待为娘想想。"黄氏沉吟道。

"孩儿百思不得其解，在床上躺了半天了，回想往事，恍然如梦！十分想念爹爹、大哥和妙啊哥，觉得他们在天上看着我呢。"懋峰眼眶湿润，声音哽咽。

"娘何尝不想念啊，几千个日日夜夜，多少魂梦相萦啊！"黄氏抹了一下眼睛，母子三人相视泪噙。

"唉！这贞节牌坊对咱家而言有难承之重啊！要是爹和大哥，妙啊哥都在，要这牌坊何用？"懋峰怨道。

"傻孩子，谁不想一家人能平平安安地一起过日子？这世上哪有什么能比得过亲情二字？可命运总是这样残酷，这牌坊的前因是多少的辛酸痛苦，有多少难承之重啊！娘历尽艰辛，以前根本不知贞节牌坊为何物。如今要竖牌坊了，娘像是突然找到了知己一样，感觉这牌坊懂娘的心，懂娘的苦！峰尾像娘和你嫂子这样的人还有很多，所以娘认为这牌坊的尊荣，不单是我们家的，也是全峰尾的。咱们无论如何也要把它树起来！"黄氏动情而坚决地看着窗外，眼光像要穿透雨雾似的锐利明亮。

"娘说得真对，这牌坊的尊荣正是来自峰尾的公道民风。"凝絮道。

"孩子，别担心，咱家行善积德，并无有欺心失德之事，这'节''孝'二字，咱家是当得起的！你嫂子自从你哥去世后，大门不出一步，一心培养孩子，贤良淑德。娘也从未曾有何失节之举……"话说一半，黄氏突然想起了什么，脸红道："莫非是？有一次一个顶山人出来收溲，给我钱的时候，趁机在我手心剠了一下。"

"这个顶山人如此可恶！竟然欺负柔弱女子，真是可恨之极！可这也不是娘的过错啊！"凝絮言道。

黄氏又认真地思索片刻，郑重地言道："娘反复思虑，除了这事没别的，若是此事有亏贞节，明日我与你嫂前去坊前对天发誓。要是再立不起来，就是天意！我甘愿一人领罚！孩儿你不必忧虑！来，咱们吃饭去！"

是夜，雨淋淋沥沥，瓦檐间滴答成韵。懋峰睡梦蒙胧间见建林携一美貌女子，笑容满面翩然而至："玉郎，速来见过你嫂子！哈哈哈！"

"嫂子？嫂子……"

"叫嫂子做什么？"凝絮推了推懋峰，懋峰猛然吓醒。

"絮儿，我刚才一梦好生奇怪！"

"咦，何梦？还叫了嫂子？"

"我梦见咱们一家人正在吃饭，爹和哥也在，这时妙啊哥来了，还带了个女子，让我叫她嫂子。"

"那女子是谁？你说会不会是那小姐？"

"我也不知，但我想除了那小姐，又能是谁呢？"

"梦中那女子可有笑容？"

"似乎两人很欢乐的样子。"

"唉，但愿妙啊哥哥乐得其所。"凝絮叹道。

"絮儿，你说咱们是不是做错了什么？"

"做错什么了？"

"把妙啊哥与那小姐合葬，似乎有违良俗。是否因此上苍怪罪，以至于竖牌坊时出了差池？"

"啊！"凝絮闻言吓了一跳，沉吟少时道："应该不会吧！妙啊哥哥虽然有错，但也以命相抵了。那小姐亦无过错以身殉节，不可谓之不贞，既殁后，翰林将之另葬他地，实则扫地出门，夫妻之恩一笔勾销。况又有总督手书'生不同裘，死亦同穴'。此乃娘家人许下的，可谓是名正言顺了，咱们遵照而为，何错之有？"

"唉，只是人言可畏，毕竟与旧俗不符。"

"说人易，己行难。子非鱼，焉知鱼之乐？若是身缘其中，又必为他人说，层出不穷，随他去吧。"

"絮儿，我明白了！人在世上，岂能尽如人意，自求无愧于心，公序良俗不是枷锁，律己宽人方为正道！"

"是啊，这样活着才不会累啊，一家人和和美美地比什么都好。"

"嗯，刚才我梦到爹和大哥了，咱一大家人团团圆圆地吃饭，别提有多高兴了！"

凝絮侧身伸出玉臂将懋峰拦腰抱住，脸贴在懋峰胸前，问道："飞雪姐姐在吗？"

懋峰闻言忙爱怜地抚住凝絮香肩，笑道："傻瓜，此间飞雪凝絮怎分彼此，缘聚缘散，时也命也，当下之福尤为可贵！"

凝絮幽幽叹道："此间若有飞雪姐姐当无凝絮。奴家若无玉郎，此生何欢？"

"呃……我没看清，呃……好像是……你吧。"懋峰眼看遮掩不过，自是尴尬结巴。

凝絮"噗"地笑出声来，言道："逗你玩的呢，傻瓜！看你一天郁郁寡欢的，急死人了！我怎么会吃飞雪姐姐的醋呢？可还记得第一次去烟墩山拜见飞雪姐姐时，我默念了什么吗？"

懋峰吁了一口气，言道："对啊，你现在可以告诉我了吧，当时念的是什么呢？"

"嗯，当时我说，飞雪姐姐，玉郎是天底下最有情有义的好男人，你也是最贤惠最美丽的女人。可惜苍天无眼，不能让你好好地陪伴他、照顾他，让他孤鸾只凤，连个添香剪烛的人都没有。我想替你好好地照顾他、陪伴他，当他的知己，让他有个完整的家。要是有下辈子，我和你做姐妹。如若你同意，就让树摇一摇。结果真的来风了，树摇了好几下。"

"原来这样啊！那下辈子你们当姐妹，我当你们的哥哥。"

"才不要你当哥哥呢，我们都嫁给你好不好？反正就是不能让你给跑了。"

"我还是逃吧，女人酸起来够可怕的，刚才你那样就把我吓得半死了。"

"看你敢跑，往哪跑？哼！"凝絮攥起粉拳一顿轻捶。懋峰一整天来的忧郁一扫而光。

夫妇两人怜爱有加，又谈起往事，喟叹不已。

天明之时，渐雨敛云收，懋峰看了看天，道："雨停了，太阳还没出来，但好像是要天晴了。"

凝絮道："嗯，应该是个大晴天！"

黄氏与陈氏沐浴更衣后，一家人搀扶着来到坊前。此时天已放晴，天蓝云淡，好一个风和日丽！南门已围满了众乡亲。

懋峰环顾四周，看着乡亲们期待的样子，心中忐忑，默念道："玉郎祷告上苍，下民一家以善为念，多行仁义孝道，不欺心妄为。尤其母嫂坚贞，天人可鉴！今为母嫂乃至峰尾众守节之人树贞节牌坊，祷愿竖碑一举成功！若玉郎品行不端，私德有亏，望上苍降罪于本人，玉郎诚惶再拜！"

黄氏和陈氏分别燃了三炷香，向天跪下。黄氏道："皇天在上，民女黄氏自从夫君过世以后，艰辛育子，为夫守节，不曾有失贞节之过。唯有一次，有一个顶山人收溲给钱的时候，趁机在我手心剜了一下。如若妄言，天打五雷轰。此坊为乡风民意所建，非我家之私。若是天目昭昭，立起圣旨牌！"陈氏也祷告苍天以证清白。

懋峰双手合十，看了看天，正衣冠拂尘埃，行了三跪九叩之礼，起身喝道："吉时到，请圣旨牌！"

牌坊前后两面架上双边各站着的两名工匠，上下其手，小心翼翼地抬着"圣旨牌"字样的石头，认认真真地对着牌坊正檐中间的位置。

此时，现场一片寂静。

"一、二、三啊！上！"工匠们齐喝号子，同心协力抬起圣旨牌，对缝镶入，只听得石头之间"噗"的一声。

"啊！立上了！一下就立上了！圣旨牌立上了！真是灵验啊！"

"快！快！快！鸣炮！大功告成！"现场鞭炮齐响，掌声、欢呼声雷动！

青天白日下，节孝坊巍巍矗立。牌坊正面刻"圣旨"二字，中部上方正面横批刻有"节孝流芳"四个楷体大字，背面刻有"双贞"两个大字。中部下方横批刻有"故儒士刘洙汉妻黄氏偕男刘懋然妻陈氏节贞坊"。坊上正面雕刻麒麟、石狮、双龙戏珠，背面鲤鱼荷花、喜鹊登梅等。牌坊接缝严密，浑然一体，雄伟壮观！

牌坊前，黄氏和陈氏婆媳二人，泪如暴雨，倾泻而下，继而双脚跪地，号啕大哭。懋峰和凝絮注视着"节孝流芳"四个大字，四目相对，热泪盈眶……

翌日，坊间竟然传说邻村有个叫黑歧头的人在昨天立圣旨牌的时候，吐血死了，还说这黑歧头，平日里为人卑劣，手脚不干净，专门欺负单身女人，手指溃烂了十多年，一直不见好，没想到祭起圣旨牌的时候他竟然就死了，活该他报应！

听闻如此神奇灵验之事，众人称奇！一传十，十传百，皆谓天不可欺，这圣旨牌坊真是神圣之物啊！

自此以后，乡人凡事要是有个争辩，就说敢不敢去坊下证明起誓一番。尤其是嫁娶的新婚男女必要到坊下经过，以证坚贞！后来，连办丧事出殡的都要经过坊下，以证一生清白，没有暗室欺心！"过坊下"从此成为峰城一种习俗，三百年来，一直流传至今。

月光下，坊影随光而走，其形渐变，然虚百变而不离其实，人性若斯，初心不可弃也！

孔子曰：夫昔者君子比德于玉焉：温润而泽，仁也；缜密以栗，知也；廉而不刿，义也；垂之如队，礼也；叩之，其声清越以长，其终诎然，乐也；瑕不掩瑜，瑜不掩瑕，忠也；孚尹旁达，信也；

气如白虹，天也；精神见于山川，地也；圭璋特达，德也；天下莫不贵者，道也。

诗云：

> 贫寒休忘义，冰玉不更晶。
>
> 桑梓贞坊矗，风窗月影明。